HELLO
EDITIONS
helloeditions.fr

ISBN 9782384623686

Dépôt légal : septembre 2024

Couverture : Frédéric Weisz

Conception graphique : Estelle Lam

Anne Bouville

SIVAN

HELLO
EDITIONS

À Nathalie Bouville.

TABLE DES MATIÈRES

Avant le BIG BANG II

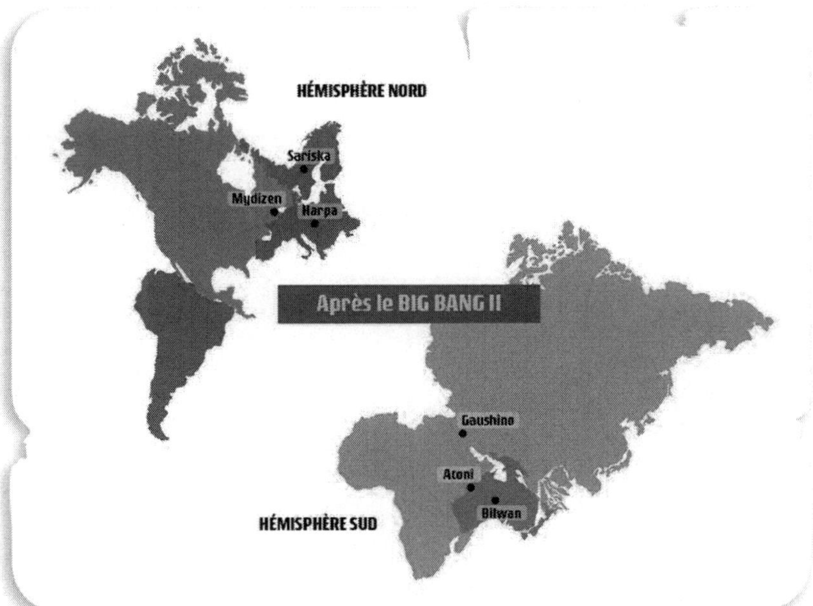
HÉMISPHÈRE NORD
Sariska
Mydizen
Harpa
Après le BIG BANG II
Gaushino
Atoni
Bilwan
HÉMISPHÈRE SUD

ÉQUIVALENT CALENDRIER

Avant BBII	Après BBII
Janvier	Jina
Février	Reer
Mars	Sram
Avril	Ravil
Mai	Aim
Juin	Niju
Juillet	Till
Août	Outa
Septembre	Erebe
Octobre	Corb
Novembre	Bome
Décembre	Drem

LEXIQUE DES PERSONNAGES

Personnages principaux

Sivan Seidgrend, jeune diplômée d'Histoire ancienne.

Jenny Sterny, meilleure amie de Sivan et fille de l'ambassadeur, Monsieur Sterny.

Docteur Janus, professeur d'Histoire ancienne.

Roger Charmin, inspecteur de police envoyé par Mydizen.

Monsieur Sterny, ambassadeur de l'Hémisphère Nord au Sud.

Keigo Ukasawa, président de l'Hémisphère Sud.

Personnages secondaires

<u>L'Aurore</u>

Gustave Barent, archéologue en chef, assassiné sur un site de fouilles.

Oscar Leef, ami d'enfance de Gustave Barent, a repris la chefferie suite au meurtre de celui-ci.

Christine Ghil et Sven Tiwh, jeunes archéologues.

Anya Barent, compagne de Gustave Barent.

Ameny, membre d'un groupuscule de nationalistes égyptiens.

Klara Mondragara, ancienne archéologue de l'équipe de Gustave Barent.

Georges Garval, avocat de Monsieur Sterny.

Le Zénith

John Polpier, historien, assassiné.

Angela Polpier, femme de John Polpier.

Gioio Shipo, ancien moine bouddhiste.

Michel Kurchazy, kabbaliste.

Gaon Baraq, spécialiste des incantations du judaïsme.

Charles Mepalant, banquier.

Dan Baneste, policier.

Myriam Yarbe, Charlotte Gendrain et **Joséphine Yélin**, étudiantes à l'université de Mydizen.

Le Crépuscule

Ivrov et **Andreï Ghratni**, frères et proches de Keigo Ukasawa.

Stéphane Barhow, journaliste d'investigation.

Monsieur Schneerson, nouvel ambassadeur de l'Hémisphère Nord au sud.

L’AURORE

CHAPITRE 1

Mydizen, Capitale du Nord, 10e jour d'Outa, année 3759.

Sivan est curieuse. Trop curieuse, lui répète sans cesse sa mère.

À vingt-cinq ans, elle est une brillante étudiante. Fraîchement diplômée de l'université de Georgina en Histoire ancienne, elle est passionnée par cette période si lointaine que sont les années 2000, avant que le monde ne se bouleverse d'un coup.

Cette curiosité l'a de fait beaucoup aidée à accomplir de façon remarquable ses études. Sans cesse à la bibliothèque ou dans les librairies de son quartier, elle glane méticuleusement le moindre livre sur le Big Bang II, ainsi que l'ont appelé les experts.

Comme ce fameux ouvrage écrit par son ancien professeur de Sciences politiques anciennes, le docteur Janus, intitulé *Ce jour où le monde a basculé*. Un livre de prime abord inabordable, car truffé de statistiques en tout genre, mais qui lui permit d'obtenir un A+ au Grand Oral de son université.

Pour l'instant, lovée dans son canapé-lit, elle savoure la fin de l'après-midi, les rayons du soleil s'attardant dans son petit studio, traversant les rideaux et l'enveloppant d'une lumière orangée.

Elle se sent détendue et goûte l'instant présent, évitant ainsi de ressasser dans sa tête ses problèmes personnels.

Oui, elle est diplômée depuis un mois déjà, mais sa vie sentimentale est un véritable fiasco.

— À vingt-cinq ans, tu as la vie devant toi, ma fille. Ne t'inquiète pas ! n'arrête pas de lui répéter sa mère quand Sivan l'appelle de sa Tabletem.

— Oui maman, je sais bien, c'est tellement accommodant de me dire ça. Mais j'en suis à deux histoires d'amour décevantes que j'ai stoppées avant une déprime annoncée. Je ne sais plus, quelqu'un pourrait-il me supporter ?

— Oh, stoppe un peu tes jérémiades, s'agace sa mère. Tu es trop jeune pour te remettre en question de cette façon. Reste positive ma fille !

Cette fois-ci, elle y a presque laissé sa peau. Sa rencontre avec David avait commencé tel un conte de fées, mais s'était terminée en cauchemar. David était un vampire de l'âme.

Se séparer est un acte assez banal. Ne plus aimer également. Mais ressentir cette énorme culpabilité propre à ses failles l'a fait presque passer de l'autre côté. Elle a perdu dix kilos. Déjà frêle, elle est devenue squelettique et honteuse en allant chez le médecin. Mais aujourd'hui, après avoir passé d'agréables vacances au Centre Nautique de Rastilia accompagnée de sa jeune sœur, elle s'est remplumée.

Les vacances sont finies. Elle doit désormais trouver un travail. La vie d'étudiante, si confortable, est terminée. Elle pourrait même verser une larme… enfin, presque.

Ainsi allongée, elle réfléchit tout haut, une vieille habitude : *Oui, maman, j'ai la vie devant moi. Le monde est vaste. N'est-il pas un peu intimidant ? Allez, courage Sivan*, se dit-elle.

Dans sa bulle de confort douillet et d'histoires passées, elle s'intéresse peu à la politique actuelle. Pourtant, elle est attirée par le monde diplomatique et ses ramifications.

Et l'image de Jenny, brune incendiaire au teint de porcelaine de deux ans sa cadette, apparaît dans sa tête. Prenant sa tablette multimédia avec caméra intégrée, qu'on appelle plus couramment une Tabletem, elle compose le numéro de Jenny.

— Jenny, coucou, je ne te dérange pas ?

Elle voit sur l'écran son amie, les cheveux ébouriffés, toujours dans son lit malgré l'heure…

— Oups, pardonne-moi, je crois que je tombe au mauvais moment, tu me rappelles quand tu as le temps ?

— Pas de problème Siv, de toute façon il faut que je me réveille, mon boulot commence dans deux heures. Je devrais même plutôt te remercier de m'avoir appelé !

Sivan sourit.

— Écoute Jenny, je t'avais parlé il y a un petit moment de mon envie de travailler dans une ambassade, tu te rappelles ?

— Oui, bien sûr je m'en souviens, mais tu n'as pas précisé le type de métier que tu souhaiterais faire… Mon père est toujours à l'ambassade du Nord, tu veux que je l'appelle ?

— Ce serait génial, même super génial ! Mille mercis ma Jenny !

— Bon, si tu veux me remercier, viens plutôt ce soir au Club, il y aura plein de nouvelles têtes…

— OK, je passerai, je te le promets !

Elles raccrochent de concert. Sa Tabletem toujours sur les genoux, Sivan énonce à voix haute : moteur de recherche, puis tape au clavier « ambassade du Nord ».

Depuis le Big Bang II qui a eu lieu en 2400, la géographie mondiale a changé.

La planète ronde s'est scindée en deux parties, le Nord et le Sud. Le Nord est aux mains d'un puissant gouvernement tripartite formé en partie par d'anciens Européens, Yoan Kazinski en est le président. Le Sud est dirigé avec autorité par Keigo Ukasawa, descendant d'une ancienne famille d'ex-Asie.

Sur la page d'accueil du site Internet de l'ambassade du Nord, Sivan appuie sur le bouton virtuel « informations » et tombe sur une photo du père de Jenny. Bel homme en tout cas ! Il a le teint clair, les cheveux bruns et des yeux verts perçants. Une petite quarantaine. Elle s'imagine déjà là-bas, au bras de cet ambassadeur charmant…

Sivan l'avait rencontré il y a quelques années, elle n'était qu'une adolescente. Mais déjà, elle était séduite. Les premiers émois sans doute.

Et oui, se retrouver à son bras… Elle secoue la tête en se frottant le front : *Non, arrête de fantasmer toutes les cinq minutes*, se dit-elle en boucle.

L'ambassade du Nord est logiquement située au Sud, dans la capitale Gaushino. Pendant cinq minutes, elle s'y voit déjà, rêvant d'exotisme et de belles rencontres… puis secoue la tête de nouveau, dubitative.

Sivan se lève du canapé, les jambes endolories par une mauvaise position, et se dirige vers sa petite salle de bain. Dans le miroir, elle se regarde pour critiquer évidemment une parcelle de son visage. Des traits doux, des yeux noisette un peu cernés, des cheveux dorés ramenés au-dessus de sa tête en chignon, son image ne la satisfait pas vraiment en ce moment. Il faut dire que sa récente séparation lui a fait prendre un coup de vieux comme on dit familièrement. Et ajoutons à cela son amincissement rapide et des nuits d'insomnie, le résultat reste pitoyable, malgré son remplumage.

Tout d'un coup, prise d'un vertige de déprime, elle pose ses mains sur le lavabo et sent la fraîcheur de la faïence. Elle respire lentement puis sans se contrôler plus rapidement, ses yeux se couvrent de larmes. Certes, elle a regrossi, mais la culpabilité est toujours présente. Elle a rompu, a fait du mal à quelqu'un qui n'arrive d'ailleurs pas à l'oublier. Pendant cinq minutes, la tête penchée vers le siphon du lavabo, les mains de chaque côté, elle pleure.

Puis Sivan se relève et se persuade que tout ira mieux, que rien ne peut être pire, enfin elle l'espère. Une bonne douche plus tard, un maquillage léger et une tenue un peu plus affriolante, mais sans vulgarité, elle sort de son appartement. La voisine, âgée, est chez elle, elle l'entend parler au téléphone.

Le soleil rayonnant lui caresse le visage. Elle ferme les yeux, toujours dans sa philosophie de profiter du moindre plaisir, et marche vers la station.

L'endroit où Jenny travaille est situé à trois arrêts en MétroGlisse, elle arrive rapidement sur place. Elle regarde sa montre, déjà dix-neuf heures. Après ce fameux Big Bang II, la nuit ne tombe que pendant six heures tous les vingt-neuf jours (la durée d'un mois), aussi les ventes de montres sont parties en flèche, tout le monde ayant besoin de repères temporels mécaniques pour distinguer la nuit du jour.

D'ailleurs, pour éviter toute confusion, on a défini cette fausse nuit par l'expression la Mala Noc et la vraie nuit s'appelle tout simplement la Noc.

La Tabletem peut aussi servir de repère temporel, mais la technologie n'est plus en odeur de sainteté. Peut-être est-ce l'héritage d'un confinement ancien…

En effet, juste avant le Big Bang II, les autorités du monde entier avaient convoqué les humains pour qu'ils s'abritent dans de drôles de capsules immenses, élaborées d'un matériau résistant aux oscillations sismiques, l'élastec. Ces capsules – ainsi qu'on les nommait – ont permis de sauver plus de la moitié de l'humanité. Mais le séjour a été long – cent ans – et angoissant pour certains. De père en fille, les survivants ont transmis leurs témoignages. Les gens ont commencé à haïr tout ce qui rappelait ces technologies, même si elles leur avaient sauvé la vie.

Le docteur Janus avait raconté à Sivan que certaines de ces capsules étaient réservées aux documents, mais aussi à la préservation des animaux, des plantes, des arbres. Une autre était un réfrigérateur ambulant, contenant la plus précieuse des cargaisons : l'ADN des êtres vivants. Enfin quelques spécimens, bien sûr.

Cette capsule frigo a toujours fait l'objet de nombreux fantasmes et était même le sujet principal de nombreux ouvrages de science-fiction.

Aujourd'hui, quelques capsules sont exposées au musée du Vivant à Mydizen.

Perdue dans ses pensées, Sivan se rend soudain compte qu'elle est arrivée.

Il y a déjà des gens attendant à l'entrée. Elle ne connaît personne, non pas par manque de sociabilité, mais par volonté de rester solitaire et de s'entourer uniquement d'amis de confiance. Elle n'a jamais été une meneuse d'hommes, un leader. Plutôt la tête pensante et discrète que la star légère et provocante. Jenny est cet inverse. Une cour d'hommes à ses pieds, des amies et copines sans cesse en train de la contacter pour une sortie improvisée, Jenny est lumineuse, enivrante, rassurante. Sivan a besoin d'elle.

Elle entre dans l'établissement déjà enfumé. Les fenêtres ont été masquées par de lourds rideaux sombres. Les lumières artificielles jaillissent en cadence ininterrompue. Dès qu'elle parvient à retrouver une vue correcte après ce changement d'atmosphère, elle repère tout de suite Jenny. Celle-ci porte un ensemble en cuir moulant, ses cheveux détachés et brillants se secouent à chacune de ses paroles avec légèreté. Deux hommes sont à côté d'elle.

— Jenny ! lui crie-t-elle.

— Ah, enfin, tu es là Siv. Laisse-moi te présenter. Sivan, Alan. Et ce beau blond c'est Henryk.

Les deux hommes dévisagent Sivan, la détaillant de haut en bas. Ensuite, leurs regards se reportent sur Jenny.

Celle-ci tente de rendre Sivan plus captivante :

— Siv est une jeune diplômée en Histoire ancienne. Vous connaissez ?

Non. Visiblement ils n'ont d'yeux que pour Jenny. Sivan soupire au fond d'elle. Autrefois, elle avait plus de succès. Maintenant, elle est brisée et doit se reconstruire. Elle sait que c'est une question de temps et qu'elle retrouvera sa joie et sa naïveté très vite. Elle décide de laisser Jenny à ses occupations et va prendre un verre. Le bar est pratiquement vide, sans doute la faute à la crise financière. Elle interpelle le barman : « une vodka orange s'il vous plaît ! », puis se retourne pour s'asseoir sur une chaise haute et observer les gens.

Des couples se trémoussent au son de l'électronique. De jeunes gens, habillés selon les codes vestimentaires actuels, des habits près du corps leur donnant des airs futuristes, discutent, boivent, fument et se jaugent. Elle repense aux soirées passées avec David où celui-ci voulait qu'elle mette tel vêtement, telles chaussures, qu'elle parle de telles choses, qu'elle lui tienne le bras, qu'elle ne le quitte pas. Une poupée, voilà le désir de David. Après l'avoir supporté pendant trois ans, et perdu son identité, elle a stoppé.

Sans regret, mais avec une pointe de nostalgie, elle regarde un couple déjà atteint par l'alcool s'embrasser langoureusement. Elle aimerait aussi s'enivrer et se serrer fort contre un homme qu'elle désire, mais malheureusement même esquisser un sourire lui semble être un effort insurmontable. De mauvaise compagnie, elle l'est ce soir. Et cela lui pèse.

Absorbée par ses pensées, elle ne voit pas que l'homme blond, un des admirateurs de Jenny, s'approche d'elle.

— Excusez-moi Mademoiselle, Sivan c'est ça ?

— Oui, c'est ça, et vous, Henryk, je suppose ?

Elle est devenue aussi beaucoup plus agressive avec les hommes, parce qu'elle n'est plus du tout sûre de son pouvoir de séduction.

— Je vous importune peut-être ?

— Euh non, voyez-vous quelqu'un à mes côtés ? Non, alors vous ne m'importunez pas.

— Désolé pour tout à l'heure, mais nous étions absorbés par ce que nous racontait Jenny…

— Pas de souci… réplique-t-elle.

Sivan s'ennuie. Cet homme est pénible, lent dans ses propos, elle réfléchit à sa stratégie de repli.

— Alors comme ça vous étudiez l'Histoire ancienne ?

— Non, je suis diplômée, j'ai étudié l'Histoire ancienne et je suis actuellement en recherche d'emploi. Vous auriez des pistes ? dit-elle, ironique.

— Oh non, malheureusement, puis il enchaîne, moi je suis architecte.

Ce que déteste le plus Sivan se passe à l'instant. L'homme a envie de parler de lui et n'a cherché qu'à rebondir sur une simple phrase qu'elle lui a dite.

— Architecte ? Intéressant, je suppose, enfin comme beaucoup de métiers… Bon, pardonnez-moi, mais je vais aller me rafraîchir un peu…

— Ah, d'accord, j'espère vous revoir après, dit-il en lui jetant un regard en coin, charmeur.

Sivan se connaît et repère tout de suite un regard qui la séduit. Curieusement et malgré la pauvreté de leur conversation, ce regard en coin commence à l'émoustiller un peu et c'est avec un léger regret qu'elle le laisse au bar et se dirige vers les toilettes. Devant la glace, elle pense qu'enfin, elle se sent revivre…

Elle revient au bar. Henryk est parti.

CHAPITRE 2

Mydizen, Capitale du Nord, 21e jour d'Outa.

Rendez-vous avec le docteur Janus. Sivan se rend à son ancienne université en MétroGlisse, elle en a pour au moins trente minutes. Posée sur son siège, elle regarde sur sa Tabletem les dernières nouvelles. Crise financière, conflit au Sud, grève d'ouvriers, elle se dit au fond d'elle-même que son monde est proche de celui qu'elle a étudié pendant cinq ans. L'environnement change, mais les problèmes restent les mêmes. Voire pire.

Depuis le Big Bang II déclenché par l'arrivée dans le système d'une nouvelle étoile de type naine jaune, la Terre n'a plus un, mais deux soleils. Ce nouveau soleil a été surnommé Soleileia et gravite autour du Soleil. Il a la même vitesse que la Terre, mais pas la même orbite.

Selon de nombreux experts, ce nouveau soleil est arrivé à cause d'une explosion cosmique. Les causes en sont inconnues pour le moment, une accumulation de matières a priori.

Situés à plus de soixante-dix millions de kilomètres de notre belle planète, les rayonnements de Soleileia ont comme conséquence première de perturber la nuit et le jour.

Sivan se rappelle un de ses manuels d'histoire.

Pendant vingt-neuf jours environ, le soleil est de ce fait omniprésent, de l'Hémisphère Nord à l'Hémisphère Sud, en attendant l'alignement des planètes (Terre – Lune – Soleil) qui permet d'obtenir six heures de pénombre par cycle : la Noc.

Soleileia n'est jamais concernée par cet alignement.

Prise de vertiges, elle calcule dans sa tête tous les changements qu'ont dû faire les hommes pour s'adapter. Sa vie lui semble banale, mais en y réfléchissant bien, que d'adaptations depuis le Big Bang II ! Elle regarde le ciel à travers la vitre du MétroGlisse. Deux soleils, qui aurait pu prévoir cet énorme changement du système planétaire ? Personne ne l'a vu venir.

« Armageddon », « fin des temps ! » ont crié ses ancêtres à la vue de cette nouvelle naine jaune. Quel mal-être et quelles angoisses ont-ils subis ! Impossible pour elle de tout imaginer.

Car l'arrivée de Soleileia ne s'est pas faite sans mal pour la Terre. La force d'attraction entre les deux soleils et la Lune est à l'origine d'un tremblement de terre hors du commun.

Les continents se sont rapprochés ou éloignés, pour curieusement se séparer en deux entités distinctes qu'on va nommer : Hémisphère Nord et Hémisphère Sud. Les anciens pôles ont disparu.

Le climat aussi en a été bouleversé, car les températures ne diminuaient jamais en l'absence de nuit. Renforcer la couche d'ozone afin d'éviter une forte pénétration des ultraviolets nocifs pour l'homme était devenu une priorité. Les ingénieurs ont alors fait preuve d'une inventivité extraordinaire en envoyant dans la stratosphère des satellites nommés Oz Plus, qui créent de l'ozone de façon autonome.

« Université de Georgina », une voix mécanique retentit dans le wagon et coupe court à ses errances de l'esprit. Son arrêt. Elle range sa Tabletem, prend son sac et sort du MétroGlisse. Lunette de soleil sur le nez, elle se dirige vers le bureau du docteur Janus.

En entrant dans son ancienne université, elle est prise de nostalgie, se voyant cinq ans plus tôt, pleine d'énergie et de rêves.

Les couloirs sont sombres, mais elle connaît par cœur le chemin. Devant la porte, elle frappe deux coups. En moins d'une minute, le docteur

Janus l'ouvre. C'est un homme âgé, mais toujours vif. Ses lunettes lui mangent le visage et lui donnent un côté bon grand-père.

— Sivan, je suis très heureux de vous revoir !

— Moi aussi professeur !

— Alors que voulez-vous ? Cela doit être bizarre pour vous de revenir ici alors que vous êtes une toute jeune diplômée !

— Oui, mais j'ai besoin d'aide… pour m'orienter vers un travail qui me plaît.

Il la fait entrer. Elle s'assoit à son bureau. Celui-ci est rangé méthodiquement, rien ne dépasse.

— Alors, parlez-moi de vos angoisses… commence-t-il à lui demander, tel un psychologue.

— En fait, l'Hémisphère Sud me fait rêver, même si je ne connais pas encore grand-chose, lui répond-elle, et habiter ailleurs ne me fait pas peur ! Seulement, quelle valeur ajoutée pourrais-je apporter à une ambassade ?

— Vous connaissez l'expression chère Sivan, on peut voir l'avenir dans les choses passées. Ce qu'on vous a enseigné est un trésor pour comprendre comment notre monde est constitué et se gère. Un ambassadeur se doit de connaître notre histoire, mais ayant peu de temps, il lui serait utile d'avoir un conseiller en Histoire ancienne. Peut-être devrez-vous voir de ce côté-là ?

Que de bons conseils le docteur Janus lui donne ! Sivan a des étoiles plein les yeux, elle rêve, comme toujours, en l'écoutant. Conseillère de l'ambassadeur ? Ce serait l'accomplissement de tant d'années à étudier comme une acharnée !

En reprenant le MétroGlisse, elle ne peut s'empêcher d'envoyer un message à Jenny : *Coucou, ne m'oublie pas.* La réponse de Jenny ne se fait pas attendre : *Je t'appelle tout à l'heure, des choses à te raconter.*

Sivan sort de la station, direction son petit appartement. Elle a soif d'informations : comment est la vie dans le Sud ? Sont-ils si différents que nous ? Elle marche rapidement, sans regarder les alentours, yeux rivés sur le trottoir, tête ailleurs. Arrivée chez elle, elle pose son sac, sa Tabletem sur son canapé-lit, et va se rafraîchir un peu. Elle allume même sa climatisation, trop chaud, sans doute les émotions.

Enfin elle a trouvé sa voie ! Une visite chez son ancien professeur, et son avenir lui semble plus radieux. Sivan sourit. Elle est songeuse aussi. Comment rendre son envie réalisable ? Ce poste existe-t-il déjà ? Aurait-elle les moyens d'influencer l'ambassadeur, si elle a la chance de le rencontrer ?

Sa Tabletem sonne. L'image de Jenny apparaît sur l'écran.

— Jenny, je suis si heureuse de t'entendre !

— Moi aussi Siv, j'ai plein de choses à te dire !

— Attends, moi d'abord, lui répond-elle, comme une enfant. Je crois que j'ai trouvé ce que je veux faire dans la vie ! N'est-ce pas une énorme nouvelle ?

— Euh… oui, c'est super ! D'ailleurs, je dois parler à mon père…

Sivan se sent déçue tout d'un coup. Jenny n'a pas parlé à son père ? Son avenir est en jeu !

— Euh… merci Jenny. Bon, tu voulais me dire quelque chose ?

— Oui, tu as tapé dans l'œil d'Henryk la dernière fois !

— Ah bon ? Pourtant, je t'ai raconté, il est parti sans me dire au revoir au bar…

— Ma Siv, toujours pessimiste… je te reconnais bien là ! Non, il m'a demandé ton numéro de Tabletem, je lui ai donné ! Tu ne m'en veux pas ? lui dit-elle d'un air mutin.

— Bah… non, pas de problème, mais je doute qu'il appelle. Cela fait maintenant presque deux semaines qu'on s'est vus !

— Encore une fois, ne sois pas si impatiente !

L'enthousiasme de Jenny est contagieux. Sivan sent son cœur se gonfler. Oui, un bel homme a demandé son numéro. Oui, elle peut plaire. Ainsi, Henryk n'est finalement pas si insensible à son charme ! Deux bonnes nouvelles dans la journée, c'est un record, se dit-elle, sarcastique.

Elle s'allonge sur son lit, les bras tendus vers les coussins, comme pour s'étirer. Henryk, un nouveau travail, que demander de plus ? Enfin, il lui reste un problème, transformer ces deux désirs en faits. Et ça, c'est une autre paire de manches.

Elle reste si faible, moralement. Une sorte de spleen s'empare d'elle sans raison évidente, elle ne peut le refouler. Défilent dans sa tête des images de son ancien copain, de sa famille, de ses anciennes habitudes de couple. Elle ne regrette pas sa décision, ni l'homme, mais plutôt le sentiment d'être aimée par quelqu'un, même si ce n'était pas un amour sain. Des musiques, des scènes qu'elle se repasse en boucle l'achèvent. Des larmes coulent sur ses joues sans qu'elle parvienne à les stopper. Elle est si lasse, jeune extérieurement, mais vingt ans de plus dans sa tête. Au fond d'elle existe quelque chose qu'elle ne peut définir, comme une plaque de tristesse qui s'est installée définitivement.

Mais intérieurement aussi, Sivan souhaite rompre avec ce cycle infernal de la dépréciation, même si elle sait que certains dégâts sont irréversibles. S'assoyant sur son lit, coussins aux motifs anciens inspirés d'un pays qu'on appelait la Russie sur ses jambes, elle attrape un carnet numérique, vierge, couplé à un petit stylet. Ce carnet se compose de deux petits écrans, très légers.

Elle a longtemps cherché dans les brocantes de vieux carnets et de véritables stylos, mais sans succès. Aujourd'hui, tout le monde écrit de façon numérique, mais curieusement, on imprime ensuite. Le manque de confiance en la technologie et ses serveurs, encore une fois. Quelle société ambivalente…

Le stylet est ce qui se rapproche le plus d'un authentique crayon.

Dressons un plan de vie, se dit-elle.

Elle décide d'intituler son carnet Renaissance. Un peu présomptueuse sans doute, elle sait que nombre de nouveaux diplômés sont dans le même état d'esprit qu'elle : après avoir passé de nombreuses années dans un confort d'étudiant, il est temps de prendre sa vie en main.

Sentiment de vertige, de peur du lendemain, mais aussi délicieusement excitant… Mais renaissance aussi au sens propre du terme, elle doit revivre…

Elle divise son carnet en deux parties : un écran concernant sa vie sentimentale, pour l'instant vide. L'autre écran servira à recueillir ses repères pour sa future vie professionnelle. C'est le seul domaine qu'elle souhaite développer. Elle note : devenir conseillère de l'ambassadeur du Nord.

Puis elle se laisse glisser sur ses coussins. Rédiger un C.V. et une lettre de motivation est le passage traditionnel néanmoins obligatoire. Elle ne doit pas que compter que sur Jenny, l'ambassadeur n'a pas de temps à perdre avec de jeunes idéalistes, il s'agit d'exprimer du concret, de faire naître des besoins.

Se redressant, elle écrit pendant des heures…

CHAPITRE 3

Mydizen, Capitale du Nord, 26e jour d'Outa.

La foule marche sans se regarder dans l'immense hall abritant de nombreux magasins et restaurants rapides. Ce "shopping center" fait partie d'une chaîne du géant de la consommation Zakupi.

Ils sont tous agencés de la même façon, des escalators à perte de vue, une lumière atténuée par les grandes verrières peintes d'un revêtement spécial.

Et surtout des boutiques de toutes sortes, pour tout budget. Sivan a la tête qui tourne à chaque visite. Elle se rappelle, mélancolique, un autre temps, celui où la frénésie de l'achat n'était pas encore érigée en principe de vie.

Aujourd'hui, tout bien de consommation coûte beaucoup moins cher, car produit par des robots, eux-mêmes programmés par l'ancienne main-d'œuvre ouvrière, devenue des techniciens hautement qualifiés.

Le niveau de vie a considérablement augmenté, le seuil de pauvreté a baissé pour être presque nul au Nord. Enfin, officiellement.

On raconte que dans le Sud, il n'y a pas eu la même évolution, qu'il existe encore des usines fonctionnant avec des humains. Mais ce ne sont que des rumeurs, personne ne communique sur le Sud, car il n'intéresse pas les habitants du Nord.

Sivan et Jenny passent de magasin en magasin. Elles sont comme envoûtées par l'odeur du neuf, les couleurs, les clients. Elles ressortent, un petit chariot aéroglisseur à leurs côtés chargé de paquets et de sacs recyclés. Ce cycle infernal de consommation dure en général quatre heures. Après, fini l'envoûtement.

S'installant confortablement dans un café aux allures de l'ancien *Café de Flor*e de Paris, elles soufflent, fatiguées, mais ravies.

Le "shopping center" fonctionne effectivement comme une sorte de drogue. Sitôt franchi le portique d'entrée, le client ne peut qu'acheter, se retrouvant happé par l'envie de consommer. Il est d'ailleurs interdit aux mineurs d'y entrer.

Commande passée et les deux amies admirent leurs dernières acquisitions. Jenny en profite pour glisser quelques mots à Sivan concernant Henryk :

— Henryk n'a pas arrêté de me poser des questions sur toi depuis cette fameuse soirée !

— Mais je ne comprends pas bien, il te pose des questions, mais ne serait-ce pas plus logique de me les poser à moi ? Je trouve cela très étrange…

— Toujours aussi parano ma Siv ! s'exclame Jenny, à la limite de l'agacement.

— Sincèrement, tu t'intéresses à quelqu'un, tu as son numéro, tu l'appelles, non ? Encore un homme sans caractère et sans doute lâche… ou alors n'était-il pas plutôt séduit par toi ?

— Franchement Siv, la coupe Jenny, tu es fatigante en ce moment !

Sa meilleure amie quitte brusquement sa chaise, sans boire son café. Sivan se sent terriblement gênée, elle sait que Jenny a raison. Elle voit tout en noir, se méfie des hommes et ne pense plus leur inspirer de nobles sentiments. Et si elle arrêtait de se croire au centre du monde d'abord ? Elle prit la résolution d'appeler Jenny, de s'excuser et d'écouter d'une oreille légère les bonnes choses que son amie souhaite lui raconter.

En attendant, elle prend le MétroGlisse pour rentrer chez elle. S'allongeant dans son petit canapé, elle tend le bras pour récupérer son carnet numérique. Il contient des lettres de motivation pour ses ambitions. Elle ouvre un dossier. Trois versions ont été rédigées, mais laquelle choisir ? Classique, flatteuse ou prétentieuse ? Prenant sa Tabletem, Sivan s'identifie sur sa boîte aux lettres, puis tape : « recrutement@ambassade-nord.com ». Elle se stimule intérieurement. Qui ne tente rien n'a rien. Vas-y au culot, se répète-t-elle. Au culot ? D'accord, choisissons la version prétentieuse alors !

Elle renomme sa lettre par un titre sobre, puis rédige un petit mot d'introduction dans le message, ajoute la lettre et son C.V. puis appuie sur envoi sans réfléchir véritablement, comme un robot. La réflexion est pour elle un frein à son dynamisme. Mais peut-être aussi une action sans résultat.

Puis elle navigue sur sa Tabletem dans ses contacts et lance un appel. Jenny. Son amie, sa seule amie.

Répondeur. Elle lui laisse un message, s'excusant puis parlant de l'envoi de sa candidature. *Encore un message de pure égoïste*, se dit-elle. *Je n'ai parlé que de moi.* Elle soupire.

Pourtant, Sivan est loin d'être une égoïste, elle le sait au fond d'elle. Toujours présente pour rendre service, elle ne supporte pas les fausses promesses et met un point d'honneur à respecter la parole donnée. Dans tous les domaines, elle prétend aimer apprendre de tout, aider lui apporte tout autant qu'à la personne épaulée. Jenny le sait, Sivan ne supporte pas de donner une mauvaise image à quelqu'un qui lui est aussi cher.

Elle rappellera.

*

Noc du 1er au 2e jour d'Erebe.

Ce soir c'est véritablement la nuit. Au sens ancien du terme, la Noc. Le deuxième soleil va être masqué par l'alignement des planètes. Sivan n'a jamais connu autre chose que ce rythme-là. Les tombées de la nuit sont devenues angoissantes pour les humains. Autrefois, la pénombre était inscrite comme normale dans la tête des habitants. Aujourd'hui, les gens préfèrent rentrer chez eux pour éviter de se promener dans les rues. Il faut dire que les municipalités n'ont pas aménagé les axes : nul lampadaire, comme ceux vus dans les livres d'Histoire ancienne. Aussi chacun possède sa lampe torche, un outil peu technologique, et se balade tels des spéléologues dans une grotte.

Pour Sivan, rien ne change dans sa vie à ce moment-là. Elle rentre chez elle, tout comme la moitié des habitants de la capitale. Des cas d'agressions ont été rapportés. Des vols aussi. L'homme a perdu sa faculté à s'adapter à la pénombre. La nuit tombe, seuls les chats et chiens sont à l'aise. D'ailleurs, la faune et la flore se sont rapidement adaptées à cet énorme changement.

Mais de cette nuit devenue inhospitalière, beaucoup de récits sont relatés. La présence d'êtres ne ressemblant à aucun autre animal. Une histoire à dormir debout ? Sivan s'est toujours persuadée que c'était le cas. Néanmoins, des témoignages plutôt sérieux sont rapportés à chaque Noc dans les journaux.

Dernièrement, un jeune homme qui avait oublié ses clés a été coincé à la porte de chez lui. Dans l'usage, les proches et amis ont toujours un double des clés de chacun, c'est quasi obligatoire. Au cas où. Mais ce jeune est allé de malchance en malchance, car il s'est blessé en courant vers l'appartement de sa mère et avait oublié sa Tabletem. La Noc était tombée depuis peu. Il s'en est sorti, mais a raconté toutes sortes d'horreurs. Il ne s'est jamais senti seul cette nuit-là. Certes, les chats et chiens, présences familières et rassurantes, étaient de la partie. Mais autre chose était tapi dans l'ombre. Il a prétendu que ce serait un reptile à long museau, mais grand comme un homme.

Les autorités ont installé des caméras dans les rues, mais rien. Pas d'image d'une quelconque présence inhabituelle. Curieux que de tels témoignages concordent, car tous prétendent que c'est ce même type de créature qui rôde. On la surnomme la Goule (ce terme vient du folklore d'avant BBII et signifie ogre).

Dans son petit appartement, elle ferme ses rideaux occultants, ne se risquant à aucun regard à la fenêtre. Puis allume les lampes et s'assoit, sa Tabletem sur les genoux. Toujours pas de réponse de l'ambassade du Nord. Et surtout, toujours pas d'appel de Jenny, et encore moins d'Henryk.

La Noc et la solitude rendent Sivan mélancolique. Elle décide de se mettre au lit, en prenant un bon bouquin. Partir en voyage grâce aux héros de ces romans d'aventures, voilà une délicieuse soirée.

Elle tombe dans les bras de Morphée.

Le lendemain matin, le jour est revenu. Enfin. Un appel de Jenny en absence. Pas de message. Sivan rappelle aussitôt.

— Jenny ?

— Oui, Sivan, que veux-tu ? Me demander des nouvelles ou savoir si j'ai parlé de toi à mon père ? lui rétorque-t-elle.

— Euh… mais savoir comment tu vas bien sûr ! Je ne suis pas une égocentrique comme tu as l'air de penser.

Ravalant ses larmes, sa voix se fait dure, puis beaucoup moins assurée. Elle sent sa gorge se nouer, comme si la terre s'écroulait. Savoir que sa meilleure amie la considérait ainsi lui brise le cœur.

Silence au bout du fil, mais Jenny ne raccroche pas.

— Jenny, je m'excuse encore pour la dernière fois, tu me manques et je suis terriblement désolée de mon attitude.

Dire ces simples mots était une épreuve pour Sivan, elle si fière que même persuadée d'être souvent juste, elle avait beaucoup de mal à reconnaître ses erreurs.

Jenny ne répond pas tout de suite.

— Bon Siv, j'accepte tes excuses, mais je t'en prie, fais des efforts, tout ne tourne pas autour de toi !

— Tu as mille fois raison et tu me connais, je ne suis pas une égoïste dans le fond…

Jenny dit alors à Sivan :

— Mon père est dans une petite ville qu'on appelle Sariska, dans le Nord de notre beau pays. Il doit voir le gouverneur de cette région, car il y a des problèmes administratifs, je crois. Enfin, c'est tout ce qu'il a bien voulu me dire… Rejoins-le, c'est à trois cents kilomètres d'ici. À ton arrivée, prends directement le chemin du palais du Gouverneur. Mais je te préviens, les températures sont moins clémentes que chez nous, elles avoisinent les moins dix degrés !

Sivan acquiesce. Oui, c'est le bon moment, plutôt que d'attendre une éventuelle réponse laconique des ressources humaines de l'ambassade. Aucune envie d'aller au Sud sans véritable promesse de recrutement ou de stage et de payer au passage pas moins de mille dollars (la valeur monétaire unique depuis le Big Bang II) pour rien.

Elle remercie Jenny et en raccrochant se voit déjà acheter son Pass Transport pour Sariska.

Sivan n'est jamais partie seule. Outre le fait que cette idée la rend excessivement excitée, elle est tout de même partagée : serait-ce le début d'un cheminement personnel aussi ? Loin de toute dépendance affective. Elle se rappelle une vieille expression : les voyages forment la jeunesse. Plus facile à dire qu'à faire. Sa jeunesse lui semble lointaine… *Oh et puis zut ! se* dit-elle. *Arrête de te plaindre Sivan et agis !*

Arrivant à son petit appartement, elle ne prend même pas la peine de se déshabiller et prend sa Tabletem. Elle énonce « acheter Pass Transport », arrive directement sur l'adresse Internet « www.trainglisse.com », sélectionne sa destination, Sariska, et enfin valide son achat.

CHAPITRE 4

Sariska, Hémisphère Nord, Nord, 10e jour d'Erebe.

Sivan est frigorifiée. Jenny n'avait pas menti, il fait froid ici ! Elle a pourtant mis trois couches de vêtements, mais son corps n'est pas habitué. À la gare, un thermomètre affiche moins cinq degrés. Brrr ! Elle frissonne.

La gare est assez loin du palais du Gouverneur, elle doit traverser un quartier avant d'y accéder. Les gens dans la rue sont tous emmitouflés. Les femmes n'ont pas mis leurs talons, seulement de grosses bottines de montagne, très peu se sont risquées aux bottes plus féminines (certainement des coquettes).

Hommes et femmes portent des bonnets, leurs bras ballants et mains gantées rythmant leur démarche. Les sols sont quasi gelés. Il faut dire qu'il a neigé il y a quelques jours. Malgré le jour prédominant, le soleil n'est pas assez puissant pour rendre le tout moins glissant. Sivan, pourtant chaussée consciemment de bottines en cuir verni, s'est risquée à quelques glissades. Ici, les gens marchent vite. Plein de cafés sont ouverts, ambiance cocooning. Mais Sivan n'a pas le temps de s'arrêter. Il est onze heures et elle veut voir le père de Jenny avant midi. Jenny lui a dit que c'était un horaire propice et son père sait qu'elle vient, il va l'attendre en cas de retard…

Elle traverse le quartier du Olgan, quartier plutôt résidentiel, avec ses immeubles de couleurs bigarrées. Des bougies sont allumées à plusieurs fenêtres, sur une sorte de chandelier comme dans le rite ancien de cette vieille religion qu'elle a étudié avec le docteur Janus. C'était une fête des Lumières, où l'on mettait des chandeliers aux fenêtres, en allumant une puis plusieurs bougies par soir pendant huit jours. Même si aujourd'hui, il n'y a plus tellement de nuits, c'est joli et c'est assez pittoresque de voir cela en vrai ! Elle racontera cet épisode au docteur Janus à son retour.

Elle se sent libre, elle est seule et sans contrainte. Elle n'a même pas pris la peine de regarder son courrier, ou ses réseaux sociaux. La seule utilisation de sa Tabletem est la navigation, son application Plans. Elle se sent bien, finalement, et décide de réitérer cette expérience de voyage solitaire une prochaine fois.

Les rues sont longues et droites. Elle a l'impression de ne jamais arriver à destination.

Soudain, au loin, un bâtiment surgit. Il est marron, triste, mais en même temps monumental. Une tour se détache, on dirait presque un château comme dans les livres qu'elle a si souvent lus. Mais un château sans magie. Il n'y a aucune émotion que les pierres peuvent parfois nous transmettre, on dirait la succursale d'une obscure administration.

Bref, Sivan déteste cet endroit avant même d'y entrer.

Une porte automatique s'ouvre, lui balançant un courant d'air chaud agréable. Elle entre. Une hôtesse est à l'accueil.

— Bonjour. Je m'appelle Sivan Seidgrend, j'ai rendez-vous avec Monsieur Sterny.

— Attendez dans le lobby, un instant.

Il est onze et demi.

— Sivan ?

Une voix douce, mais bien masculine retentit. Même si elle se souvient de l'avoir déjà rencontré quand elle était adolescente – il était en vérité le principal sujet de ses émois solitaires – Sivan écarquille les yeux.

Grand, brun et plutôt bien bâti, Sivan comprend tout de suite d'où vient la beauté incendiaire de Jenny. De son père, c'est certain. Elle lui ressemble trait pour trait. Elle a toujours trouvé Jenny attirante. Elle s'était déjà fait la remarque que si elle était un homme, elle tomberait sûrement amoureuse d'elle. Et là, un Jenny plus âgé, au masculin, est devant elle. Elle rougit, avant même de lui répondre. D'avoir ce type de pensée alors qu'elle est en mode professionnel et non en mode flirt se révèle assez honteux, pense-t-elle.

— Oui, Monsieur Sterny. Sivan se lève d'un coup. Ravie de vous rencontrer et merci de me donner ma chance. Je ne sais pas si vous vous rappelez, mais on s'est déjà rencontré dans le passé…

— Oula, Sivan, la coupe-t-il. Je ne veux pas être cassant, mais rien n'est encore joué ! Allons nous asseoir et tu vas me parler de ce que ta présence pourrait m'apporter. Tu n'es pas la seule à postuler.

Ils s'installent près du bar, Monsieur Sterny lui propose un verre d'eau. À bien y regarder, le père de Jenny lui paraît fatigué. Passée la première impression agréable de leur rencontre (du moins à ses yeux !), Sivan le trouve soucieux et ce sentiment n'aide pas à la mettre à l'aise pour son entretien improvisé. Elle balbutie, n'arrive pas à mettre en avant ses atouts et ajoute à la fin de son argumentation :

— Monsieur Sterny, puis-je me permettre une remarque ?

Le père de Jenny acquiesce.

— J'ai comme l'impression de ne pas être au bon moment. Si vous voulez, je peux repasser dans l'après-midi…

— Non, interrompt brusquement Sterny. Vois-tu, on vient de m'apprendre une fâcheuse affaire, le décès d'un de nos plus brillants archéologues. Gustave Barent avait disparu il y a quelques mois près de Gaushino et on vient de retrouver ses os.

Sivan écarquille ses yeux et sent ses poils de bras se hérisser.

— Mais… il s'est passé quoi ? Pourquoi est-ce à vous de vous en occuper ? bombarde-t-elle Monsieur Sterny de questions.

— Je ne peux pas t'en parler pour l'instant, marmonne-t-il dans sa barbe avant de reprendre. Voilà ce que je peux te proposer. Un contrat renouvelable d'un an, tu m'aideras à écrire mes discours notamment. L'Hémisphère Sud n'a rien à voir avec ici, il s'agit de ne pas manquer de tact et d'éviter les impairs.

Sa Tabletem sonne tout d'un coup. Monsieur Sterny se lève et répond.

Sivan ne se lasse pas de le regarder s'éloigner du bar. Elle réfléchit. Elle n'était évidemment pas la seule sur le coup, même si Sterny lui donne l'apparence qu'elle est son premier choix. Brassant les lieux d'un regard, elle ne vit personne d'autre attendre. Mais il doit y avoir des entretiens demain peut-être. Ou hier. Un meurtre. Sivan ne peut s'empêcher d'y penser. Elle est troublée de voir Monsieur Sterny si préoccupé.

Il revient tout d'un coup, elle était plongée dans ses pensées.

— Sivan ! Deux autres candidats correspondent à ce que je recherche, je ne peux encore te donner de réponse positive. Il s'agit aussi d'être impartial, tu es une amie de Jenny, je ne peux l'oublier. Le favoritisme, c'était avant, sourit-il.

— J'ai compris Monsieur Sterny. Sivan n'a pas la force de lui rendre son sourire, elle n'est pas patiente, un trait de caractère qui lui vient de sa mère. Quand comptez-vous me donner une réponse ? ne peut-elle s'empêcher d'ajouter.

CHAPITRE 5

Aéroport de Mydizen, Capitale du Nord, 10e jour de Corb.

Sivan est prête. Seule dans cet immense aéroport vitré, elle regarde passer les voyageurs, qui poussent des valises bombées, à grand renfort de chariots.

Monsieur Sterny l'a rappelé très vite, elle est touchée par cette marque de confiance. La roue tourne, peut-être.

Depuis le Big Bang II, la pollution liée aux avions a notablement diminué, car on utilise majoritairement l'énergie solaire, grâce à l'arrivée de Soleileia. Les avions ne circulent évidemment pas pendant les six heures de pénombre mensuelle.

Son regard se dirige vers le ciel. Ça y est, elle va enfin s'envoler, s'affranchir des contraintes liées à sa vie quotidienne. Sa mère va lui manquer, ainsi que sa sœur, mais pas les rues, pas son petit appartement et les souvenirs qui s'y rattachent et sûrement pas les quelques connaissances qu'elle a, à part Jenny bien sûr.

Henryk n'est pas homme de parole. Elle n'a jamais eu de ses nouvelles. Elle l'oubliera bien vite, comme tous les autres.

Non, vraiment, elle part l'esprit libre, quoique presque angoissée. Une nouvelle vie s'annonce à elle. Elle a eu du mal à faire sa valise, mais a décidé de voyager léger. Ses affaires ont déménagé chez sa mère, elle a fait beaucoup de tri et s'est sentie beaucoup mieux.

Résolue à apprendre beaucoup de choses à Gaushino, elle s'est tout juste informée avant son grand départ. La vie là-bas a l'air de ressembler à la sienne, mais en plus exotique. Les gens sont légèrement différents physiquement, ils sont d'origine asiatique ou de l'Ancienne Afrique du Nord. Elle n'en voit pas beaucoup à Mydizen. Mais connaissant l'histoire de l'Ancienne Asie et de l'Ancienne Afrique par d'innombrables documents d'archives dans la bibliothèque du docteur Janus, elle a l'impression de connaître le principal. Monsieur Sterny va venir l'accueillir à l'aéroport, elle est chanceuse. Jenny lui a donné un petit paquet à l'attention de son père, elle ne le voit que très rarement.

Sa valise ne contient que quelques vêtements, des livres de référence sur l'Ancienne Asie et l'Ancienne Afrique, mais aussi des atlas et des condensés de l'Histoire ancienne. Elle jette un œil dans son sac, où elle a glissé le livre du docteur Janus *Ce jour où le monde a basculé*. Ce livre, dédicacé par son professeur, la rassure, en un seul coup d'œil. Certains portent des gris-gris, Sivan a son livre porte-bonheur.

Une voix mélodieuse entonne : « Passagers pour le vol numéro 129 786, vers Gaushino, rendez-vous porte G. » Sivan regarde son Pass Transport, c'est bien son vol. Elle se lève de son siège dans la zone de transit et se dirige vers la porte.

Son cœur commence à battre de plus en plus fort, c'est la première fois qu'elle va prendre l'avion, car ce mode de transport reste très cher.

Elle sort sa Tabletem de son sac, sélectionne le contact « Jenny » puis attend que celle-ci décroche, mais tombe sur son répondeur : « Jenny, je pense à toi, je suis à l'aéroport, à très vite sur la Tabletem, on se verra ! »

En passant les différents contrôles de sécurité, les mêmes que ceux d'avant le Big Bang II, elle se sent de plus en plus comme une étrangère.

Et si j'avais accepté un peu trop vite ? Et si je ne suis pas à la hauteur ? Des remises en question se bousculent dans son esprit. Sterny lui a envoyé tous les détails de son installation, elle sera logée proche de l'ambassade dans un petit appartement d'une pièce. Enfin, de toute façon, elle ne compte pas faire sa vie là-bas. Elle reviendra à Mydizen, bien évidemment.

Mais elle est bien décidée à réussir et aussi à se consacrer uniquement à sa tâche.

Ce n'est pas le tout d'être diplômée, maintenant il va falloir mettre à profit ce qu'elle a appris dans un cadre pratique. Le régime politique à Gaushino est particulier, elle a essayé de renseigner avant de partir sur le réseau. Malgré la modernité de l'Hémisphère Sud, il s'agit d'une dictature et peu d'informations fiables arrivent jusqu'à Mydizen. Ce qui rend sa mission encore plus excitante d'ailleurs.

À l'intérieur de l'avion, elle s'aperçoit que les voyageurs ne sont pas nombreux. Plusieurs sièges sont vides. En s'assoyant dans le petit espace, elle commence à stresser. *Voler n'est pas naturel pour un humain*, pense-t-elle. Les avions à énergie solaire ne font pas de bruit en vol. C'est seulement au décollage et à l'atterrissage qu'ils utilisent leur moteur. Une fois la poussée enclenchée, ils se mettent en mode solaire. Ne pas entendre de bruit de moteur est courant, tous les véhicules marchent au solaire. Mais dans un avion, en l'air, cela semble peu rassurant… Sivan souffle un grand coup. L'hôtesse annonce le départ. Attachée au siège, Sivan sent la poussée puis en regardant au hublot voit la ville de Mydizen se métamorphoser en ville de poupée. Puis en vitesse de croisière, les moteurs s'arrêtent pour faire place à l'énergie solaire. Que c'est reposant d'être là-haut ! Sivan se détend, fortement. Elle se risque même à fermer les yeux.

*

Aéroport de Gaushino, capitale du Sud.

« Le vol 129 786 pour Gaushino est sur le point d'atterrir. Attachez vos ceintures. »

Sivan souffle de nouveau un grand coup. Elle a mal au crâne. La pression dans l'avion, sans doute. Elle a la désagréable impression que ses sinus vont éclater. Autant elle s'est sentie apaisée en vol, autant la descente lui semble durer des heures, elle commence à pleurer, sa tête va exploser. Ah, sa mère l'avait prévenu : *ma fille, n'oublie pas que dans la famille on a des problèmes de sinusite en ribambelle, pendant le vol tu risques d'avoir des surprises*... Elle prend des mouchoirs dans son sac et se cache les yeux, pour éviter que les quelques passagers ne la remarquent, elle a honte.

Puis enfin la délivrance, l'avion se pose. Et c'est le débarquement. Les passagers se lèvent tous d'un bond dès que l'avion s'est stationné, comme s'ils avaient le feu aux fesses. Sivan reste assise, calme. Elle a horreur de ces comportements basiques, et même si quelqu'un l'attend dans le hall de l'aéroport, elle prend son temps.

En sortant de l'avion, sur la passerelle, elle sent l'air chaud. Elle a l'impression d'avoir fait un vol de douze heures, alors qu'elle a décollé il y a cinq heures. Les avions à énergie solaire vont beaucoup plus vite que les anciens, grâce à la présence des deux soleils. La ville de Gaushino est située à 9 443 kilomètres. *Quel progrès !* se dit-elle. *J'ai l'impression de vivre deux vies, mon ancienne que je laisse, et là, j'en démarre une autre.*

Elle attend son bagage, une simple valise rouge, puis elle marche dans le hall. Pas de Monsieur Sterny.

Un homme habillé en costume et coiffé d'une casquette noire tient un panneau : « l'invitée de M. Sterny ». Drôle de façon de la nommer ! Tout ceci est bien formel. Elle se dirige vers cet homme, qui lui balance un simple bonjour avec un fort accent et lui ouvre le passage vers sa voiture. Un chauffeur de taxi. L'accueil lui semble froid, elle a l'impression d'être une de ces femmes d'affaires, habituées à de telles convenances, qui ne se posent plus la question des salutations et grimpent dans ce type de taxi en continuant leur conversation, sans même un regard pour le chauffeur.

Elle grimpe dans la voiture, n'osant pas parler. Le chauffeur démarre. Elle prend dans son sac son Klarni – c'est une sorte de serre-tête traducteur – grâce à cet objet inventé depuis longtemps, les hommes parviennent à communiquer sans étudier les langues. Il suffit de le mettre sur sa tête, il se connecte aux synapses du cerveau, ainsi on comprend d'emblée son interlocuteur. Il peut traduire la majorité des langues actuelles.

Sur la route, elle s'extasie du paysage. De hauts immeubles, type gratte-ciel, s'élancent dans le ciel. Les autoroutes ont l'air encore plus modernes qu'à Mydizen. Le trafic est fluide, sans accroc. La végétation qu'elle arrive à distinguer est totalement différente de ce qu'elle connaît. De hauts palmiers, de drôles d'arbres avec des feuilles larges dont le nom lui est inconnu se glissent parfois entre les buildings.

Ils sortent de l'autoroute, et enfin elle aperçoit des habitants dans les rues. Ils sont vêtus à la mode orientale, jupes longues pour les femmes et d'amples pantalons pour les hommes.

Sivan regarde sa tenue : débardeur, pantalon à la Lara Croft, un pull sans forme qu'elle a ôté à côté d'elle et des sandales. Sans maquillage. Franchement, elle regrette son choix, on dirait une exploratrice de pacotille. De plus, à l'ambassade, elle ne va pas passer inaperçue, tout ce qu'elle ne veut pas. Elle a envie de dire au chauffeur de l'emmener d'abord à son appartement afin de se changer, mais visiblement ce n'est pas au programme… *Quelle cruche,* se dit-elle.

Ses parents la surnommaient « cruchette » lorsqu'elle était petite. Décidément, ils étaient bien clairvoyants.

La voiture ralentit, elle voit un magnifique bâtiment, auréolé d'une coupole, dans un style colonial. Elle se sent mal à l'aise. Des hommes et femmes arrivent et sortent dans un rythme soutenu, habillés de beaux costumes et tailleurs. Elle va faire honte à Monsieur Sterny, c'est certain.

Le chauffeur stoppe le véhicule et elle descend avec sa valise. Elle arrive à peine à prononcer un au revoir qu'il est déjà parti.

Devant l'impressionnant bâtiment, elle a envie de rebrousser chemin, elle ne se sent plus du tout capable de faire ce que l'on attend d'elle. Mais se sentant prise au piège, elle doit seulement avancer.

Dans le hall, les va-et-vient des salariés lui donnent le tournis, elle a l'impression d'être dévisagée. Elle se dirige vers l'accueil.

— Bonjour Madame, je viens voir Monsieur Sterny, il m'attend.

— Oui, qui dois-je annoncer ?

— Sivan Seidgrend, de Mydizen, répond-elle d'une voix peu assurée.

L'hôtesse esquisse un sourire que Sivan prend pour du mépris. Cette femme doit avoir à peu près son âge, mais est d'une beauté affligeante. Sivan se sent laide et gamine.

Des hommes la poussent sans ménagement pour parler à l'hôtesse. Elle se sent encore plus lamentable.

— Bienvenue Sivan.

Sterny l'accueille en personne.

— Désolé de ne pas être venu à l'aéroport, mais j'ai beaucoup de travail et…

Sivan l'interrompt :

— Aucun souci, Monsieur Sterny, je comprends.

*

Ambassade de l'Hémisphère Nord, Gaushino.

Monsieur Sterny emmène Sivan à son bureau. En prenant l'ascenseur, elle se sent plus en confiance. Elle a l'impression d'avoir la réplique masculine de Jenny, un visage familier, elle se sent rassurée. Même cette histoire de tenue est oubliée. Ils marchent dans un couloir moquetté puis entrent dans le bureau de l'ambassadeur.

Au passage, Monsieur Sterny lance à sa secrétaire un « Ne me dérange pas ». Sivan se sent considérée, par cette petite phrase. Elle était en phase de dépréciation, et là est un peu reboostée.

— Sivan, je ne vais pas aller par quatre chemins. Comme je te l'ai dit à Sariska, le décès de cet archéologue est extrêmement dérangeant pour mon administration. Je ne tiens pas à être éclaboussé par un scandale. Nous sommes déjà sur la corde raide en ce moment, le président Keigo Ukasawa n'est pas un homme facile. Que connais-tu de la vie politique ici ?

— Euh… peu de choses. J'ai tâché de me renseigner avant de partir, mais n'ai pas trouvé de sources crédibles.

— Bon, je n'ai pas le temps de te faire tout un exposé sur Keigo Ukasawa, mais ici nous sommes dans ce qu'on peut appeler un régime dictatorial. Il rassemble tous les pouvoirs et à la mainmise sur la nomination des officiels, dont l'ambassadeur. Car notre président Yoan Kazinski préfère lui laisser cette liberté pour nos intérêts… Je joue gros Sivan.

Le visage de Sterny s'assombrit.

— L'inspecteur Charmin a été dépêché de Mydizen puisque l'archéologue décédé est originaire de l'Hémisphère Nord. Je ne serais pas tellement disponible pendant quelque temps, mais déjà, sortons, je vais te présenter à l'équipe.

Ils sortent du bureau et se dirigent vers une salle de réunion. À l'intérieur, une femme et deux hommes.

— Voici Christine, Oscar et Sven. Oscar Leef est le chef de l'équipe d'archéologues, il a repris les travaux de Gustave Barent.

Sivan l'interrompt :

— Gustave Barent ? Euh, désolée Monsieur Sterny, j'ai manqué de professionnalisme tout à l'heure par mon ignorance, mais pourriez-vous me dire qui c'est ?

Sterny prend un air étonné, ainsi que les archéologues :

— Gustave était l'ancien chef de l'équipe d'archéologie. C'est de lui dont je te parlais tout à l'heure, voyons Sivan, suis un peu !

Sivan prend un air courroucé, mais n'ajoute pas un mot. Monsieur Sterny ne lui a jamais donné le nom de la victime ! Oh si, peut-être, à Sariska…

Voilà, elle se sent à nouveau plus bas que terre…

Un des deux hommes, plutôt jeune par rapport à l'autre, prend sa défense :

— Cette demoiselle a fait un long voyage, peut-être que sa mémoire défaille à cause de la fatigue, puis se tournant vers Sivan, Sven Tiwh, archéologue, ravi de vous rencontrer.

Sivan rougit.

— Enchantée, je suis Sivan, la nouvelle assistante en Histoire ancienne.

La femme la dévisage. Elle est plutôt jolie, trente ans environ, cheveux châtains et tailleur impeccable. Elle ne lui adresse pas la parole, s'adressant directement à l'ambassadeur :

— Monsieur Sterny, puis-je retourner au travail ?

Celui-ci se tourne vers Sivan :

— Voici Christine Ghil, la présente-t-il pendant que cette même Christine se lève pour se diriger vers la porte, archéologue comme Sven et un de nos meilleurs éléments.

Sivan ne peut dire un mot que Christine est déjà partie.

— Excuse son comportement quelque peu sauvage, Christine n'apprécie pas tellement les nouvelles têtes, elle est méfiante. Pour gagner sa confiance, tu vas devoir être patiente…

Tout ce que Sivan aime. Les femmes du style de Christine, elle en a connu. Des personnes qui la croient bête et sans intérêt. Sivan n'a aucune envie de réussir à gagner sa confiance, non décidément, elle est trop fière. Par contre, Sven… elle le trouve charmant. L'autre homme n'a pas dit un mot.

Sterny, comme ayant lu dans ses pensées, reprend :

— Oscar est le chef de cette équipe. Il était aussi un ami de Gustave, un ami d'enfance. Il vient aussi de Sariska.

Oscar prend la parole :

— Bienvenue Sivan. Effectivement, j'étais un ami d'enfance de Gustave, sa perte m'a beaucoup éprouvé, mais c'était il y a deux ans… Je n'en reviens toujours pas que nous ayons découvert ses os !

Sivan écarquille ses yeux :

— Vous avez trouvé ses os ?

Oscar reprend :

— Cela fait deux ans que Gustave a disparu. Nous avons effectué des fouilles archéologiques à Bilwan, c'est une ancienne place forte égyptienne. Nous y avons découvert des os et nous pensions de prime abord que c'était un animal. Mais vu la taille des os, il s'avère que ce sont des restes humains.

Oscar fait une pause. Il faut croire qu'il est toujours affligé. Il ajoute :

— Ensuite, le carbone 14 a daté ces os. La suite des travaux scientifiques a identifié Gustave.

CHAPITRE 6

Gaushino, capitale du Sud, 12e jour de Corb.

Sivan se lève de bonne heure. Dans sa chambre, un simple lit, un bureau, une kitchenette et une petite salle de bain. Le décor est spartiate, elle n'a rien amené avec elle pour le rendre plus personnel.

Bah, se dit-elle, *une bonne excuse pour faire du shopping*. Elle sourit.

Depuis son entretien à l'ambassade du Nord, elle n'a vu personne, s'est contentée de s'installer et de visiter le quartier. Elle a eu besoin de ces deux jours en totale immersion, seule. Elle se compare toujours à un oiseau qui fait son nid. En se baladant, elle a repéré un énorme centre commercial, et a décidé d'en faire son lieu familier, grâce aux enseignes semblables à celles de Mydizen. Elle achète tout là-bas, provisions et produits d'hygiène, et a rapporté dans son studio de quoi faire un Mydizen bis. Même si elle trouve la situation cocasse (partir loin pour reconstituer le même environnement qu'au départ…) elle préfère ainsi se libérer d'angoisses éventuelles pour se consacrer à son nouveau travail.

Elle se sent quelque peu abasourdie par cette histoire d'os humains, digne d'un roman policier. En quoi pourrait-elle aider ? Ose-t-elle penser… *Quel égocentrisme, Sivan,* se dit-elle. *Parce que tu crois que tout est tourné vers toi ? Il y a une foule de spécialistes, Monsieur Sterny a l'air de bien gérer.*

Elle soupire. Sa personnalité est complexe, un manque de confiance en soi et en même temps une impression d'être au centre du monde…

Elle se lave, s'habille de façon classique. À Gaushino finalement, la vie est pratiquement la même qu'à Mydizen, seul le physique des gens dans la rue change. Elle a appelé Jenny au cours de ces deux jours. Celle-ci était froide, Sivan a senti qu'elle avait des choses à lui raconter, mais n'a pas osé le lui demander, s'est contentée de raconter sa propre aventure, avec excitation.

Elle avait raccroché, toujours en se répétant : *quelle égoïste tu es.*

Sivan remonte la rue vers l'ambassade de l'Hémisphère Nord. La température est douce, le soleil présent, elle n'a pas encore vécu la Noc à Gaushino. Mais sans nul doute, les habitants ont les mêmes habitudes qu'à Mydizen. Elle se surprit à regretter une telle ressemblance avec son ancienne vie, finalement, elle qui souhaitait une aventure à la Indiana Jones, vit plutôt des moments à la Sherlock Holmes…

Elle entre dans l'impressionnante bâtisse, regardant à peine le va-et-vient des costumes-cravate qui l'avaient tant impressionnée à sa première venue, et se dirige sûre d'elle directement vers l'ascenseur. Un homme l'interpelle :

— Mademoiselle, votre pièce d'identité s'il vous plaît ?

Puis, regardant son passeport :

— Passez à l'accueil récupérer un badge. Ici, on n'entre pas comme dans un moulin…

Il s'en va, un peu énervé.

Sivan se sent mal à l'aise, elle enchaîne les impairs… Elle récupère un badge provisoire puis prend l'ascenseur. Seule dans cette cage de plexiglas, elle souffle un bon coup en tentant une respiration de type yogique, comme elle avait appris jadis.

Elle arrive au bureau de Monsieur Sterny. Elle s'étonne de la décoration, mais à sa première visite elle était si stressée… elle n'avait rien remarqué.

Des tableaux de Buffet et de Dufy tapissent les murs blancs. C'était d'anciens artistes d'avant le BBII. Du patrimoine a été sauvegardé, malgré l'immense tremblement de terre.

Quelques fleurs et une carafe de whisky trônent sur une table en ébène. Pas de verre, il est déjà sur le bureau de Monsieur Sterny.

— Bonjour Sivan, j'espère que tu t'acclimates bien à ton nouvel environnement. Bon, désolé, mais on n'a pas tellement le temps de discuter, cette affaire de disparition m'obsède, je dois voir une foule d'intervenants. Je transmets sur ta Tabletem le discours que je vais prononcer lors de l'hommage à Barent. Nous organisons une petite cérémonie à l'ambassade. Il n'y a aura pas grand monde, mais si déjà tu pouvais vérifier la cohérence des phrases… Je parle d'Histoire ancienne, forcément.

Il prend son verre pour boire une gorgée.

— D'accord Monsieur Sterny, je vais essayer d'être la plus perfectionniste possible…

Sterny lui coupe la parole.

— Je t'en prie, on n'est plus à l'école là ! Si je t'ai choisi, c'est que j'ai confiance en toi. Grandis un peu !

Sivan a envie de pleurer. Comme une enfant, oui. Elle est tellement à fleur de peau. Mais elle essaie de se contenir.

Monsieur Sterny l'emmène vers un petit bureau, avec fenêtre et équipé d'un ordinateur dernier cri. Elle voit également une Tabletem posée sur la table, en train de se recharger.

— Ce sera ton bureau Sivan. Je pense que beaucoup d'employés de l'ambassade rêveraient d'avoir leur bureau personnel, tu as beaucoup de chance ! La Tabletem est uniquement à usage professionnel, elle a une connexion sécurisée. Tu te doutes bien que les courriers électroniques que je t'envoie doivent être cryptés !

Il faut croire que son chagrin est terminé puisqu'elle esquisse un sourire, puis suit de nouveau Monsieur Sterny comme un toutou. Ils dépassent l'entrée de la salle de réunion et arrivent dans une grande pièce.

— Voici le labo, lieu de travail de notre chère équipe d'archéologues. Tu noteras que mon bureau est très proche du leur, je suis réellement un passionné des découvertes du passé, ce n'est pas anodin.

Le labo est constitué de plusieurs bureaux en quinconce, quatre pour être précis, mais n'a rien d'un laboratoire, dans le sens scientifique du terme. Cet espace lui fait penser à un simple bureau ouvert. La seule originalité est la présence d'innombrables étagères qui ornent les murs. S'approchant de plus près, elle reconnaît certains livres et elle a l'agréable surprise d'y voir celui du docteur Janus, *Ce jour où le monde a basculé.*

— Sivan ! Enfin un peu de fraîcheur dans cet endroit rustique !

Elle se retourne. Sven, le jeune archéologue, l'accueille, une tasse de café à la main. Son sourire est contagieux.

Monsieur Sterny recule pour laisser passer Sven. Sivan est un peu incommodée par tant de familiarité. Elle aime les gens un peu exubérants, mais est toujours surprise par leur sans-gêne.

— Bonjour Sven, je suis ravie de vous rejoindre !

Sterny prend la parole :

— Alors Sven, où sont les autres ?

— Ils arrivent, Monsieur Sterny, nous étions à la cafétéria pour prendre…

Agacé, Sterny lui coupe la parole :

— Il y a beaucoup de travail ici. Je ne vous paye pas pour des pauses à rallonge…

Oscar et Christine débarquent en trombe dans le laboratoire :

— Monsieur Sterny, nous nous mettons au travail, ajoute Oscar, penaud.

Christine, la femme aux cheveux châtains à l'aspect glacé, n'adresse pas un mot à Sivan, mais acquiesce aux paroles d'Oscar. Sivan peut enfin entendre le son de sa voix…

— Oui, nous nous attelons à la tâche, j'espère seulement que la présence de cette demoiselle est un atout, personnellement je n'en suis pas persuadée.

Sivan sent son cœur se serrer. Elle est trop sensible, après tout elle ne la connaît pas cette Christine ! Quelle audace de parler devant elle ainsi, comment peut-elle la juger sur une simple apparence. Sivan soupire, elle est habituée. On parle beaucoup de discrimination raciale, mais elle, par son apparence blonde à la voix fluette, a toujours souffert de sa première image. Sa mère lui a toujours dit : « Tu verras, quand tu vieilliras, ce sera ta force, tu auras le courage de répliquer. » Mais là, elle est muette. Sterny vient à sa rescousse.

— Christine, pourrais-tu faire preuve de politesse envers cette demoiselle ? Et si je l'ai choisi, c'est bien pour ses qualités professionnelles et non pour autre chose !

Sivan écarquille les yeux. Oui, pour quelles autres raisons Sterny l'aurait-elle choisie ? Elle est si naïve… Christine est-elle jalouse ? Cette réponse à double tranchant lancée, Christine n'ajoute rien et va vers son bureau pendant que Monsieur Sterny quitte le labo.

Oscar ne dit pas un mot à Sivan, seul Sven daigne lui parler :

— Pour t'expliquer le contexte Sivan, comme nous te l'avons raconté hier, nous avons découvert les os de Gustave en effectuant des fouilles à Bilwan. C'était la deuxième fois que nous allions sur ce site, je n'ai personnellement pas assisté aux premières fouilles. Bref. Bilwan est une ancienne place forte égyptienne.

À ces derniers mots, Sivan réplique :

— Mais je croyais la civilisation des Égyptiens éteinte ?

Sven sourit :

— Tu parles probablement de l'Égypte d'avant le Big Bang II. Mais tu ne sais sans doute pas que les descendants des Égyptiens se sont installés dans cette partie du globe après l'épisode des capsules. Ils ont essayé de reconstruire la magnificence d'autrefois. Or, leur projet n'a pas fonctionné, trop pharaonique, si tu me permets cette expression. Il eut un rictus, content de sa bonne blague sans doute, puis reprit. Ces Égyptiens après leur échec ont été absorbés par le peuple majoritaire à Gaushino, les Asiatiques. Eux-mêmes descendent des Japonais, Chinois, Thaïlandais… Si le sujet t'intéresse, nous avons beaucoup de livres sur ce thème, d'ailleurs je pense qu'il est nécessaire que tu t'informes mieux.

Il boit un peu de son café puis continue :

— Mais malgré tout, nous effectuons des fouilles sur les lieux où ils ont souhaité s'implanter, car au niveau historique c'est particulièrement intéressant. Une ancienne civilisation qui souhaite renaître de ses cendres, n'est-ce pas poétique ?

Sven est un passionné. Il lui a tout expliqué en deux minutes top chrono. Sivan est impressionnée. Elle n'aimait pas trop sa bonhomie du début, mais là, elle est sous le charme… Poétique ? Oui, si on veut. Sivan trouve que c'est un peu pitoyable, le retour aux vieilles valeurs et aux coutumes anciennes. Elle, qui est une enfant du post Big Bang II, ne jure que par le progrès et l'assimilation. Vouloir faire revivre une civilisation disparue, n'était-ce pas plutôt un retour en arrière ? Et si cette civilisation s'est terminée, n'est-ce pas un choix de la nature ? Le docteur Janus partage son point de vue, c'est d'ailleurs de lui qu'elle s'inspire. Tout comme la chute des dinosaures, ces animaux fabuleux qu'elle a étudiés avec envie, mère Nature s'est chargée de mettre fin à leur règne pour le bienfait de l'humanité. N'est-ce pas la même chose avec ces civilisations ancestrales ?

Sven lui tend un livre sur l'histoire du peuple d'Asie. Sivan retourne à son bureau et s'y plonge.

CHAPITRE 7

Gaushino, capitale du Sud, 13e jour de Corb.

Sivan retourne au laboratoire pour y déposer le livre prêté par Sven. Elle a appris effectivement des tas de choses, par exemple que les Asiatiques sont persuadés d'avoir le pouvoir de gouverner sur le Sud grâce à l'archéologie. Et ils ont raison, aucun archéologue n'a trouvé trace d'une civilisation dite européenne dans cet Hémisphère…

Mais on lui a enseigné que la race humaine vient de l'Ancienne Afrique. Cette Afrique qui est aujourd'hui absorbée dans le Sud. Nous avons tous la même origine… Qu'il reste encore des personnes qui croient que le pouvoir vient de la génétique… c'est tout simplement dément.

Elle frissonne. Elle se rappelle de nombreux récits dans l'Histoire ancienne, des rois qui pensaient que leur couronne venait de Dieu ou des nazis qui se croyaient supérieurs aux autres par la génétique. Elle comprend mieux pourquoi Monsieur Sterny parlait de dictateur. Effectivement, Gaushino est une dictature. Elle s'étonne que l'Hémisphère Nord ne s'intéresse pas plus à l'Hémisphère Sud. Sûrement que des mouvements contre ce type de pouvoir se manifesteraient. Peut-être est-ce uniquement une affaire de diplomatie après tout. Elle soupire : *je ne suis qu'une simple salariée, reste à ta place, cruchette.*

Elle repart à son bureau. S'assoyant sur son fauteuil, elle parle à son ordinateur d'une voix haute et fluide : « Moteur de recherche ». Elle a tant de questions sur cette ancienne civilisation égyptienne et sur ce lieu de fouilles, Bilwan. Elle ouvre la page puis tape dans la zone de texte : Bilwan.

Les résultats sont somme toute assez classiques, la localisation du site, des liens vers l'historique de cette ancienne place forte. Mais en nuançant sa recherche par « Bilwan polémique », une page de résultats vers un forum s'affiche. Elle clique et tombe sur des discussions qui la font blêmir.

Ainsi hugo 47 pense que Bilwan ne devrait pas être fouillée par des archéologues du Nord, les blancs selon lui. Ils souillent ce lieu sacré par leur présence. Et jacques 27 renchérit : « Nous, descendants des civilisations du Sud, devrions avoir le pouvoir sur le Royaume du Nord puisque la race humaine descend elle-même du Sud. »

Des nationalistes sudistes. Voilà ce qui lui rappelle ses livres d'histoire.

Un autre internaute écrit : « pourquoi notre vénérable président ne tente pas de prendre le pouvoir au Nord ? Par la force par exemple… » Et toma32 : « les sudistes d'origine égyptienne devraient gouverner, c'est eux les dirigeants légitimes. »

Le président de l'Hémisphère Sud, Keigo Ukasawa est d'origine asiatique, mais il y a déjà eu un président originaire de la minorité égyptienne, Yassine El-Mojhb, d'après le livre prêté par Sven.

Sivan soupira, étonnée que M.Sterny l'ait recrutée alors qu'elle n'avait pas une once de connaissance sur l'Hémisphère Sud. Mais encore une fois, le peu de collaboration entre les deux Hémisphères n'aide pas à la médiatisation de cette civilisation. La dictature d'Ukasawa verrouille tous les médias, des ingénieurs informatiques aux facultés prodigieuses sont au service de l'Hémisphère Sud, paraît-il qu'ils y gagnent des sommes faramineuses…

Secouant sa tête, elle essaie de s'enlever cette histoire de sa tête. *Tu n'es pas embauchée pour résoudre cette énigme, mais pour vérifier un discours. Au boulot, que diable !*

Elle ouvre le fichier sur sa Tabletem. Sterny parle des travaux de Barent, dans un style simple. Elle suppose qu'elle n'a pas à vérifier le contenu de ses travaux, mais s'attelle à la partie contexte. Effectivement, il a découvert un site archéologique égyptien de première ampleur. Bilwan. Ce nom résonne comme une promesse d'aventure.

Sivan travaille d'arrache-pied, jusqu'à ce que ses yeux lui piquent. La pensée d'aller prendre l'air devient si obsédante qu'elle se décide enfin à faire une pause.

C'est un bourreau de travail. Le docteur Janus n'a de cesse de vanter ses qualités de concentration et d'opiniâtreté. À cette pensée, elle sourit.

Elle s'apprête à descendre, quand un pied joliment chaussé stoppe la fermeture de la porte de l'ascenseur. Christine.

— Écoute-moi bien, je ne sais pas ce que tu as fait à Sterny pour te faire embaucher, mais je ne suis pas dupe.

Ses yeux soulignés d'eye-liner brûlent de mépris.

— Tu n'es rien d'autre qu'une pimbêche qui a les dents longues, sous des abords innocents. Encore une fois, je ne suis pas dupe.

Cette fois, Sivan réplique, tout en bégayant, elle était :

— Tu te méprends, je ne suis qu'une simple fille qui…

Elle ne peut finir sa phrase, Christine est ressortie.

Les étages filent. Sivan est encore choquée des propos de Christine. Effectivement, elle connut des filles comme elle, mais n'avait jamais ressenti autant de haine. Elle se sent mal à l'aise, comme si elle était réellement coupable et qu'elle ne devait cette place que grâce à son joli minois. Se faire démolir en deux secondes par deux phrases. Décidément, elle restera toujours fragile.

Mais qu'est-ce que Christine lui reproche au juste ? Seules deux personnes lui ont parlé, Sterny et le beau Sven. Peut-être qu'elle est la maîtresse d'un des deux ? Quelles gamineries.

La porte de l'ascenseur s'ouvre. Elle sort quand un homme la heurte.

— Pardonnez-moi, Mademoiselle.

Et l'homme se jette dans l'ascenseur, elle n'a pas le temps de voir son visage.

*

L'inspecteur Charmin souffle. Il regarde son visage dans le reflet de l'ascenseur vitrifié : 50 ans, portant un imperméable beige... quel cliché !

La prochaine fois, je viendrai en jogging, se dit-il.

Un panier de crabes, cette histoire d'os... Meurtre ou accident ? Des voix se lèvent à Mydizen pour qualifier cette histoire de meurtre à connotation raciste.

Charmin a rendez-vous avec l'ambassadeur lui-même. C'est la première fois qu'il rencontre une personnalité d'un tel rang. Il faut dire que tout s'est enchaîné depuis qu'il est parti de Mydizen. Un coup de fil rapide pendant la Noc, et hop ! Il a dû prendre le premier avion pour Gaushino, sa première fois dans l'Hémisphère Sud. Pas le temps de faire le touriste, les rendez-vous se succèdent.

Aussi est-il stressé avant d'entrer dans le bureau de Sterny. Une femme l'aborde, sa secrétaire.

— Bonjour, je suis l'Inspecteur Charmin. J'ai rendez-vous à seize heures.

— Il vous attend.

Ouvrant la porte, un bel homme tout sourire l'accueille.

— Charmin, Dieu soit loué, vous êtes là !

Celui-ci écarquille les yeux. Il ne s'attendait pas à ça.

— Monsieur l'ambassadeur, merci pour vos mots si chaleureux.

— Charmin, voyons, ne soyez pas timide. Un Whisky ?

Charmin regarde sa montre. *D'accord, c'est la fin de l'après-midi, mais n'est-ce pas tôt pour du Whisky ?* se questionne-t-il intérieurement.

— Non merci, Monsieur Sterny. Je suis en service, *pirouette bien habile pour ce genre de situation — beaucoup de collègues auraient accepté ce petit verre soit dit en passant*. Parlez-moi de Gustave Barent.

— Un homme remarquable ce Barent ! D'une culture immense, il m'aidait à rédiger certains discours officiels... Quelle patience il avait... Je suis extrêmement peiné par sa disparition.

Sterny prend un mouchoir. *Des larmes ?* s'étonne Charmin.

— Toute l'équipe est sens dessus dessous. Les jeunes ne le connaissaient pas vraiment. Mais pour Oscar Leef, c'est une tout autre affaire.

C'était son meilleur ami. J'ai voulu lui donner une semaine de repos, mais il a refusé.

Sterny prend son mouchoir. Charmin en profite pour recadrer leur échange :

— D'après le rapport de la médecin légiste, la datation au carbone 14 nous permet de situer la mort deux ans en arrière. Évidemment, ce n'est dès lors plus une simple enquête. Nous n'avons aucune piste sur le modus operandi d'un meurtrier…

Sterny réagit du tac au tac :

— Un meurtre ?

— Eh oui, Monsieur l'Ambassadeur. Je dois aller voir la médecin légiste. Impossible que ce soit un accident, évidemment. Je reste étonné de la pauvreté du dispositif d'enquête lors de la disparition de Barent. Ne me dites pas que personne n'a cherché sur le chantier de fouilles !

— Si si, bien sûr… Mais nous pensions à une simple disparition. Comme il y en a eu…, Sterny s'arrête puis reprend, j'essaie de vous obtenir le premier rapport d'enquête de Gaushino.

Il a vraiment l'air d'être terriblement affecté. Charmin décide d'abréger leur discussion :

— Monsieur Sterny, pourrais-je rencontrer l'équipe d'archéologues ?

— Bien sûr, suivez-moi.

Sterny précède Charmin, le forçant à accélérer son allure, car celui-ci n'avait jamais été dans une telle ambassade. À vrai dire, dans une ambassade tout court. Aussi son regard court à droite à gauche, pensant peut-être voir des vitrines contenant des vestiges archéologiques inestimables. Au lieu de ça, il ne voit qu'une kyrielle de bureaux sans intérêt.

Ils arrivent à l'entrée d'un immense open space, le fameux labo.

— Voilà, c'est ici que Barent travaillait. Enfin, il avait un petit bureau au fond, jusqu'à côté des étagères. En tant que responsable de l'équipe d'archéologues, il aurait pu prétendre à un bureau fermé, mais préférait se mêler aux autres. Quelle humilité.

Pendant que Sterny continue de parler, un homme d'un certain âge s'avance vers eux. Charmin estime qu'il doit avoir une cinquantaine d'années, sans doute le même âge que lui. Le fameux Oscar sans aucun doute.

— Monsieur l'agent, bonjour.

— Inspecteur Charmin. Enchanté. Vous êtes Oscar Leef, je suppose ?

— Oui, pardon, Inspecteur. Pardonnez cette entrée en matière…

— Aucun problème. Bon, pourrions-nous nous asseoir à proximité du bureau de Gustave Barent ? J'ai des questions à vous poser.

Pendant que Charmin parlait, Sterny s'est fait la malle. Étrange comportement, mais un ambassadeur doit être terriblement occupé, il ne faut pas lui en tenir rigueur…

L'inspecteur suit Leef, dans le dédale de bureaux. Arrivant près d'une étagère contenant de nombreux livres prêts à tomber au moindre sursaut, ils s'assoient tous les deux à côté du fourre-tout de Barent.

— Alors Monsieur Leef. Permettez-moi de vous appeler Oscar, c'est plus intime. J'ai une multitude de questions. Déjà les os de Barent ont été retrouvés à Bilwan, vous étiez en train de faire des fouilles sur ce site, c'est bien ça ?

— Oui, enfin nous en avions fait du vivant de Gustave. Cet endroit est magique et recèle de nombreuses questions sans réponse.

— Mais vous y êtes retournés après la disparition de Gustave, soit deux ans après. Pourquoi ?

— Parce que nous avions laissé les deux ans de pause légale entre chaque fouille. Le président Keigo Ukasawa a lui-même défini des règles strictes en matière de fouilles archéologiques. Nous voulions refouiller, car une des données ne nous semblait pas claire… Je pourrais vous la détailler si vous voulez, mais c'est assez technique.

— Non, pour l'instant, nous allons rester dans les faits. Déjà, revenons à deux ans en arrière. Racontez-moi la disparition de Barent.

Oscar commence à avoir les yeux embués. Clairement, cette disparition a affecté toute l'équipe, de l'ambassadeur aux archéologues.

— Gustave était un professionnel comme on en fait plus. C'est dans ses carnets qu'on a vu qu'un détail méritait vérification. Bref. Il a disparu il y a deux ans. Nous étions postés à Bilwan pour les premières fouilles. Ce site nous a été signalé par le ministère de l'Intérieur de Gaushino. Nous sommes quasiment tous de Sariska, voyez-vous, et avons suivi Gustave par loyauté lorsqu'il a été nommé responsable des fouilles archéologiques dans l'Hémisphère Sud par le gouvernement de l'Hémisphère Nord. Je m'égare, pardonnez-moi. Mais l'histoire va aller très vite. Il avait comme habitude de rester tard le soir sur le chantier. Il aimait la solitude du désert. Quand nous nous sommes réveillés, nous avons constaté sa disparition.

— C'est-à-dire que tout le monde s'est couché à proximité du chantier et au réveil Barent avait disparu ?

— Oui, son lit de camp n'avait même pas été défait…

— Et vous avez cherché vous-mêmes dans le secteur, je présume ?

— Bien sûr. Rien.

— Et la police de Gaushino ? Je crois savoir qu'une équipe d'enquêteurs a été sur place.

— Oui, ils ont procédé à des tas d'interrogatoires. Mais on n'a jamais eu le fin mot de l'histoire, enfin de leur enquête. Peut-être, vous en savez plus que nous ?

Charmin croit lire de la détresse dans le regard d'Oscar.

— Non, malheureusement. Les échanges entre nous et Gaushino ne sont pas faciles. Je compte passer par l'ambassadeur pour obtenir leur dossier.

— Bon, et après j'ai continué à travailler normalement. Vous devez me prendre pour un sans-cœur ! Gustave était mon meilleur ami…

Leef regarde fixement Charmin, s'attendant à ce que celui-ci valide ce constat.

— Non, je crois surtout que vous n'avez pas eu le choix. Barent se sentait-il menacé ?

— Je ne crois pas, il écarquille les yeux. Un assassinat, vous pensez ?

— Je n'ai pas encore assez d'informations pour l'instant, ça arrive souvent qu'un archéologue tombe sur un chantier de fouilles et meure ? Après avoir disparu bien sûr ?

Charmin manque cruellement de tact et préfère enchaîner par une question, l'empathie, c'est vraiment pas son truc.

— L'équipe était-elle composée des mêmes archéologues qu'aujourd'hui ?

— Pas tout à fait. Les deux jeunes, Christine et Sven sont arrivés suite à cette affaire. Car l'autre a préféré démissionner.

— L’autre ? Quel autre ?

Charmin est perplexe, personne ne lui a parlé d’un autre archéologue.

— C’est normal que vous ne soyez pas au courant. Avec tout le respect que je dois à Monsieur l’Ambassadeur, je ne suis pas étonné qu’il n’ait pas mentionné le nom de l’autre. C’est une femme, une archéologue de renom, mais qui a décidé d’arrêter suite à cette affaire. Je sais qu’elle a eu une aventure avec Monsieur Sterny. Klara Mondragara.

CHAPITRE 8

Gaushino, Capitale du Sud, 14e jour de Corb.

Son réveil sonne. Sivan n'a pas tellement fermé l'œil cette nuit. Elle réfléchit encore et encore à cette histoire de disparition, voire de meurtre. Oscar Leef a raconté à tout le monde que l'inspecteur Charmin l'avait qualifié d'assassinat. Elle en oublie sa famille, ses amis, enfin, son unique amie, Jenny. Encore une fois, elle est quelqu'un qui n'a jamais été beaucoup entouré. L'amitié est pour elle tellement rare qu'elle n'a pas le réflexe de demander des nouvelles.

Dès son enfance, Sivan s'est fait harceler par des gamins qui l'avaient affublée d'un surnom grotesque, « bouffe-cachou ». Cet épisode a détruit son adolescence. Elle a dû changer de collège, car lorsqu'elle allait au tableau, ce n'était que ricanements et moqueries. Du coup, elle préfère être seule et le peu d'amis qu'elle s'est fait ne lui donne que rarement des nouvelles, déçue de son manque d'implication dans la relation amicale.

Mais avec Jenny c'est différent, car elle est solaire. Sivan à son contact a le moral.

Prise d'une envie soudaine de lui parler, elle prend sa Tabletem et dit : « Jenny ». La sonnerie retentit et elle voit son amie endormie :

— Salut Jenny, oh je vois que je te dérange !

— Tiens, une revenante.

L'air courroucé de Jenny n'invite pas à la discussion. Sivan a envie de raccrocher, mais fait un effort :

— Comment vas-tu ?

— Ça va, j'ai un nouveau mec, je suis heureuse.

— Ah, super.

Sivan n'ose pas demander de détails, ce qui accentuerait le fait qu'elle-même n'appelle jamais. Elle enchaîne :

— Ce serait chouette que tu viennes me voir ici à Gaushino. En plus ton père serait super content.

— Sincèrement ? Son beau visage se durcit. Je n'ai aucune envie de venir te voir, Sivan. Où étais-tu depuis tout ce temps ? Tu n'appelles jamais. Je préfère laisser passer un peu de temps avant de te revoir. Et ne t'inquiète pas pour mes relations avec mon père, tout va bien. Ciao.

Elle raccroche.

Sivan éclate en sanglots. Elle a tant de pression ici, et c'est vrai qu'elle en oublie les autres. Voilà, elle est seule. Comme d'habitude.

Elle s'habille puis prend le MétroGlisse, qui lui fait tellement penser à Mydizen, pour aller à l'ambassade du Nord. Elle se sent triste, mais en même temps soulagée. Jenny a raison, elle n'a pas le temps d'avoir une amie. Elle reviendra vers elle quand elle se sera acclimatée. En espérant qu'elle le puisse.

Elle arrive dans le hall, prend l'ascenseur aux vitres transparentes et se dirige sans dire bonjour vers son bureau.

Sterny lui a déposé un paquet de discours imprimés à vérifier. Ainsi que plusieurs ouvrages sur Gaushino. Au-delà du pouvoir absolu que détient Keigo, Sivan a envie de s'intéresser au commencement, car elle sait que l'épisode des capsules n'a pas été le même pour l'Hémisphère Sud.

Jusqu'avant le BBII, ses ancêtres savaient qu'une nouvelle naine jaune allait arriver dans notre atmosphère. Combinant leurs efforts, au-delà des tensions habituelles, ils parvinrent à construire des capsules résistant à des chaleurs extrêmes, le fameux Elastec, permettant ainsi le sauvetage d'une partie de l'humanité.

Sivan frissonne toujours en lisant son Histoire, car il eut lieu une sorte de loterie, par origine ethnique, afin de sélectionner les futurs locataires des capsules.

Chaque capsule contient donc une ethnie, une sorte de ghetto après l'heure. Asiatiques, Africains, Caucasiens et Amérindiens étaient dans leur propre capsule, plusieurs pouvaient contenir une seule ethnie, tout était calculé au prorata de la population. Certaines étaient dédiées à la faune et à la flore, une autre extrêmement sécurisée transportait de l'ADN humain.

Ces capsules s'envolèrent à la frontière de notre atmosphère. La survie de toute une humanité.

— Sivan ?

La belle voix de Sterny résonne dans son bureau, coupant court à son voyage dans le temps.

— Je viens de te faire parvenir à nouveau le discours d'hommage à Barent. J'ai modifié certains passages que tu as ajoutés, mais qui manquaient de chaleur. Je te rappelle que c'est une sortie d'homélie que nous faisons.

Sivan ouvre le fichier envoyé. Effectivement, elle avait écrit un couplet sur le travail de Barent sans le connaître véritablement. L'archéologie est une science passionnante. Le docteur Janus était archéologue avant d'être professeur à l'université. Elle a toujours été impressionnée par ces experts de l'Histoire ancienne. C'est ainsi qu'elle les appelle. Mais cette définition ne correspond plus aux professionnels dont elle a lu les innombrables écrits qui ont été sauvegardés par les capsules. Il existe un autre type d'archéologie : celui après le BBII.

Outre l'énorme tremblement de terre qui est à l'origine de la création des deux continents à l'arrivée de Soleileia, les restes de l'Ancien Monde furent pulvérisés et faire des fouilles n'avait plus aucun sens (du reste, l'Humanité avait bien autre chose à mettre en place…).

Au fil des années, les deux Hémisphères se créèrent un nouveau passé, l'archéologie renaît. Sivan reste très étonnée de cette civilisation d'Égyptiens bis, qui la fascine et lui fait peur.

L'hommage a lieu demain. Dans le hall de l'ambassade. Barent n'avait pas de religion spécifique, son corps sera inhumé à Sariska. Enfin pas vraiment son corps, plutôt ses os… L'inspecteur Charmin sera là. Elle est pressée de le voir. C'est la première fois qu'elle rencontre un représentant des forces de l'ordre.

— Hey Sivan !

Elle sent son cœur se resserrer en entendant son prénom prononcé par Sven.

— Salut Sven ! Contente de te voir !

— Ça te dit de venir boire un verre ? Il est dix-huit heures, tu as sans doute besoin de te changer les idées et moi aussi ! J'ai passé la journée à dater des morceaux de bois de chêne venant du site de Bilwan.

— Effectivement tu dois avoir la tête pleine. Oui, allons-y !

Et Sven prit sa main, Sivan la retire rapidement, ils quittent le bâtiment. Elle n'était pas peu fière d'être à ses côtés, malgré son côté sans—gêne. Il est grand, blond et de magnifiques yeux noisette. Elle a un peu l'impression qu'il pourrait être son frère. Mais elle est à son aise. Ils entrent dans un bar semblable à ceux de Mydizen, tout en bois et assez tamisé.

— Tu veux une bière ? lui lance-t-il.

Ils boivent. Beaucoup trop. Le bar est plein, ça parle fort, ça hurle pour couvrir la musique. Sivan sent sa tête tourner.

— Sven, j'ai bien envie de rentrer !

— Oui, je vais te raccompagner, tu es blanche comme un cachet d'aspirine.

En chemin, celui-ci ne peut s'empêcher de la prendre par la taille. Sivan, trop éméchée, ne se rend pas compte des gestes de Sven, qui sont également dictés par l'abus de boisson.

Il l'accompagne jusque chez elle, l'aide à ouvrir sa porte, la déshabille. Puis enlève ses propres vêtements et s'étale sur elle, la pénètre. Sans amour, sans tendresse, d'une façon mécanique.

Sivan ne réagit pas, son esprit n'est plus dans son corps, elle ne lutte pas, et après tout, s'abandonne.

Au petit matin, Sven est parti en claquant la porte, sans un mot. Tant mieux, se dit-elle, elle n'avait pas le cœur aux explications du style : « Ah tu comprends, on avait trop bu, on s'est amusés et voilà, cela arrive, etc. »

Elle ne doit pas tarder, l'hommage à Barent a lieu dans deux heures. Une tenue noire rapidement enfilée, *le noir est bien la couleur du deuil ici aussi, je présume*, s'inquiète-t-elle rapidement en claquant la porte de son appartement.

Arrivant à l'ambassade, elle voit beaucoup de monde. Que des inconnus, bien sûr. Sterny est sur la balustrade qui a été aménagée à la hâte. On raconte qu'un représentant du pouvoir sudiste est présent. Sivan se fraye un chemin pour se diriger vers l'ambassadeur.

— Ah Sivan. J'espère que tu m'as bien transmis la bonne version, hein ? Il a l'œil malicieux.

— Bien sûr, Monsieur Sterny.

Elle a envie de l'envoyer valser. À cause du manque de sommeil sans doute. Ou de l'excès d'alcool, sûrement.

— Va te mettre à côté de l'inspecteur Charmin, vous ferez connaissance comme ça !

Il lui désigne un homme habillé simplement, chemise et pantalon de costume à la mode nordiste.

— Inspecteur Charmin, je suis ravie.

Celui-ci lui sourit en lui montrant toutes ses dents.

— Alors c'est vous la jeune fille chargée des discours de Sterny ? Bravo pour ce poste !

— Merci beaucoup.

Sivan rougit. Enfant, elle était d'une timidité maladive. Depuis, ses joues chauffent pour un rien. Son visage est un livre ouvert pour ses interlocuteurs.

La cérémonie débute.

La voix de Sterny s'élève, au premier rang, les proches de Barent ont la mine fermée. Sivan ne connaît personne. Elle est curieuse de voir la veuve surtout. Car on ne lui a pas parlé d'elle. Elle distingue à côté d'Oscar Leef une femme d'une cinquantaine d'années, cheveux blonds coupés à la garçonne, jolie malgré sa tristesse. Elle tient le bras d'Oscar. Elle semble très digne.

Sterny a la voix chevrotante en lisant certains passages du discours. Véritable peine ou manipulation ? Difficile à dire.

L'inspecteur Charmin est lui aussi en train d'observer le premier rang. Il n'a pas encore fait connaissance avec Anya Barent. Curieusement il a le pressentiment que ce meurtre est lié aux activités professionnelles de l'archéologue.

Dans l'Hémisphère Sud, il a bien compris que l'Histoire était quasi affaire d'État. Les archéologues venant du Nord passent un concours extrêmement pointu pour rentrer dans ce cercle fermé. Sterny doit faire des rapports quotidiens à Keigo ou du moins à son secrétariat sur les découvertes et les fouilles en cours. Et n'avoir pu obtenir le dossier est quasi une preuve de censure.

Mais comment vais-je obtenir ce dossier ? maugrée-t-il dans sa barbe. *Cette jeune fille qui vient d'arriver*, il regarde Sivan, *non, elle ne peut rien pour moi…*

À croire qu'elle a le don de double vue, Sivan regarde Charmin. La cérémonie s'achève.

— Monsieur l'Inspecteur, si je peux faire quelque chose pour vous… certes je viens d'arriver, mais voilà mon numéro de Tabletem. Je ne devrais pas vous le dire, mais cette histoire de meurtre m'effraie, mais en même temps suscite ma curiosité.

— De meurtre ? Pour l'instant, Mademoiselle, elle n'est pas encore qualifiée de telle. Vous avez dû parler avec Leef, je suppose…

Sivan essaie de répondre, mais Charmin enchaîne.

— Peu importe, de toute façon, ce sera bientôt officiellement un meurtre. Je prends avec plaisir vos coordonnées, je comprends que cette affaire vous intéresse. Et voici ma carte en retour. Vous souhaitant de bien vous acclimater, bonne journée Mademoiselle.

Et Sivan voit Charmin s'éloigner. *Il a l'air un peu paumé, l'inspecteur*, se dit-elle.

CHAPITRE 9

Gaushino, Capitale du Sud, 16e jour de Corb.

Charmin est descendu dans un petit hôtel proche de l'ambassade. Klara Mondragara. Ce nom a quelque chose de féerique. Étrange tout de même que l'ambassadeur lui-même n'en ait pas parlé. L'inspecteur ressasse les dernières conversations avec Sterny. Non vraiment aucun mot sur Mondragara. Elle était un des deux coéquipiers de Barent. Bizarre tout de même que le rapport succinct de Gaushino – que l'ambassadeur a réussi à se procurer finalement – n'en fasse pas mention. Pourquoi ne l'ont-ils pas interrogé ? Est-elle encore dans l'Hémisphère Sud ? Il cherche sur les moteurs de recherche classiques sur le réseau. Pas de résultat. Charmin décide d'appeler les bureaux à Mydizen :

— Charmin à l'appareil. Emma, dis-moi ce qu'on a dans notre base sur une certaine Klara Mondragara ? Elle était archéologue à Gaushino il y a deux ans, et faisait équipe avec Barent.

— Klara comment ?

— M.O.N.D.R.A.G.A.R.A. Drôle de nom de famille effectivement. Une origine particulière peut-être ? Je n'en sais rien, je n'ai pas vu d'image d'elle. Elle n'existe plus visiblement que dans la mémoire d'un archéologue…

La Emma en question a un rire gras :

— Charmin, Gaushino t'inspire on dirait ?

Il raccroche, ne comprenant pas la blague.

La veuve de Barent doit la connaître par contre. Avant de contraindre l'ambassadeur à lui parler, Charmin préfère obtenir quelques informations afin de brosser un portrait de Klara :

— Madame Barent ? Ici l'Inspecteur Charmin.

— Inspecteur oui, j'attendais votre appel.

— Pourrions-nous nous rencontrer dans la journée ?

— Certainement. Allons au café de la Place, ce n'est pas loin de l'ambassade, vous trouverez facilement.

Charmin raccroche. Anya Barent correspond exactement à son type de femme. Blonde, cheveux courts, d'un aspect bourgeois. Elle l'a impressionné à la cérémonie. Modeste, réservée, respectable. L'entourage est souvent coupable. Mais de quoi ? C'est elle qui a fait pression à Mydizen pour qu'un inspecteur de l'Hémisphère du Nord vienne enquêter. La presse nordiste a ainsi eu vent de cette affaire. *Dommage,* bougonne-t-il… Les médias ne sont plus un contre-pouvoir comme avant le BBII. Aujourd'hui, ils sont souvent à la solde de telle cause, de tel parti, de tel gouvernement. C'est pour ça que le meurtre raciste est évoqué dans les gazettes de Mydizen. Des relents nationalistes, au Nord aussi…

Charmin chasse ces pensées et quitte son hôtel. Le café de la Place est juste à côté de l'ambassade. En poussant les portes de cette brasserie plutôt chic, son regard est tout de suite attiré par Anya Barent. Elle est occupée à tourner la cuillère dans son café.

— Madame Barent ? Inspecteur Charmin, enchanté.

Une voix doucement audible sort de ses lèvres retroussées.

— Inspecteur, je suis ravie. Appelez-moi Anya. D'entendre le nom de mon mari me bouleverse toujours autant. Je vais reprendre mon nom de jeune fille d'ailleurs.

Elle repose ses yeux sur sa tasse.

— Anya, je vais tâcher d'être bref. J'ai déjà questionné Oscar Leef concernant les derniers moments de votre mari. Ce n'est pas de ça que je veux vous parler. Anya le regarde, étonnée. Ses yeux sont de couleur miel.

— Ah, d'accord. Mais de quoi voulez-vous m'entretenir ?

— De l'autre archéologue. La femme. Klara Mondragara.

Charmin sent tout de suite un léger mouvement de recul. Anya ne le regarde plus dans les yeux. Elle examine de nouveau sa cuillère.

— Klara était une très belle femme. Proche de mon mari.

Tout d'un coup, elle fixe Charmin. Ses yeux semblent changer de couleur, ils foncent :

— Proche de mon mari, Inspecteur, mais ce n'est pas ce que vous croyez. Gustave était un passionné, certes, mais de son travail. Il m'a délaissé. Je passais toujours après. Mais j'ai tout pardonné. Car je l'aime. Enfin, je l'aimais. L'archéologie était sa femme, j'étais son amante. Ce rôle me convenait. Je suis pathétique ? Peut-être. Mais Inspecteur, avez-vous déjà rencontré quelqu'un qui vous impressionne tellement que vous êtes prêt à tout pour rester à ses côtés ? Je peux dire que cela m'est arrivé. Et je remercie le ciel pour ça.

Elle sanglote, puis boit une gorgée de son café, pour reprendre :

— Cette femme, il l'avait connue à Sariska quand ils avaient commencé l'archéologie avec Oscar. Je ne sais pas d'où elle venait, mais pas de l'Hémisphère Nord. Pourtant, physiquement, elle était typée scandinave – la peau blanche, les cheveux blond-roux, les yeux bleus – mais Gustave m'avait expliqué qu'elle avait vécu dans l'Hémisphère Sud. Je n'en sais pas plus. Après, tous les trois sont venus à Gaushino passer les tests pour succéder à l'équipe d'archéologues vieillissante déjà présente.

Charmin l'interrompt :

— Mais pourquoi Gaushino ne prend pas des archéologues venant de leurs contrées ?

— Aucune idée. Je suis commerciale moi.

Elle sourit.

— Il s'agit aussi de seconder l'ambassadeur du Nord au Sud. C'est sans doute plus logique que toute l'équipe vienne du même Hémisphère.

Elle hausse les épaules.

— Vous avez sans doute raison, pardon, Anya. Donc, Mondragara était une amie de votre mari. Mais pourquoi n'ai-je appris que par Oscar de son existence ? Qu'est-elle devenue ? J'ai ouï dire d'une affaire de sexe, mais qu'en est-il vraiment ?

— Je ne peux pas vous répondre précisément, Inspecteur. Une affaire de sexe, oui. Comme je vous disais, Klara n'était pas seulement belle, mais également brillante. Sterny n'était pas insensible à son charme. C'est un homme marié, il a une fille. Elle était libre comme l'air. C'est une histoire vieille comme le monde.

*

Sivan, vous devriez vous préoccuper de vos tâches courantes plutôt que d'une enquête ! Les mots pleins de bon sens du docteur Janus résonnent dans sa tête, elle l'a appelé ce matin pour lui raconter sa vie ici, à Gaushino.

Et oui Sivan, tu n'es pas là pour faire le travail de l'inspecteur, se répète-t-elle en boucle. Néanmoins, malgré le rappel à l'ordre de son professeur adoré, elle ne peut s'empêcher d'aller fouiner. Elle a récupéré le carnet de fouilles qui était sur le bureau de Barent.

Elle s'enfonce dans son matelas un peu trop mou et lit :

« Vingtième jour de fouilles à Bilwan. Ce site est majestueux, je n'ai jamais vu autant de lumière. J'ai longuement déblayé la partie ouest, nous avons trouvé des objets en argile, des tessons de vase. »

Puis elle continue sa lecture en allant sur une autre page :

« Trente-deuxième jour de fouilles. Je suis épuisé. Le soleil nous terrasse. Nous avons déterré quasiment tous les morceaux de bois. Tout laisse à penser que ce site est une sépulture. Oscar est ravi, c'est une très belle découverte. Klara aussi ne peut cacher ses émotions. »

Klara ? Mais qui est-elle ?

Relisant ses notes, Sivan n'a aucun souvenir de cette Klara. Sterny ne lui a jamais parlé d'elle. Sven et Christine ont l'air de débutants, c'est vrai. Ainsi Barent faisant équipe avec Oscar et cette femme mystérieuse.

Se concentrant sur le fond des quelques notes du professeur, elle connaît enfin la nature du site, une sépulture ! Elle s'étonne que personne ne le lui ait dit avant. Découvrir une tombe et y mourir, cela lui rappelle la découverte de la tombe du pharaon Toutankhamon en 1922, une histoire que le docteur Janus lui avait racontée, si passionnante…

Mais rien de surnaturel là-dedans, comme on voulait le croire à l'époque.

Elle prend sa Tabletem.

Le docteur Janus a raison, mais cette histoire est terriblement intrigante.

Elle décide de recycler son carnet numérique Renaissance. Elle y écrit : « découverte d'une sépulture » et efface les anciennes parties, de toute façon, tout est imprimé.

Au vu des autres notes, l'équipe d'archéologues avait conclu à une tombe égyptienne, type barque solaire.

L'ancienne civilisation égyptienne accordait une importance capitale aux bateaux en général. Les rois défunts y étaient enterrés pour leur dernier voyage dans l'au-delà avec le dieu Rê, dieu du soleil. Sivan avait appris qu'il y avait très peu de découvertes, elle sent un début d'excitation à l'idée d'aller à Bilwan…

Savoir que Gustave Barent est mort là-bas…

Bilwan, se répète-t-elle.

Soudain Sivan frissonne. Peut-être que le professeur est mort à cause de cette découverte… Peut-être que quelques ossements, sacrés pour certains, ont été déterrés…

Sa mère dit toujours qu'elle a beaucoup d'imagination. Après tout, pendant ses jours de congés, elle n'a personne à aller voir. Qui l'en empêchera ?

Avant de tenter une quelconque expédition, elle pense que ce serait intéressant de contacter une personne du groupe de discussion anti-fouilles, relatif au site de Bilwan.

Sa Tabletem en main, elle dit intelligiblement : « historique de recherche. » Puis elle retourne sur le forum de discussion. Elle crée un profil, Siv78, puis poste :

« Bonjour, je suis historienne et souhaite connaître plus en détail vos inquiétudes concernant les fouilles sur le site de Bilwan. »

Elle laisse un alias de son e-mail pour éviter de dévoiler sa véritable identité.

Après avoir bu deux tasses de café, elle prend sa Tabletem : elle a déjà une vingtaine de messages venant du forum de discussion. En parcourant les mails, elle a beaucoup d'insultes, des demandes pour des vidéos privées de type sexuel et quelques réponses constructives. Un certain Ameny retient son attention. Déjà, il la vouvoyait, Sivan est sensible aux marques de politesse les plus classiques. Pas de faute non plus, un autre bon point. Il lui laissait son numéro.

Aussitôt, elle appuie sur le numéro écrit sur le message et la Tabletem le compose.

Une voix jeune répondit :

— Oui ?

— Bonjour Monsieur, pardonnez-moi de vous déranger, mais je suis l'historienne du forum de discussion.

— Ah oui, Siv78… Je n'ai pas tellement compris le but de vos questions, mais je me ferai un plaisir d'y répondre… Connaissez-vous le Balthazar café ?

— Non, mais je vais me renseigner.

Il lui coupe la parole.

— Disons, quatorze heures là-bas ?

— Très bien, à tout à l'heure.

Puis il raccroche. Drôle de Monsieur qui lui donne un rendez-vous sans même savoir ce qu'il retourne ! Enfin elle ne va pas s'en plaindre, elle a besoin de réponses rapides. Sivan ouvre son placard, s'habille d'une veste noire et d'un pantalon en jean moulant, chausse sa paire de derbys fétiches, attrape son sac à main en bandoulière puis claque la porte.

En chemin, elle ne prend pas le temps de regarder le paysage, mais se concentre uniquement sur ses pieds : il s'agit de préparer un peu son entretien avec Ameny, par peur de passer pour une historienne de seconde zone. Le docteur Janus aimait lui rappeler que l'on peut s'enfermer mentalement et poser ses idées sur une table virtuelle, comme dans un bureau. Ces techniques lui permettent d'organiser ses pensées au quotidien et ont contribué à sa réussite aux examens.

Aujourd'hui, elle veut savoir qui sont ces groupuscules revendiquant la suprématie égyptienne et pourquoi ces personnes s'opposent à ces fouilles archéologiques.

Pour Sivan cela n'a pas de sens, car au contraire, mettre à jour la magnificence et l'avancée des techniques égyptiennes sont des points positifs pour l'image de cette civilisation. Pourquoi désapprouver ? Évidemment, elle ne dévoilera pas un mot sur l'affaire du professeur assassiné, cette information n'ayant pas été encore transmise à la presse.

Regardant sa Tabletem et son application Plans, elle voit que le Balthazar café est à un pâté de maisons.

Plongée dans cette histoire, elle n'a même pas songé à Sven et à leur nuit. Elle se dit seulement qu'il aurait pu lui envoyer un message. Quels goujats, ces hommes !

Ça tombe bien, car Sivan préfère être concentrée sur Ameny et son travail. Et surtout, étant extrêmement sensible, elle risquerait de gâcher leur entrevue par ses pensées négatives…

Sa Tabletem vibre, elle lève les yeux : « Balthazar café » est écrit sur un écriteau bleu d'aspect oriental. En lui donnant rendez-vous ici, Ameny annonce la couleur et revendique sans doute son héritage égyptien. Enfin, c'est ce qu'elle pense.

Sivan ouvre la double porte et balaye les personnes présentes. *Je cherche qui ?* se dit-elle en murmurant. *Un descendant du pharaon Ramsès II ?* Elle ne peut s'empêcher d'esquisser un sourire.

— Siv 78 ? lui chuchote à l'oreille une voix grave.

— Euh oui, elle se retourne d'un jet.

Le fameux Ameny se tient devant elle, il est arrivé juste après elle. En une seconde, elle le trouve à son goût. Grand, brun, de grands yeux marron foncé, une barbe naissante. Pas Ramsès II, mais doté d'un énorme charisme. Elle le fixe, et sent également une certaine gêne de son côté. Ils se plaisent, enfin, le croit-elle.

Ameny reprend les rênes de la conversation :

— Allons nous asseoir près de la fenêtre, je vais nous chercher deux cafés. Il s'interrompt : cela vous convient ?

— Oui, parfait !

Sivan le regarde parler avec le serveur, d'une façon décontractée et respectueuse. Elle se dit qu'avec lui, on doit se sentir protégé, il a l'air de prendre les initiatives. Elle se tape le front et se dit : *mais tu es incorrigible Sivan ! Tu n'es pas en rendez-vous amoureux, calme-toi !* Malgré tout, elle ne peut s'empêcher d'admirer sa silhouette, haute, avec de légères rondeurs le rendant encore plus attirant à ses yeux.

Ameny ramène les deux cafés et s'assoit.

— Ainsi c'est vous l'historienne ? Je vous voyais… comme dire… plus âgée. Et il lui fait un clin d'œil.

Sivan s'apprête à fondre puis se ressaisit, de nouveau dans son bureau virtuel.

— Effectivement, et merci de me rencontrer aussi rapidement. Je suis pour ainsi dire une étrangère à Gaushino, je viens de Mydizen.

Et bêtement, elle s'attend à ce que son interlocuteur ait l'air impressionné. Mais rien de tout cela, le côté colonial que les hommes avaient avant le BBII a complètement disparu avec la redistribution des cartes géopolitiques. Avant, les hommes du Nord se croyaient supérieurs à ceux du Sud. Ce n'est plus d'actualité, mais en tant qu'historienne, Sivan aime tester.

Elle reprend son récit, en évitant de regarder Ameny dans les yeux, ses yeux sont si rieurs…

— Et j'ai besoin de recueillir quelques informations, je m'intéresse de près à la civilisation égyptienne passée et notamment ces objets funéraires qu'on appelle barques solaires.

— Ah oui, vous êtes bien renseignée, effectivement les Égyptiens croyaient que le cycle de la vie et de la mort était comme celui du lever et du coucher du soleil. Ce voyage diurne était fait à bord de « barque solaire ». Une comme celle découverte à Bilwan, mais ça, vous le savez déjà !

— Oui, je vous l'avais écrit d'ailleurs…

Il la coupe.

— Mais je ne comprends pas en quoi je peux vous être utile, vous avez des publications et autres documents consultables à la Bibliothèque en accès libre sur ce thème. Ses yeux passent de rieurs à étonnés.

— Effectivement, mais c'était juste un propos liminaire. En fait je m'intéresse aux personnes qui pensent que les descendants des Égyptiens seraient légitimes à gouverner au vu de leurs ancêtres.

Ameny la regarde droit dans les yeux.

— Siv 78, c'est un sujet brûlant, il réfléchit et ajoute : vous êtes journaliste ?

— Oh non, je vous promets.

— Soit, êtes-vous déjà allée à Bilwan ?

Elle secoue la tête de gauche à droite. Le bel égyptien reprend :

— Je pense que vous trouverez des réponses en allant sur le site. Ce n'est pas une simple histoire de suprématie, nous parlons des origines humaines…

Sivan ne peut s'empêcher d'être étonnée de cette conclusion. Des origines humaines ! Il va un peu loin le Ameny ! Et tenir ce genre de propos devant une historienne, quel toupet !

— Je crois que vous allez loin dans votre réflexion, si je peux me permettre. Je comprends que ce sujet vous tient à cœur, mais les origines de l'homme ne peuvent être remises en question par quelconque théorie fumeuse. Sur ce, Monsieur, je vous laisse.

Sivan se lève en ayant soin de laisser de l'argent pour payer puis sort du café. Elle est en rage, et ne décolère pas. Ameny ne la suit même pas. Elle marche pour se calmer et ressasse. En y repensant bien, elle a été ridicule. Elle prend sans cesse tout à cœur. Par contre, là où Ameny a vraiment raison, c'est qu'elle doit aller à Bilwan. Très vite.

CHAPITRE 10

En route pour Bilwan, Hémisphère Sud, 18e jour de Corb.

11 h 30. L'heure pour Sivan d'aller prendre son TrainGlisse pour Bilwan. Du moins, elle va devoir prendre une navette pour accéder au site, car il n'y a pas de transport collectif dans ces coins reculés. Elle consulte sa carte : Bilwan est à plus de cinq cents kilomètres de Gaushino, au sud. Elle se sent tout excitée, rien que de partir.

Ici, les choses se sont compliquées au niveau personnel. Car son aventure avec Sven n'a pas été suivie de complicité, mais plutôt d'un dégoût de la part de celui-ci. Sivan n'a pas compris. Du coup, il ne lui parle presque plus. Christine est aux anges, forcément. Monsieur Sterny n'a rien vu, *tant mieux*, pense-t-elle. Il n'a posé aucune question sur ses projets pour ses jours chômés.

Elle n'avait pas de nouvelles du bel Ameny, ce qui est somme toute complètement normal au vu de son comportement, mais au fond d'elle, elle souhaiterait qu'il la rappelle.

Le fiasco de ses relations sociales, et ce même dans un pays étranger, l'attriste, mais ne l'étonne guère. Plutôt que de redevenir négative, elle préfère penser à accomplir le travail qu'on lui demande, les gens sont comme des boomerangs, ils reviennent, pense-t-elle.

Prenant un petit sac en toile, elle y jette pêle-mêle un vêtement de nuit, une culotte et un t-shirt, ainsi qu'un nécessaire de toilette. Bilwan étant assez loin, elle a été obligée de réserver une nuit dans un petit hôtel près de la gare d'Atoni, une ville reculée et sans charme d'après les photos glanées sur Internet.

Elle sort de son immeuble et marche jusqu'à la gare de Gaushino. Beaucoup de monde s'y croise, elle voit énormément de sans-abri par rapport à Mydizen. *Peut-être que chez moi les autorités les cachent*, songe-t-elle.

En levant les yeux vers le panneau d'affichage, elle lit : « TrainGlisse numéro 157894 pour Atoni, voie numéro 3. »

Les TrainsGlisse ne changent pas tellement par rapport aux anciens trains à grande vitesse d'avant BBII. Ils se déplacent par la force électromagnétique et sont capables d'aller à plus de cinq cents kilomètres par heure. Elle se rappela un article relatant un accident pendant une expérimentation de scientifiques, qui avaient réussi à faire rouler leur train à plus de 800 km par heure, mais un des aimants s'était enlevé et le TrainGlisse avait lourdement déraillé, entraînant la mort de trois techniciens et de nombreux blessés. Depuis, la vitesse de croisière de ces trains s'était alignée à 800 km par heure, selon des normes mondialement respectées.

Elle grimpe dans son wagon et s'endort. Le voyage en TrainGlisse est particulièrement agréable, il n'y a aucun à-coup. Une main lui effleure l'épaule :

— Mademoiselle, c'est le terminus !

Elle ouvre les yeux, puis descend du train, sans avoir l'occasion de remercier cette main qui s'est évanouie dans la nature.

Elle quitte le train et se retrouve dans une gare spartiate avec des guichets en bois. Peu de monde était dans le train, le hall était quasiment vide. Elle regarde aux alentours, cherche une indication de départ de la navette vers Bilwan. Réfléchissant rapidement, elle se dit qu'elle doit aller au plus vite sur le site, pour ne pas rentrer trop tard à son hôtel, et trouver aussi de quoi se sustenter. Elle sait que dans ces villes loin des capitales les magasins et restaurants ferment plus tôt.

Depuis sa plus tendre enfance, elle n'aime pas demander de l'aide aux autres. Une lointaine peur de passer pour une idiote sans doute. Se débrouiller elle-même sans demander d'aide, quitte à en être ridicule en perdant inutilement du temps, c'est sa façon d'être. Au bout de dix minutes, elle trouve le quai d'embarquement vers Bilwan. Même pas besoin de sortir de la gare, les quais sont au niveau souterrain. Elle prend l'escalator puis grimpe dans une espèce de bus rapiécé. C'est ce qu'ils appellent une navette ! Elle sourit.

Enfin, elle rit jaune, car elle a au moins deux heures de trajet…

Les sièges sont d'une couleur orange vieillie, il règne une odeur de cendrier. Et comble du confort, il n'y a pas d'armature en métal dans le dossier du siège. Sivan est pour l'instant la seule à prendre place. Le conducteur lui a juste fait un signe de la tête lorsqu'elle a validé son ticket de transport à l'aide de sa Tabletem. Deux personnes s'installent assez loin d'elle, puis la navette démarre.

La lumière du jour emplit le bus dès qu'ils sortent du souterrain et Sivan regarde le paysage défiler. C'est sa première sortie hors de la capitale, et elle n'avait jamais fait attention à la végétation qui l'environne. Des dômes rocheux dominent des vallées sableuses, traversées par une unique route, où elle se trouve. Quelle immensité ! Dans l'Hémisphère Nord, il y a très peu de zones inhabitées, c'est terriblement construit, et cela manque de nature. Mais tous les habitants y sont habitués.

Et il existe des espaces dits « retrouvailles avec la Nature » où dans des caissons on peut ressentir le vent de la mer, l'odeur de l'herbe coupée, la pluie d'un soir d'été… autant de sensations oubliées. Ici, Sivan ne ressent pas la même impression que dans les caissons, elle est encore dans la navette, mais du coup, elle appréhende un peu.

Et encore, la voix du docteur Janus résonne dans sa tête. Avant le BBII, les hommes vivaient plus en harmonie avec la nature jusqu'à qu'ils détruisent pas mal de ressources qu'elle leur a procurées. D'ailleurs, une théorie assez loufoque de l'origine du Big Bang II réside dans cet appauvrissement de la terre qui se serait vengée des hommes selon quelques fanatiques. Il existait autrefois des mouvements dits écologiques, qui aujourd'hui ont disparu. L'environnement est un terme devenu désuet.

Le vent se lève et le sable semble fouetter les fenêtres de la navette. Sivan se demande comment elle va faire pour sortir, ce désert lui semble une terre inhospitalière. Le chauffeur au micro annonce Bilwan. Elle est la seule à se lever.

— Allez, ma petite dame, ne soyez pas timide et sortez ! semble-lui dire le chauffeur.

Dehors, le vent paraît se calmer. Elle regarde la navette redémarrer, sans même demander les horaires pour rentrer à Atoni. Plutôt que de paniquer, elle regarde enfin autour d'elle. Une pancarte avec une écriture manuscrite annonce : site archéologique — Bilwan.

*

Bilwan.

Sivan met son t-shirt sur la tête à la manière des Bédouins, peuple nomade arabe de l'Ancien Monde, dont les récits l'ont fait rêver dès l'enfance, pour se protéger du soleil si fort et du sable.

Espérons que le site soit bien abrité, se dit-elle, tout en maugréant de son manque de préparation. Elle marche le long d'un sentier assez bien dessiné, des marques de pneus sur le sol indiquent le passage de quelques jeeps. Car, à part l'abri pour la navette, il n'y a rien à des kilomètres à la ronde. Seulement des vestiges de maisons en terre cuite, sans porte, certaines fois sans toit. Sivan, malgré le sable qui s'engouffre insidieusement dans ses narines et dans ses yeux, est émerveillée.

Ces paysages lui rappellent tant de choses qu'elle avait imaginées, de civilisations perdues, de richesses enfouies. Et même sa vocation. L'Histoire ancienne. Le passé. L'Histoire. Son histoire. Sivan a toujours pensé aux ancêtres, à ceux qui l'ont précédée, de toute origine, de tout lieu, de tout temps. Elle vit en permanence avec les souvenirs du temps jadis. C'est ce qui la fait tenir dans ce monde devenu différent, après le BBII. Elle s'est toujours sentie si différente, pas à sa place. Par les sensations que lui procurent ces vieilles bâtisses, elle sait que oui, elle est spéciale. Son épanouissement personnel n'est pas un but premier. Mais la recherche l'est. Se marier et fonder une famille ne seront jamais des buts pour elle, car elle est déjà comblée du fait de sa vocation.

Continuant le sentier, elle voit une sorte de toit immense en bois qui masque un énorme trou béant. C'est la trouvaille de l'équipe de Barent. Le vent tombe, tout d'un coup. Un frisson lui parcourt l'échine.

Elle s'approche du lieu de la fouille, délimité par plusieurs fils blancs, dont certains se sont décrochés à cause du vent. On dirait un chantier fantôme. En regardant au fond de la fosse, le lieu où a été trouvée la sépulture est recouvert de bâches poussiéreuses. Sivan descend dans le trou par un petit escalier artisanal creusé à même la terre. Elle soulève la bâche.

L'emplacement de la barque.

Elle avait l'air monumentale, au moins quinze mètres de long. Elle vit que certains instruments avaient été laissés, des truelles, un tamis et son seau, des pinceaux. Elle n'est pas archéologue, mais en voyant ce chantier à l'abandon, elle s'étonne du manque de professionnalisme de l'équipe de Barent. Malgré le fait d'avoir trouvé le squelette de leur collègue, ils auraient dû continuer leurs recherches. Ou alors ne le pouvaient-ils plus ? Peut-être qu'ils n'avaient plus les crédits alloués par Gauschino ?

Elle continue son inspection. Sur le sol des traces de l'armature de la barque, ainsi qu'une zone fouillée de façon moins précise, délimitée par un ruban jaune. Sans doute l'emplacement des os de Gustave Barent.

Autant la vue du sang importune Sivan, autant les os, non. Elle regarde cette partie du chantier comme si c'était le lieu de découverte d'une fibule. Elle n'est effectivement pas archéologue, mais une chose l'interroge. Elle prend une truelle, et commence à nettoyer une zone proche de l'emplacement des os. Puis une autre. Cette séance lui rappelle ses chantiers de fouilles bénévoles qu'elle faisait autrefois.

Elle s'étonne qu'autour de la zone de la barque aucune autre fouille n'ait eu lieu, comme si les archéologues connaissaient l'emplacement exact de ladite barque. Les techniques ont évolué depuis son expérience d'apprenti archéologue, mais pas au point de révéler directement l'emplacement d'un vestige. Dans le carnet de Barent, nulle mention de cette chance ou d'une quelconque facilité pour découvrir ce joyau.

Encore un point à éclaircir.

Elle prend des photos avec sa Tabletem et s'assoyant sur un rocher, elle remplit son carnet de route virtuel. Pas de connexion à un quelconque réseau.

Le vent revient, balayant ses cheveux d'une brise agréable. Dans ses pensées, elle n'entend pas le bruit d'un moteur. Mais le vent s'est de nouveau levé et tout d'un coup, elle sent qu'elle n'est plus seule. Un peu paniquée, elle remet ses affaires dans son sac et reprend vite l'escalier.

Une jeep est stationnée.

Une voix féminine la fait sursauter :

— Mademoiselle Sivan ?

Elle se retourne. Une femme habillée comme si elle allait faire un safari bon chic bon genre s'avance vers elle en lui tendant la main.

— Soyez sans crainte, je m'appelle Anya. Je suis la compagne de Gustave Barent.

Elle baisse les yeux.

— Enfin, sa veuve.

— Enchantée Anya. Je vous ai vu à la cérémonie d'hommage de votre mari à l'ambassade. Vous m'avez fait une de ces peurs !

Anya sourit, et lui touche l'épaule :

— C'est certain que ce lieu donne la frousse, vous ne trouvez pas ?

— Oui.

Sivan se dit au fond d'elle : *surtout quand vous venez sur le lieu où le squelette de votre mari a été retrouvé…*

À croire qu'Anya lit dans ses pensées, elle reprend :

— Vous allez me croire folle ou psychopathe, mais j'aime être sur le lieu où mon mari a vécu ses derniers moments. Êtes-vous croyante ? lui demande-t-elle.

— Pas du tout.

— Alors vous ne pouvez pas comprendre.

Anya s'assoit sur un rocher qui surplombe la fosse.

— Gustave ne vivait que pour son travail, mais nous étions heureux. Le comble pour un archéologue, de mourir sur un chantier, n'est-ce pas ?

Sivan ne sait que répondre. La situation l'embarrasse. Cette femme est bien gentille, mais elle n'a pas envie de compatir sur la perte de son époux, et elle trouve encore une fois tout ceci bien étrange. Voire carrément glauque.

— Comment me connaissez-vous ? demande Sivan.

— Oscar m'a parlé de vous et de la mission qui vous a été confiée. L'équipe de Gustave est composée de sacrés numéros, tous plus égocentriques les uns des autres. Il fallait que je vous voie.

— Et si nous allions à Atoni trouver un café pour discuter et manger ? Je vois que vous avez une voiture, nous y serons dans peu de temps !

Anya tend les clés de la jeep à Sivan, et sans un mot la laisse s'installer derrière le volant.

Sivan démarre, la jeep fait des bonds puis se calme.

Direction Atoni, en compagnie d'une présence fort étrange, devenue muette…

*

Atoni.

Sivan ne connaissant évidemment pas la petite bourgade d'Atoni, elle suit la voie royale du panneau centre-ville, placé bien promptement à l'entrée de la ville. La jeep s'essouffle à l'arrêt comme si elle était déjà épuisée, et les deux femmes se dirigent vers un restaurant, ou du moins un café, à vrai dire, l'unique du centre-ville. En poussant les portes, toutes les têtes se retournent. Il faut dire qu'il n'y a pas beaucoup d'étrangers ici.

La serveuse arrive, Sivan et Anya commandent des bières et un plateau de mezzés — plein de petites bouchées à picorer.

— Alors Anya, que souhaitez-vous me dire ? commence Sivan.

— Je ne sais pas pourquoi l'enquête a si peu avancé, j'ai réussi à faire venir un inspecteur de Mydizen, Charmin. Le connaissez-vous ?

— Oui, je l'ai rencontré. Il a l'air très compétent…

Anya lui coupe la parole :

— Sachez que je suis persuadée que sa mort ne peut être liée qu'à son travail.

Sivan, surprise, n'a pas le temps de répliquer.

— Comme vous avez pu le constater, fouiller ce site n'était pas un simple chantier, il y a autre chose. Et mon mari l'avait découvert.

— En avez-vous parlé à Charmin ?

— Non, j'ai peur qu'il me prenne pour une folle. Mais vous, et elle la regarde droit dans les yeux, un regard profond couleur miel, vous êtes venue par vous-même ici, à Bilwan. Ce n'est pas une coïncidence.

Plutôt que d'entendre d'autres propos aux accents mystiques, Sivan va droit au but :

— Quand vous dites qu'il a été tué à cause de son travail, pouvez-vous préciser Anya ?

La serveuse apporte leur commande, Anya boit une longue rasade de bière et reprend la conversation.

— Je n'en suis pas certaine, Gustave me tenait rarement informée. Il était si passionné qu'il croyait que cela ne m'intéresserait pas, et ne m'a jamais parlé de ses recherches et de ses découvertes. Mais, et c'est ce que j'ai dit aux inspecteurs de Gaushino, il est évident que d'être mort sur le chantier ne peut qu'abonder dans mon sens.

Anya vide une partie de sa chope et reprend :

— Je ne veux pas être complotiste ou quoi, mais cette enquête n'avance pas du tout, mon mari a disparu pendant deux ans. Grâce à mes connexions à Sariska – notre ville de naissance à mon mari et moi – j'ai pu faire jouer mes réseaux pour que l'enquête soit reprise par quelqu'un de l'Hémisphère Nord. La découverte de ses os n'a pas l'air d'alarmer beaucoup de personnes ici.

— Personnellement, je suis arrivée depuis peu de temps et je ne peux vous laisser dire cela. Anya, tout le monde est touché à l'ambassade. Et j'ai aussi confiance à Charmin. Il faut lui laisser le temps de faire son travail.

Anya regarde la table, Sivan en profite et ose :

— Pardon, Anya, mais de grâce, arrêtez de venir en pèlerinage macabre à Bilwan. Il faut essayer de tourner la page, cela fait deux ans que votre mari a disparu, je suppose que vous vous êtes fait une raison non ? Mais promis si j'apprends quelque chose… je vous le fais savoir.

Voilà, la Sivan dure et froide est de retour. Anya commence à avoir les yeux brillants. Sivan ne voit rien du tout. Elle croit réellement que c'est pour le bien de son invitée. Sa mère, sa sœur et ses amis ont toujours trouvé Sivan forte, c'est parce qu'elle refuse de s'appesantir sur son sort, c'est une battante. Et qui trouve les plaintes des autres ennuyeuses. Mais une battante qui met souvent les deux pieds dans le plat.

Les deux femmes mangent en silence. Sivan regrette ses propos, mais est étonnée de la sensibilité d'Anya. Elle essaie de détendre l'atmosphère :

— Et vous habitez à Gaushino ? demande Sivan entre deux bouchées.

— Oui, nous avons acheté un appartement dans la zone résidentielle, pas très loin de l'ambassade et de mon travail — je suis commerciale pour un grand groupe pharmaceutique. Je compte retourner à Sariska dès que l'enquête sera terminée.

Puis le silence règne, jusqu'à la fin du repas. Il est plus de dix-sept heures, Anya n'arrête pas de regarder sa montre.

— Ravie de vous avoir connu Sivan, n'oubliez pas votre promesse. Voici mon numéro.

— Oui, et laissez-moi la note, c'est la moindre des choses.

Les deux femmes se serrent la main, Sivan n'ose s'excuser pour sa rudesse de tout à l'heure. Elle regarde remonter en voiture Anya, avec sa veste bien cintrée safari et son short blanc immaculé malgré la poussière de Bilwan. Quelle étrange femme.

Sortant de la zone du restaurant, elle prend sa Tabletem et tape : hôtel du centre sur l'application Plans. En prenant ses oreillettes, elle suit les instructions de la voix synthétique et arrive devant la bâtisse. Un vieil immeuble, avec une façade rénovée. Une bonne surprise. Sivan n'a qu'une envie, c'est de prendre une douche et de s'allonger.

Elle prend ses clés au guichet automatique, chambre 221, et monte. Sa chambre est fonctionnelle, claire, et il y a même une baignoire. Elle ouvre le robinet, fait tomber un galet effervescent, échantillon présent dans la salle de bain, se déshabille et plonge dans cette eau tiède et délassante.

Soudain elle sursaute. Elle s'est assoupie, l'eau est devenue quasi froide. Elle se rince, s'habille avec son t-shirt un peu sablé sans penser à enfiler sa tenue de nuit, puis se pose sur son lit et tombe dans les bras de Morphée. Comme droguée.

CHAPITRE 11

Gaushino, Capitale du Sud, 19e jour de Corb.

Quelqu'un tambourine. À la porte non, mais dans sa tête oui. Sivan s'étire difficilement, elle a un mal de crâne pas possible, et se demande si elle a eu la présence d'esprit d'apporter du paracétamol.

Mais pourtant, elle n'a bu qu'une pinte de bière hier soir, bizarre… Cette journée à Bilwan était de toute façon étrange, la rencontre avec la femme de Barent, la fosse immense. Elle prend sa douche, se lave les cheveux à l'eau froide et se persuade que tout va mieux. Elle emballe ses affaires puis sort à la réception de l'hôtel pour rendre les clés.

En quittant l'hôtel, elle jette un œil vers le restaurant où elle était hier soir. Un attroupement de personnes est devant l'entrée de l'auberge. Elle décide de s'approcher. Une femme la reconnaît :

— Mais c'est vous qui étiez avec cette femme élégante hier soir !

— Oui, mais en quoi cela vous concerne ?

— Vous avez beaucoup de chance d'être partie aussi vite hier…

Ce pourrait-il que… ? Mais non, Sivan, se dit-elle, pourquoi penser à une machination, tu te prends pour qui ? se ressasse-t-elle encore.

La femme reprend. Visiblement elle souhaite faire partager ses impressions à Sivan :

— C'est drôle, on pourrait penser que vous l'avez fait exprès.

Cette charmante dame la gratifie d'un sourire édenté

— L'auberge a fermé dans la soirée. Les patrons ont découvert une fuite de gaz dans la salle du restaurant. Ceux qui dînaient en même temps que vous, mais qui ont terminé la soirée tardivement, sont tous partis à l'hôpital. C'est fou, non ?

Sivan commence à paniquer. Ainsi, les bières étaient un peu trop fortes. L'aurait-on protégée ?

Elle s'arrête à une petite boulangerie, s'achète un pain au lait et un café, puis va à la gare. En regardant les panneaux d'affichage, elle voit un Train-Glisse à dix heures et demie, il est dix heures, c'est parfait. Elle s'assoit, après avoir acheté son billet. Là, elle réfléchit. Les idées un peu plus au clair, elle reprend son stylet et écrit sur son carnet numérique :

Découverte d'une barque mortuaire —> meurtre de Gustave Barent

Qui aurait intérêt à le tuer et mobile :

—> Anya, femme de Barent : aucun mobile

—> Oscar, le nouveau responsable de l'équipe : prendre la place de Barent, mais quel avantage ???

—> Extrémiste d'origine égyptienne : découverte de la barque par des impies tels que Barent, mais pourquoi le tuer ???

Elle ajoute à sa liste :

—> Christine : parce que je ne l'aime pas.

Elle sourit.

Sivan ne souhaite pas ajouter les événements d'hier soir, la fuite de gaz au restaurant et les bières frelatées, car ces faits lui semblent hors contexte.

Soudain, elle entend le bruit d'un train. Son train. Enfin. Elle regarde au loin, Bilwan, cette tombe antique devenue la tombe d'un contemporain. Une malédiction ? Le docteur Janus poufferait de rire s'il entendait ses questionnements. Après tout, elle aimerait que ce soit le cas.

Un phénomène paranormal. Tout comme était le Big Bang II au début. Les quelques survivants, les ancêtres des habitants des Hémisphères Sud et Nord ont passé beaucoup de temps à comprendre l'origine de ce bouleversement, de ce cataclysme. Peu ont donné une véritable réponse. Il y a eu l'explication scientifique, écologique, mais aussi spirituelle. La main de

Dieu. Armageddon, comme disaient les anciens chrétiens. C'était un peu le cas selon les témoignages des survivants. Mais la vie est coriace, l'homme s'adapte. Et nous avons reconstruit quasiment le même monde qu'autrefois. Sans l'obscurité des nuits. Et la flore, la faune se sont adaptées.

— Madame Sivan ? demande un employé de la gare.

— Oui ?

— Un homme a laissé ce paquet pour vous.

— Qui ? Sivan regarde à droite à gauche.

— Il est parti. Désolé, je dois reprendre mon travail.

Des feuilles de papier kraft nouées par une ficelle. Un paquet artisanal, avec son prénom écrit numériquement.

Elle ouvre frénétiquement le paquet, ne s'assurant pas d'éventuels regards indiscrets. Et trouve une petite statue. Elle reconnut tout de suite le style, égyptien, à n'en pas douter. Une statuette funéraire. Elle représente un serviteur, sous l'apparence d'une momie. Des inscriptions sont à peine visibles sur son corps. Mais se rappelant ses cours d'Égypte Ancienne, il doit s'agir du chapitre VI du Livre des Morts des Égyptiens. Ce livre des Morts est composé de papyrus et est censé aider le mort à passer dans l'au-delà.

Elle glisse la statue dans son sac et se dirige vers le quai pour prendre son Trainglisse.

Une fois assise dans le wagon, elle reprend son souffle. *Mais qui m'a déposé cette statue et pourquoi ?* Peu de gens étaient au courant de mon déplacement à Bilwan, voire une seule personne, se dit-elle. Et le visage rayonnant d'Ameny s'affiche dans sa tête. *Un homme, oui, ça colle. Je suis persuadée que c'est lui.*

Le coup des bières, se pourrait-il que ce soit lui aussi ?

Pas question de l'appeler à ce moment-là, elle préfère rentrer chez elle. Ses petites aventures commencent à la dépasser un peu. Et elle ne peut compter que sur elle-même, Monsieur Sterny se moquerait sûrement d'elle si elle avait le malheur de se confier à lui. Téléphoner à sa mère qu'elle a délaissée pitoyablement ? Non. Jenny ? Non. Le docteur Janus ? Peut-être oui. Charmin ? Sûrement. Elle a sans doute découvert quelque chose, maladroitement.

D'un paysage lunaire et rocailleux, les immeubles arrivent devant ses yeux, et malgré la vitesse elle arrive bien à distinguer certains bâtiments importants de Gaushino, dont le palais du Président. Elle consulte sa Tabletem : des messages de Sven, de sa mère. Sven lui demande si elle va bien, rien d'original, des banalités comme après avoir fait une bêtise. Au moins il n'a plus l'air de faire la tête. Elle n'a pas envie de lui répondre. À sa mère par contre, elle commence à écrire une histoire romancée de ses journées, en omettant de parler de sa petite enquête, en enjolivant sa vie à l'ambassade. Inutile de l'inquiéter, car elle la prendrait au sérieux.

Le train arrive en gare de Gaushino. Sivan se dirige directement vers son quartier, marcher lui fait le plus grand bien. Autant elle était heureuse de quitter la ville, autant la revoir est comme retrouver sa maison, même si ce n'est pas Mydizen. Sivan est une véritable urbaine. Mais elle est également pressée de rejoindre son petit appartement, car ce soir… c'est la Noc. Sa première véritable nuit à Gaushino. Elle a entendu beaucoup d'histoires sur des agressions ici à cause de la pauvreté. Et refuse de s'en rendre compte par elle-même.

Son appartement lui semble être un refuge. Elle fait quelques courses puis arrive chez elle. Souriante, elle ferme les rideaux occultants et prépare une soupe. Un verre de vin aussi. Un peu de musique.

Se décidant à passer une nuit apaisée, elle décide de jeter un voile sur toutes ses pensées, tous ses soucis, et de ne vivre que le moment présent. Aussi elle passe une excellente véritable nuit.

CHAPITRE 12

Gaushino, capitale du Sud, 17e jour de Corb, *un jour avant la Noc.*

Charmin était en conversation avec le bureau à Mydzen. Il est dépité. On vient de lui apprendre que Klara a été retrouvée. Du moins son avis de décès. Regardant sa boîte aux lettres, il ouvre le Mail d'Emma, une des techniciennes du bureau de police :

« Klara Mondragara est décédée dans un accident de voiture. Son corps, difficile à identifier à cause du choc, a été remembré. Elle est enterrée à Gaushino. Pas de famille identifiée. Reste ce journal intime donc voici quelques bribes que je t'ai disposées sur un feuillet. Son appartement a subi un incendie curieusement le jour de son accident. »

Curieusement. Emma en a, de l'humour.

Deux feuilles scannées en pièce jointe, dont une étant le compte-rendu de l'autopsie signé par la docteure Olga Trust.

Voilà. Un meurtre aussi, Charmin en est persuadé. L'affaire se corse. Ce n'est pas un, mais deux archéologues qui sont morts, les deux sans doute assassinés. Et évidemment, personne n'est au courant de rien.

Entre Sterny qui n'évoque pas Klara, et Gaushino qui n'a évidemment pas fait de lien, l'enquête est mal engagée. Déjà, l'inspecteur doit interroger l'ambassadeur. Et en savoir plus sur Mondragara.

Tous les deux ont fait des fouilles à Bilwan, et sont morts. À combien d'intervalles ? Il l'ignore pour l'instant. Charmin doit aussi s'entretenir avec la docteure Olga Trust. Il prend sa Tabletem :

— Madame, oui c'est l'Inspecteur Charmin. Je dois absolument voir Monsieur Sterny. Le plus rapidement possible.

La secrétaire a dû sentir de l'affolement dans sa voix, elle lui a trouvé un créneau très vite, dans l'heure.

Charmin arrive donc à l'ambassade. Sterny l'attend même dans le bureau de sa secrétaire, chose inhabituelle.

— Charmin, alors, qu'est-ce qui est si urgent ?

— Allons dans votre bureau, Monsieur Sterny.

L'ambassadeur a l'air soucieux. Un bel homme, ce Sterny. Charmin se doute qu'il doit avoir pas mal de succès avec la gent féminine. Pas étonnant.

— Je suis tout ouïe.

— Monsieur l'Ambassadeur, pourquoi avoir omis de parler de Klara Mondragara ?

Charmin n'aurait raté pour rien au monde l'expression qu'il vit sur le visage de Sterny. Malaise. Mal à l'aise.

— J'allais vous parler d'elle évidemment. Mais je ne sais pas ce qu'elle est devenue. Dès que Barent a disparu, elle a fait de même. Enfin, en moins inquiétant, elle nous avait prévenus, Oscar et moi. Elle était très proche de Barent. Enfin, qu'est-ce que vous savez ? Et Sterny d'oser le soutenir du regard, pour y déceler le moindre indice.

— Anya m'a parlé d'elle, Monsieur Sterny. Je ne veux pas vous mettre dans l'embarras. Elle m'a appris pour elle et vous. Enfin, pour vous et Mondragara.

Sterny le coupe d'un mot.

— Une aventure ! Voilà ce que c'était ! Je ne vais pas m'en vouloir toute ma vie ! Inspecteur, ma femme est loin, avec ma fille à Mydizen. Je me sens seul. Klara l'était aussi. Tout ceci est facile à imaginer. Mais ce n'était qu'une simple aventure, rien de plus. Elle n'était pas amoureuse, sinon ne serait-elle pas restée ? Et Charmin sent de l'amertume dans les derniers mots de Sterny. Il s'arrête un court instant. Je l'aimais bien en fait.

Mais elle ne voulait rien de plus. J'aurais pu remettre en question ma vie pour elle… mais elle ne voulait rien de plus, répète-t-il.

— D'accord, Monsieur Sterny. Votre histoire a-t-elle duré longtemps ?

— Un peu plus d'an.

— Et elle s'est terminée quand Barent a disparu ?

— Oui. Elle est venue dans mon bureau et m'a dit qu'elle souhaitait partir. Et ne plus avoir de mes nouvelles, accessoirement. Vous savez, cela faisait longtemps que je n'avais pas eu un chagrin d'amour. Elle m'a brisé le cœur.

— Ce n'était pas qu'une aventure alors…

— Non.

Sterny se retourne pour se verser un verre de whisky. Il n'est même pas midi.

— Et donc vous n'avez plus eu de ses nouvelles ?

— Aucune. Elle a tenu parole. J'ai tenté de la retrouver. En vain. Par respect pour elle je n'ai pas insisté. Et regardant fixement Charmin, vous êtes en train de la chercher ?

— Monsieur Sterny, on l'a déjà retrouvé.

L'inspecteur sent une lueur d'excitation dans l'œil de Sterny.

— Malheureusement, elle ne reviendra plus. Elle est morte.

*

La rue est bruyante aux abords de l'ambassade. Charmin a laissé l'ambassadeur à son chagrin. Mensonge ou vérité ? Un homme d'un tel rang n'était pas heureux de la mort d'une femme qui aurait pu l'embarrasser ? Le meurtre d'un amant, d'une maîtresse, est très courant.

Charmin se presse. Le docteur Trust l'attend au poste de police de Gaushino. C'est sa première visite chez ses confrères.

Un grand bâtiment blanc, bordé d'épineux, se dresse devant lui. Quelques policiers se sont attroupés, buvant un café, discutant entre eux. Aucun ne lève un regard sur lui.

— C'est pourquoi ? s'exclame une grosse mégère à l'accueil.

— Inspecteur Charmin de Mydizen. Je viens de voir le docteur Trust.

— Ouais, elle vous attend. Deuxième porte à droite, au fond du couloir.

Un corridor immense s'ouvre derrière le guichet d'accueil. Des policiers de toutes sortes naviguent de pièce en pièce. Charmin est un peu perdu. Il apostrophe une femme :

— Pardon, Madame, je cherche le bureau du médecin légiste ?

— Continuez tout droit. C'est dans un autre couloir, deuxième porte à droite.

Pfff, la grognasse de l'accueil s'est jouée de lui. Enfin, il arrive et frappe à une porte toute en aluminium. Une étiquette Dr Olga Trust est affichée.

— Rentrez.

Une voix très douce et féminine, mêlée d'une pointe d'accent qu'il entend malgré le port du Klarni, s'élève à travers la froide entrée.

— Inspecteur Charmin, Docteur.

Il lui tend la main qu'elle serre d'une forte poigne. Elle a un physique d'athlète. Grande, cheveux bruns coiffés au carré court, sa silhouette est tout en longueur. Impressionnant. Ses yeux sont presque bridés, en amande.

— Alors, Inspecteur, je peux enfin vous transmettre mes conclusions sur la mort de Barent. L'origine de son décès n'a pas été difficile à trouver : l'os hyoïde, situé au-dessus du larynx, est fracturé. C'est une preuve irréfutable d'une mort par strangulation. Certains os fragmentés présentent des contusions. Je suppose qu'il est tombé dans la fosse du chantier de fouilles. Après avoir été étranglé bien sûr.

— A-t-il souffert ?

Trust le regarde comme si sa question était inapproprié :

— Il est mort avant sa chute. Donc non, Inspecteur, sourit-elle.

— Sinon, quoi d'autre ?

— D'après l'analyse des os et la décomposition du corps, on peut estimer sa mort à deux ans environ. Afin d'affiner cette datation, on va utiliser un nouvel appareil qui va comparer l'état des os à une base de données de différentes autopsies. Une nouvelle technique, très intéressante.

Tout ceci est passionnant, mais Charmin n'a pas le temps de s'extasier sur les progrès de la médecine légale.

— Donc, pas d'indice sur le meurtrier ? renchérit-il.

— Non.

Charmin est persuadé qu'Olga Trust en est plutôt satisfaite.

— Et sinon concernant l'autopsie d'une autre archéologue, Klara Mondragara ?

— Oui l'autre qui faisait partie de l'équipe... Je m'attendais à ce que vous m'interrogiez sur elle, c'est si étrange ! Elle est morte à peu près au même moment... Mauvais karma sans doute...

— Comme ça ?

Charmin sursaute involontairement. Trust reprend :

— Elle a eu un accident de voiture deux jours après la disparition de Barent. Mais étant donné la datation que je viens de vous révéler, ils ont dû mourir dans les mêmes créneaux. Enfin la seule différence de taille c'est que c'était *réellement* un accident. Barent, impossible.

La médecin légiste le prie dès lors de quitter son bureau, elle a plein de dossiers à remplir en attente. Charmin sort, perplexe. Alors non, Mondragara, ce n'est pas un meurtre ! Il en vient presque à trouver ce résultat décevant. Bon, il s'agit d'aller voir les deux agents de liaison que Gaushino lui a mandatés. Zaka et Gionki. Punaise il va falloir revoir la bonne femme de l'accueil ! Il retourne donc par l'immense couloir, non sans regarder à droite à gauche les plaques nominatives des bureaux. La chance lui sourit. Agents Zarka et Gionki. Ils ont l'air de faire la paire. Charmin toque. Il ne s'est pas même pas fait annoncer. Un homme immense en costume lui ouvre. Il avait un fort accent aussi malgré le Klarni, Charmin sent des intonations gutturales fortes.

— Inspecteur Charmin, de Mydizen. Ravi de vous connaître, chers collègues.

Zarka ou Gionki l'invite à entrer. L'autre lui ressemble comme deux gouttes d'eau.

— Vous êtes frères, je présume ?

Mais devant la mine patibulaire des deux gars, qui d'ailleurs ne lui répondent pas, Charmin déblatère son questionnement, en insistant sur son souhait de collaboration, simple formalité diplomatique.

Enfin, l'un des deux prend la parole.

CHAPITRE 13

Gaushino, Capitale du Sud, 20e jour de Corb.

Sivan ouvre rapidement ses rideaux occultants pour découvrir les rayons des soleils. Une belle journée s'annonce. Se préparant un café, elle reste obnubilée par sa rencontre avec la veuve de Barent. Elle ne va pas parler de cette entrevue avec Monsieur Sterny. Mieux vaut rester discret. Car même si elle n'est pas une spécialiste des enquêtes, elle a beaucoup lu de romans policiers. Et à chaque fois le héros est en danger en révélant trop d'informations.

Elle sourit, elle se prend pour une héroïne de roman maintenant, quelle absurdité !

Regardant les messages sur sa Tabletem, outre un Mail de sa mère, Ameny lui a écrit. Enfin, pas de message, mais une pièce jointe. Et pas d'objet au message. En cliquant dessus, l'image se charge instantanément. Avec le soleil dans la pièce, elle a du mal à distinguer quelque chose sur cette photo qui lui paraît si sombre. Elle se lève alors, pour fermer un peu les rideaux. Et là, stupeur.

Une femme est allongée sur un lit.

Et cette femme, c'est elle.

Prise d'étourdissements, elle va se mettre un peu d'eau sur le visage. Et se regarde dans le miroir. *Calme-toi, Sivan*, se répète-t-elle pour s'en persuader. Et se redressant : *il faut vraiment parler à Ameny. Cette photo a été prise dans sa chambre d'hôtel à Atoni.*

Elle a quand même un peu peur. Retournant dans la pièce principale de son petit appartement, elle prend sa Tabletem, en ouvrant le rideau pour sentir le soleil sur sa joue, réconfortant, et écrit : « Pouvons-nous nous voir ce midi au Balthazar Café ? »

Puis elle sort de son appartement pour aller à l'ambassade du Nord.

Mais pourquoi cet Ameny ne lui demande-t-il pas un rendez-vous plutôt que de lui faire peur avec des photos et des colis anonymes ? Car oui, elle est persuadée que la statuette, c'est lui. Et cette affaire de bières frelatées… Quel avantage a-t-il à lui faire peur ? Veut-il qu'elle en parle à l'ambassadeur ? Elle ne voit que cette raison. *Mais ma pauvre Sivan, il ne sait même pas que tu travailles à l'ambassade*, renchérit-elle, intérieurement. Dans la rue, elle est prise d'un fou rire. Non seulement elle a pensé à une malédiction, puis à une conspiration. *Et puis quoi encore ma pauvre fille*, en se désolant d'être ainsi.

En arrivant à son bureau, elle passe par le labo et le trouve désert. Mais où sont-ils tous passés ? Se dirigeant vers le bureau de Monsieur Sterny, la secrétaire lui barre la route en lui disant qu'il la verrait dès son coup de fil terminé. Elle attend dans le couloir.

— Salut Sivan.

C'est Sven.

Au même moment Sterny sort, et a les yeux rivés sur la main posée de Sven. Qui l'enlève aussitôt.

— Hé, Sven, comment vas-tu ? lui lance-t-elle.

Elle est gênée et n'a aucune envie de lui parler. Sans attendre la réponse du jeune archéologue, Sivan suit Monsieur Sterny.

— Alors comme ça tu es allée à Bilwan ?

Sivan a le tournis. Elle essaie malgré tout de faire bonne figure.

— Oui, le site est magnifique, je voulais seulement m'imprégner…

Sterny lui coupe la parole, froidement.

— Jeune fille, tu fais ce que tu veux pendant tes jours de repos, même si tu fais preuve de curiosité morbide.

— Mais pas du tout ! C'est un lieu à haute valeur ajoutée historique !

— Bon, soit. Je t'envoie par mail un discours que je dois faire devant un parterre de chefs d'entreprises de Mydizen pour les convaincre de venir s'implanter dans l'Hémisphère Sud. À toi de le corriger.

Arrivant à son bureau, elle s'assoit devant son ordinateur. Et touche l'icône Boîte de réception. Ameny lui a répondu. Simplement par un : OK, midi.

Elle regarde sa montre, onze heures et demie. Elle s'empare de son sac avant de courir à l'ascenseur. Juste avant, dans un renforcement de couloir, Sven l'avait surprise.

— Mais où vas-tu comme ça jolie Sivan ? lui demande-t-il l'air enjôleur.

— Cela ne te regarde pas, lui réplique-t-elle, sans même forcer un quelconque air courroucé. *Quel mufle ce type.* Elle saute dans l'ascenseur.

Marchant rapidement vers le café Balthazar, elle est tellement agacée par l'attitude de Sven qu'elle ne ressent ni crainte ni peur. En poussant la porte vitrée, elle voit le beau visage d'Ameny, il ne lui sourit pas. Elle s'installe devant lui, tentant de masquer sa joie de le revoir.

— Bonjour, lui dit-il. Puis sans préambule : Alors Bilwan ?

— Euh bonjour. Bilwan est vraiment un site très intéressant pour une novice comme moi ! Vous aviez raison de me conseiller de le visiter.

Sivan ne voulait pas parler de la statue ni de la photo pour l'instant.

Ameny reprend :

— Je voulais absolument que vous y alliez pour vous rendre compte de la magie de ce lieu, et du magnifique trésor que mes ancêtres ont laissé, dans les années 3000.

Sivan réagit directement à cette dernière information.

— Comment savez-vous que cette barque date de cette période ?

Elle plisse les yeux, intriguée. Elle-même ne connaît pas la datation de cette découverte.

— Parce que, Madame l'historienne, les gens de Gaushino ne sont pas aussi incultes que vous le pensez au Nord. Nous avons tous appris à l'école l'histoire post-Bing Bang II et savons que les Égyptiens ont fait revivre leur civilisation dans ces eaux-là... comme si l'Histoire se répétait sans cesse. Mais ça, vous devez le savoir, dit-il sarcastique.

— Bien sûr, Sivan se mordille la joue pour ne pas partir en trombe comme la dernière fois. Mais puisqu'Ameny veut jouer, elle va jouer aussi.

— Monsieur, pourquoi m'avez-vous fait envoyer une statuette puis une photo de moi sur mon lit ? Vous jouez au chimiste également en empoisonnant des bières ou en ouvrant le gaz ?

Ameny devient blanc.

— La photo, oui, c'est moi. Si je ne voulais pas que vous le sachiez, j'aurais masqué mon Mail en vous l'envoyant. À vrai dire, je vous ai suivi tout au long de votre voyage. Sachez que ce n'était pas malfaisant, mais plutôt pour vous protéger. Je préfère vous mettre en garde. Mais je ne comprends pas la suite de vos accusations : des boissons frelatées, du gaz ouvert... et de quelle statuette parlez-vous ?

Aïe. Oubliées les leçons des romans policiers. Elle a dévoilé plusieurs informations.

— Bon, j'admets. La bière et le gaz ça n'a pas l'air d'être vous. La statuette aussi visiblement. Désolée, je refuse de vous en dire plus, j'ai assez parlé !

Ameny reprend :

— Vous êtes allée trop loin pour ne pas me dire ce qu'est cette statuette. J'attends.

Sivan se dit en un éclair que cet homme aux yeux rieurs pourrait être un allié.

— C'est une statuette funéraire. J'avoue ne pas avoir cherché d'informations sur celle-ci, pensant que c'était vous.

— Je vous propose quelque chose, Mademoiselle l'historienne. Et il dit ce qualificatif avec beaucoup de tendresse, Sivan commence à sentir des papillons dans le ventre.

— Oui ?

Elle est effectivement tout ouïe.

— Je vais essayer de vous faire rencontrer quelques membres de mon groupe. Vous verrez que nous ne sommes pas des arriérés, ce sera très instructif pour vous.

*

Charmin revient de l'ambassade. Il a passé son temps à remplir de la paperasse pour transmettre les conclusions du docteur Trust à Sterny, puis à ses supérieurs à Mydizen. L'ambassadeur lui a gentiment attribué un petit bureau afin qu'il soit à l'aise, pas loin de l'équipe d'archéologues. Il a appris par Oscar Leef que la jeune Sivan était partie à Bilwan. Il aurait préféré y aller avec elle. L'endroit n'est pas sans risque.

Il relit ses notes dans sa chambre d'hôtel. Strangulation. Rien d'original là-dedans. Mais pas d'indice sur le lieu du meurtre. Peut-être que Sivan va lui apprendre quelque chose. Après tout, elle pourrait être utile. En plus elle vient de Mydizen aussi. Le bureau lui a transmis un dossier sur elle. Rien à signaler, une jeune diplômée comme une autre. Le seul point original c'est qu'elle est amie avec la fille de Sterny. Facile d'obtenir ce poste alors…

L'inspecteur se lève pour se préparer un café. Sur une table est posée l'impression du Mail d'Emma, le communiqué de décès de Mondragara. Mais qui était-elle vraiment ? Il se rappelle soudain que des coupures de son journal intime ont été sauvées de l'incendie de son appartement. Sortant une des feuilles, il s'aperçoit que le texte est effectivement loin d'être complet, mais il va essayer d'en faire ressortir quelque chose.

Ajoutant du lait dans sa tasse, il se pose confortablement dans un fauteuil et lit :

« Ingrid ne voyait que de la haine dans les yeux de son bourreau. Mais pour quelle raison lui faisait-il subir tout ça ? Elle ne savait pas, du haut de ses quatorze ans. Ses parents ne pouvaient pas la défendre. Sale blanche ! lui répétait l'homme, pendant qu'il la battait. Les lanières de cuir chauffaient sa peau. D'abord douloureuse, la peau fut ensuite comme anesthésiée. Elle ne ressentait plus de douleur. Ses parents criaient d'arrêter. L'homme voulait lui enlever toute parcelle de peau. »

Puis la suite était illisible. D'autres passages évoquent des tortures. Charmin ne touche pas à son café au lait qui refroidit tranquillement. Il a envie de vomir.

Qui est encore cette Ingrid ? Décidément, Klara Mondragara avait beaucoup de secrets. Relisant son dossier personnel, il note de nouveau qu'elle n'avait pas eu d'enfant. Pas de famille, oui il sait. Ingrid serait-elle une amie ? Enfin une jeune connaissance ? Et pourquoi avoir tapé ces lignes ?

Il continue sa lecture :

« Mes parents et moi sommes condamnés à partir. Pourtant, lorsqu'ils ont débarqué de leurs capsules, on leur a dit qu'on pouvait s'installer sur cette terre. C'est en tout cas ce que maman m'a raconté. »

On dirait que là c'est Ingrid la narratrice. Malheureusement il n'y a que ces quelques lignes. Depuis que l'écriture manuscrite a quasi disparu (elle reste employée dans certains secteurs dits intellectuels), les techniques d'enquêtes ont évolué, on arrive à retrouver le style d'une personne grâce à un supercalculateur qui compare tous les écrits dudit inconnu. Un travail de titan, très onéreux pour l'Administration policière.

Charmin prend sa Tabletem :

— Emma, c'est Charmin ! Peux-tu m'assurer que c'est bien Mondragara qui a écrit ces passages lisibles ?

— Je peux te l'assurer dès maintenant. L'analyse graphologique numérique l'a démontré.

— De l'incendie on a seulement récupéré ce bout de papier ?

— Oui, malheureusement…

— Bon, envoie-moi l'adresse de son appartement sur mon mail.

Il est temps d'aller y jeter un œil. Personne n'a enquêté sur sa mort. Elle n'avait pas d'Anya dans sa vie. Une veuve, un veuf, un ami, qui aurait pu relancer une enquête qui n'intéresse personne. Charmin commence à s'attacher à Klara Mondragara. Seule, comme lui.

CHAPITRE 14

Gaushino, Capitale du Sud, 21e jour de Corb.

Sivan est déjà à son bureau, il est huit heures du matin. Elle a su que c'est Oscar Leef qui a appris à Sterny sa visite à Bilwan. Mais qui le lui a dit ? Ce brave Sven sans doute. Il est pire qu'un adhésif.

Elle réussit à se procurer les conclusions du médecin légiste. Charmin a son bureau jusqu'à côté d'eux. Facile, celui-ci ne verrouille pas son ordinateur.

Barent est mort par strangulation. Par contre, les circonstances de la mort de Barent restent plus qu'obscures.

Le cas de la statuette est très étrange. En cherchant sur le réseau, Sivan s'est rendu compte qu'elle pourrait être liée à la barque solaire. Mais d'après les comptes-rendus de fouilles archéologiques, nulle mention de statuette. Et elle n'osa pas aller voir l'équipe d'archéologues.

Une pensée, d'ailleurs, stupide.

Malgré Sven et Christine, Sivan doit rester concentrée, et ne pas les consulter est véritablement ridicule et enfantin. Et ensuite, qui est l'expéditeur du colis anonyme ? Ameny a l'air innocent, mais ne devrait-elle pas se méfier ? Elle est tellement naïve que dès qu'il la regarde, elle est prête à tout lui avouer. Et cette histoire de photo… De qui essayait-il de la protéger ?

Une enquêtrice de pacotille, pfff, voilà ce que tu es, se dit-elle. Et depuis qu'elle a envoyé balader Sven, celui-ci n'arrête pas de lui laisser des messages. Insupportable.

Sivan se dit qu'il était temps qu'elle épluche les carnets du professeur Gustave Barent. Et mettre au clair les informations qu'ils contiennent. Cette histoire de meurtre la passionne plus que son travail quotidien.

Elle commence à lire, en s'extasiant de l'écriture de l'archéologue. La barque trouvée est grande, quinze mètres de longueur. Exactement la taille classique des Égyptiens d'avant le BBII. Elle serait en chêne. Et daterait effectivement de 4 000 ans apr. J.-C. (ce fameux JC reste la référence en matière d'années — mais personne ne sait qui il était). Le professeur Barent a répertorié les différents objets trouvés aux abords. Du tissu, des ustensiles. Elle remarque alors une annotation faite par une autre écriture, à côté de la datation : vérifier ces résultats.

Se dirigeant vers la secrétaire de Monsieur Sterny, qui n'a comme autre occupation que de regarder à travers la fenêtre, elle demande :

— Selon vous, Madame Lucy, qui aurait pu écrire sur le carnet de Barent ?

— Je n'en suis pas certaine, mais d'après moi c'est l'écriture d'Oscar.

— Merci, et elle repart à son bureau.

Étrange car s'il y a eu vérification des résultats, pourquoi n'y a-t-il aucune trace dans la suite des carnets ? Oscar a-t-il pu dater une seconde fois la barque ?

Elle se rappelle également qu'elle devait relire les circonstances de la découverte ; visiblement, le site avait été signalé par un habitant d'Atoni. Sur le site de Bilwan, avant que cela ne devienne un site archéologique, il y eut un glissement de terrain lié à de fortes pluies. Nul besoin de fouiller très profondément. Sivan comprend. Cet habitant a dû penser que des morceaux de bois qui saillaient dans le sable n'étaient pas très naturels…

Sivan décide d'abord d'aller au laboratoire. Pour y croiser Leef. Celui-ci discute avec Christine.

— Tiens salut Sivan ! On ne te voit pas beaucoup, ton enquête avance ?

Il dit cette dernière phrase avec un mépris non caché. Sans doute l'effet Christine.

— Haha, Sivan rit d'une façon peu naturelle. Je n'enquête pas bien sûr, je suis seulement intriguée. Oscar, pardonnez-moi, mais pourriez-vous venir à mon bureau ?

Oscar la suit.

Christine ne lui adresse pas la parole, comme à son habitude. Sven n'a pas l'air d'être là.

— En lisant de façon plus précise les carnets de Barent, j'ai vu une annotation faite de votre main, concernant la datation de la barque. Vous demandiez à refaire les analyses. Mais je n'ai pas vu le résultat.

Le visage d'Oscar d'ordinaire si peu expressif se change en étonnement.

— Tu deviens l'inspectrice des travaux finis Sivan ? Son ton se fait dur.

— Non, pas du tout, elle n'a pas le temps de terminer sa phrase.

— Sache que j'avais un doute sur la datation, car je trouvais le bois un peu plus abîmé, mais Gustave m'a expliqué que le sable pouvait altérer les capacités de conservation du bois. Du coup, je n'ai pas refait faire la datation. On a dû oublier d'effacer cette annotation.

Il termine par un : satisfaite ?

— Euh, oui merci Oscar.

Celui-ci quitte son bureau sans ajouter un mot.

Sivan ajoute cette nouvelle information : certes, il n'y a pas eu de nouvelle datation. Mais pourquoi Barent n'a-t-il pas effacé cette annotation d'Oscar ? Les archéologues sont des gens très scrupuleux. Et surtout pourquoi Oscar était-il aussi gêné par sa question, au point d'en être agressif ?

Monsieur Sterny choisit ce moment de réflexion pour ouvrir sa porte, d'un coup sec :

— Sivan, dans mon bureau, maintenant !

Elle sursaute. Il n'a pas l'air de bonne humeur.

— Monsieur Sterny, pardonnez-moi de ne pas encore…

Sterny la coupe.

— Sivan, tu n'es pas là pour jouer au détective. Oscar vient de se plaindre à l'instant de ton attitude, Christine te trouve pédante et Sven m'a confié que tu n'étais pas très attentive sur ton travail.

Sivan n'en pouvait plus, elle l'interrompt :

— Monsieur Sterny, ce que les autres pensent de moi m'est égal. Après il est vrai que j'ai votre discours à corriger, je n'ai pas à m'occuper d'une enquête. Vous avez raison. J'irai m'excuser auprès d'Oscar.

— C'est ça, allez ouste ! Au boulot !

Elle sort du bureau, dépitée. Son téléphone sonne.

— Sivan ?

Elle reconnaît la voix sensuelle d'Ameny.

— Ameny, pourriez-vous m'offrir un verre ?

— Euh… oui d'accord. Rendez-vous au bar Le Turban. À vingt heures.

*

20 heures.

Le bar est complet. Sivan a eu à peine le temps de se changer. Une petite robe vite enfilée avec des escarpins à petits talons, puis elle a grimpé dans le taxi.

Envie de se changer les idées, envie d'envoyer tout balader aussi.

Monsieur Sterny est dur. Elle sait qu'elle n'est pas payée à enquêter. Mais peut-être que ses connaissances peuvent aider à la résolution de ce mystère ? Sans doute serait-il judicieux qu'elle contacte Charmin ? Mais elle arrive comme un cheveu sur la soupe, d'une façon inappropriée. Cette crise autoritariste a révélé que Sivan pouvait déranger ; le père de Jenny l'a sous-estimée. Il pensait qu'elle allait être un bon petit soldat et faire son travail les écoutilles fermées. Seulement elle a été à bonne école. Le docteur Janus lui a toujours répété que rien n'arrive par hasard, et qu'elle ne doit pas avoir peur de ses capacités. Sterny pense sans doute la canaliser. Et il ne voit pas qu'elle pourrait les aider. Ou alors volontairement il la met sur le banc de touche ?

Paranoïa, quand tu m'habites, pense Sivan en se tapant la tempe.

Elle arrive à l'intérieur du Turban et cherche des yeux Ameny. Et comme un aimant, ses yeux tombent directement sur lui. Il est si séduisant, le charme de l'Hémisphère Sud. Et si secret. Elle ne connaît rien de lui. Il a pris une photo d'elle dans la chambre de son hôtel, cette nuit-là, à Atoni. A-t-il ressenti un quelconque plaisir ? Sivan sourit intérieurement. *Ma pauvre fille, tu te crois aussi irrésistible ?*

— Salut Sivan.

Encore une fois, sourire ravageur. Elle répond maladroitement :

— Bonsoir Monsieur le voyeur.

— À vrai dire, j'ai l'impression que cela vous a plu, car vous ne m'avez pas posé tellement de questions à ce propos !

Il a raison. Elle a parlé de la statuette, mais pas tellement de la photo. Sivan rougit.

— Vous m'avez expliqué que c'était pour ma sécurité. À vrai dire, je vous fais confiance maintenant.

— Un homme vous prend en photo dans votre hôtel et vous lui faites confiance ? Les gens du Nord sont décidément très bizarres, et il rigole d'un rire si charmant.

Sivan sent de nouveau des papillons. Dans son bas ventre.

— J'ai parlé à mon groupe et certains sont d'accord pour vous rencontrer.

Elle l'interrompt :

— Je vais commander un cocktail, vous voulez quoi ?

Elle part chercher les boissons. En allant au bar, elle pense être déjà saoule. Déjà grisée. Par la soirée qui commence. Ameny l'envoûte, l'attire. Elle n'a qu'une envie, l'embrasser. Le toucher. Elle revient à la table.

— Je vous ai pris comme moi, en déposant le verre. Ameny, s'il vous plaît…

— Oui, dites-moi ?

— Pourriez-vous me parler de vous comme si nous nous rencontrons dans des circonstances normales ? J'ai besoin de légèreté.

— Alors je suis né ici à Gaushino, je n'ai jamais été dans l'Hémisphère Nord. Je suis d'origine égyptienne et fier de ce que mes ancêtres ont accompli. À l'heure où on se définit par venant de l'Hémisphère Nord ou Sud, j'apprécie de connaître les origines de chacun. Et vous d'ailleurs ?

Sivan réfléchit longuement. À vrai dire, elle ne sait pas quoi répondre. Sa mère disait qu'ils venaient d'une lignée de peuples scandinaves, du côté paternel ce serait des peuples slaves. Mais tout ceci ne veut rien dire maintenant ! Ameny a raison, c'est triste quelque part.

Depuis le BBII, la carte mondiale s'est modifiée, d'anciens pays se sont amalgamés. On a donc perdu nos anciennes origines. Ceux qui veulent conserver les leurs sont traités de nationalistes. Ce mot « nationalisme » n'a plus le même sens qu'avant. Auparavant, il symbolisait le conservatisme, l'intolérance. Maintenant, il représente le respect des spécificités de chacun. Le droit de connaître ses propres origines.

Ameny reprend :

— Keigo Ukasawa, notre président, est parfois un peu extrémiste, effectivement, il devrait respecter les origines de chacun de ses administrés. Mais sachez, chère Sivan, que nous, le peuple descendant des Égyptiens, avons une place particulière dans son cœur, car nous représentons une belle civilisation jadis élevée en tant qu'exemple et qui a souhaité renaître de ses cendres. Keigo aime beaucoup l'histoire et le combat des cultures pour leur survie.

Quel discours amoureux, se dit Sivan en se moquant un peu. Visiblement, ce président dictateur a bien fait passer le message. Mais après qui suis-je pour juger ? Dans l'Hémsiphère Nord, le président Yoan Kazinski a été élu démocratiquement. Mais nous avons aussi des problèmes identitaires, fortement assourdis par des soucis consuméristes, pense-t-elle.

Une autre forme de dictature en l'occurrence…

— Vous m'écoutez ? Ameny lui sourit.

— Oui, pardonnez-moi. Je réfléchis à mon pays. Bref. Et sinon vous vivez seul ?

Cette dernière phrase est sortie telle quelle de sa tête.

— Ha ha, Sivan, vous êtes très directe.

Il plante ses beaux yeux dans les siens. Sivan se sentit défaillir. Elle a envie de lui, tout de suite.

Il reprend :

— Oui. Je vis seul.

Et il joint le geste à la parole : il se rapproche d'elle, et l'embrasse. Sivan se laisse délicieusement aller.

Elle veut plus. Aller chez elle ou chez lui. Il le sentit. Sivan suit Ameny, sans connaître leur destination, elle n'a pas peur.

Pourtant l'air un peu frais en sortant lui redonne un peu de lucidité. Est-ce raisonnable de le suivre après cette histoire de photographie volée ?

— Tu veux bien aller chez moi plutôt ? demande Sivan, d'un air involontairement un peu trop angoissé.

— Tu as peur… sa mine se ferme.

Il reprend :

— Je n'ai pas pour habitude d'agresser les jeunes femmes, mais je comprends ta méfiance. Pardonne mon attitude de goujat, mais je préfère attendre un peu avant que nous devenions plus intimes. On s'est laissé emporter tout à l'heure, désolé.

Ameny laisse une Sivan désemparée, plantée au milieu de la rue. Elle n'a même pas le réflexe d'ajouter un mot.

CHAPITRE 15

Gaushino, Capitale du Sud, 22e jour de Corb.

Un mal de tête accompagné d'un mal au cœur accompagne Sivan au réveil. Un mal au cœur au sens propre, bien sûr. Elle commence à s'attacher à Ameny. De toute façon, il va falloir qu'elle le revoie. Deviser avec sa bande pourrait réellement faire avancer ses recherches.

Mais hier soir elle ne regrette pas non plus sa méfiance. Après tout, ne fait-elle pas que de mauvais choix sentimentaux ? Égoïstement, c'est dans des moments d'interrogations comme celui—là que Sivan appellerait bien Jenny. On dit toujours que les amis sont pour la vie. *Mais tu veux vraiment qu'elle ne te parle plus jamais, ma pauvre fille ?* s'interroge-t-elle. *Ton individualisme était déjà tellement transpirant, la solliciter maintenant ne ferait que rompre définitivement le peu de liens qui vous unit encore.*

Sivan range sa Tabletem. Elle l'avait insciemment prise pendant son dialogue intérieur.

Elle prend une tasse de café, s'assoit à sa petite table, et réfléchit encore.

Tout ceci est bien mal engagé. Son enquête n'avance pas et elle est détestée pratiquement par tout le monde. Elle regarde la petite statuette funéraire qu'elle a posée à côté de son chevet.

J'espère qu'il ne va pas m'arriver une quelconque malédiction avec ça, elle pouffe de rire bêtement. Sivan ne croit pas à ce genre de croyance. Mais c'est certain que d'avoir ce genre de statuette n'est pas forcément un bon signe. Il s'agit de raisonner comme une archéologue qu'elle n'est pas. On veut lui prouver que la barque est bien égyptienne, oui, ça elle l'a bien cerné… mais veut-on aussi lui faire peur ? Il serait peut-être temps de consulter tous les documents liés à la fouille, même si elle ne va pas tout comprendre.

Elle regarde sa montre, dix heures. Monsieur Sterny va encore se demander ce qu'elle fait, il est temps d'aller à l'ambassade. Dehors, l'air est doux. Sivan n'a pas encore eu le temps de visiter Gaushino avec toutes ces histoires. Elle a vraiment l'impression d'être en mission.

Si tu découvres ne serait-ce que le mobile, se dit-elle, *tu auras prouvé quelque chose.* En même temps, les autres archéologues n'ont pas tort, elle n'est qu'une gamine. Elle est tellement imprégnée par sa mission qu'elle ne prend pas de recul, les autres le font pour elle. Même si ce serait un rêve pour elle de prouver à Sterny qu'elle est capable de faire avancer l'enquête.

Arrivant à son bureau, Sivan se dirige vers le laboratoire. Sven la croise.

— Salut Sivan. Son ton est froid.

— Coucou Sven. Ça va ?

Pas de réponse, il se contente de quitter la pièce. Après tout c'est bien fait pour elle, son attitude lâche à l'égard de ce pauvre Sven ne mérite pas un autre type de traitement.

Elle va vers le bureau de Gustave Barent. L'inspecteur Charmin avait fait un double de tous les documents liés à Bilwan, et avait décidé de les laisser sur le bureau de l'archéologue assassiné.

Relevés topographiques, études des sédiments, Sivan se perd parmi toute cette paperasse. *Allons à l'essentiel*, se dit-elle, *les conclusions.*

Sivan les ramène à son bureau, afin de fermer sa porte et de les lire à haute voix. Lorsqu'elle révisait ses cours, sa mémoire étant auditive, elle avait le besoin de s'entendre pour se concentrer et retenir.

Elle lit d'une voix forte :

« La sépulture est identifiée comme une barque solaire et contient des résidus organiques brûlés. Les morceaux de bois sont en chêne, un bois commun… », elle stoppe sa lecture. Des résidus organiques brûlés ?

Dans son crâne, ses pensées s'entrechoquent. Avant de dire tout haut ce qui trotte dans sa tête, elle termine rapidement les conclusions. Mais oui, quelque chose cloche. Et c'est tout simplement énorme que des professionnels de l'archéologie n'aient rien vu !

Mais elle avait besoin de la confirmation d'un autre professionnel, qui ne soit pas dans la bande… Ameny. Elle prend sa Tabletem, et envoie un message au bel égyptien.

Ne crois pas que je te harcèle, mais j'ai réellement besoin d'une précision sur la barque solaire. Es-tu dispo ce soir ?

Sivan fait une copie des conclusions puis retourne au bureau de Barent pour les déposer. Revenant au sien, elle est alpaguée par Oscar.

— Salut. Je t'ai vu farfouiller sur le bureau de Gustave. Tu vas remettre en cause nos conclusions maintenant ?

Il a l'air mauvais.

— Pas du tout Oscar, et je suis désolée, mais… elle ne peut pas terminer sa phrase.

— Maintenant Mademoiselle la détective en carton, tu vas aller dire à Sterny que tu arrêtes et que tu veux quitter Gaushino. On en a plein le dos de toi, tu ne sers à rien.

Il sort de la pièce.

Sivan est lessivée par tant de méchanceté. Mais ces menaces sont-elles plus ? D'ailleurs Oscar pourrait très bien être le tueur de Barent ! Si ce qu'elle a découvert était vrai, pourquoi tuer ? Aie aie, peut-être a-t-elle trouvé quelque chose, mais pas le mobile.

Avant de tirer des conclusions, elle doit vraiment parler à Ameny. Et se méfier d'Oscar Leef. Qui peut être violent, elle en est persuadée.

*

Charmin se dirige vers l'ancien appartement de Mondragara, rue Zagin. L'incendie date de presque deux ans. Des traces de fumée sur le mur en sont l'unique stigmate. Il décide d'aller voir les voisins. Il entre dans le building. Rien de spécial. Les appartements du rez-de-chaussée ont l'air déserts. Arrivant à l'étage, il croit entendre des cris d'enfants. Et toque à la porte. Une femme mûre lui ouvre.

— C'est pourquoi ?

— Inspecteur Charmin, Madame, pardon de vous déranger.

Et les gamins derrière elle crient de plus belle.

— J'espère qu'eux ne vous dérangent pas, elle sourit.

— Non. Madame, connaissiez-vous votre voisine du dessus, Klara Mondragara ?

— Oui, une très belle femme. J'en étais jalouse. Elle rigole. Charmin est étonné du peu d'empathie de cette voisine. Sa rivale est morte, après tout.

— Vous savez qu'elle est décédée ?

Cette remarque a l'effet escompté : la voisine stoppe son rire ridicule.

— Non, je ne savais pas. Mais quel rapport avec moi ? ajoute-t-elle, un peu menaçante.

— On procède à une enquête sur les circonstances de sa mort. Rien à voir avec vous. Bref, que pouvez-vous me dire sur elle ? Avez-vous remarqué des visiteurs ?

— Je n'ai pas tout le temps les yeux rivés sur mes voisins, Inspecteur. Mais j'ai remarqué la présence d'un bel homme bien habillé. Il venait souvent la voir, le soir, et repartait au petit matin.

Sterny.

— Et qui d'autre ?

— Une femme. Également très belle. Faut croire que la dame ne fréquentait que de belles personnes.

— Comment était-elle ?

— Blonde. Cheveux courts. Genre princesse si vous voyez ce que je veux dire…

Une seule femme peut correspondre à cette description. Anya Barent.

*

Soir du 22e jour de Corb.

En rentrant chez elle, Sivan se retourne de nombreuses fois, persuadée d'être suivie. Elle consulte régulièrement sa Tabletem, mais pas de nouvelles d'Ameny. S'installant sur son canapé-lit cocon, elle ouvre le moteur de recherche et dit distinctement : enterrer mort Égypte ancienne.

Parcourant la liste des résultats, elle s'écrit : « C'est bien ça, les Égyptiens momifiaient leurs morts et ne les brûlaient pas ! » Puis reprit sa lecture. Brûler le corps était considéré comme un péché, car les Égyptiens croyaient à la vie éternelle.

Mais pourquoi a-t-on retrouvé des os calcinés ?

Elle reprend ses propres conclusions au sujet des os de Barent : ils ont été retrouvés en bon état. Donc ces os dans la sépulture ne sont pas les siens. De plus, les os de l'archéologue ont été découverts aux abords de la barque.

Elle récupère son carnet numérique contenant sa synthèse de l'enquête :

« Meurtre de Barent.

Qui aurait intérêt à le tuer et mobile :

—> Anya, femme de Barent : aucun mobile.

Elle ajoute :

et aucune nouvelle.

—> Oscar, le nouveau responsable de l'équipe : prendre la place de Barent, mais quel avantage ? Il a découvert que la barque n'était pas ce qu'elle semblait être. Mais pourquoi tuer Barent ? Celui-ci voulait-il dévoiler la vérité ? Pourquoi l'en empêcher ?

—> Extrémiste d'origine égyptienne : découverte de la barque par des impies tels que Barent, mais pourquoi le tuer ? »

Elle raye cette dernière hypothèse. Impossible. Mais elle est surveillée par Ameny. Qu'elle ajoute à sa liste. Et elle rature le nom de Christine.

Klara Mondragara. Elle n'a pas encore enquêté sur elle. Vraiment, il est temps de voir l'inspecteur Charmin.

Soudain, le nom d'Ameny s'affiche sur sa Tabletem :

« Je viens d'avoir ton message. Tu peux m'appeler si tu veux, mais se voir je n'en vois pas l'intérêt. »

Cette dernière partie est comme un glaive dans son cœur. Soit, c'est peine perdue de conquérir Ameny, Sivan doit tirer un trait sur lui. Mais il peut encore l'aider. Elle prend sa Tabletem en déclamant : « appelle Ameny ». Il décroche directement.

— Hey Sivan. Que puis-je faire pour toi ?

— Salut. Peux-tu m'expliquer comment les anciens Égyptiens enterraient leurs morts ? Je ne te parle pas de la sépulture, mais du corps en tant que tel.

— Tu dois sans doute savoir que chez nous, nous momifions les corps, car nous croyons à la vie éternelle. Ne pense pas d'ailleurs que cette coutume soit encore d'actualité, il a un léger rire puis reprend, notre mouvement s'incarne à moderniser les usages des anciens, mais en ne dénaturant pas nos coutumes. Ainsi aujourd'hui nous mettons uniquement des bandages autour de nos morts. Le gouvernement l'accepte.

Ameny est sur le point de raccrocher quand Sivan tente une dernière approche :

— Ameny, encore une fois pardon pour hier soir, je m'en veux et aimerais une seconde chance. Je subis de grosses pressions au bureau, cela me rend paranoïaque.

Elle n'ose parler des photos, qui sont plus qu'une preuve à sa paranoïa. Elle sent qu'il réfléchit.

— Je veux bien te pardonner, mais ne compte pas sur moi pour te faire rencontrer mon groupe. J'ai été un peu loin aussi, avec cette histoire de photos, c'était pour te protéger, mais après tout je ne dois rien.

Sivan ne réfléchit pas et déclare d'un coup :

— Ameny, tu me plais.

Le bel égyptien ne répond pas puis lance :

— À bientôt peut-être, alors, belle Sivan, dit-il un sourire dans la voix, Sois prudente, si je t'ai suivi à Bilwan c'est parce que beaucoup de personnes aimeraient que cette enquête ne soit pas résolue.

Il raccroche.

Sivan a envie de sauter dans tout l'appartement. Elle est si heureuse tout d'un coup ! Ameny a l'air de tenir à elle. Enfin une bonne nouvelle dans son existence quelque peu morne. Elle sait qu'elle aime les joies simples, et qu'elle les savoure. Sa mère adore ce trait de caractère d'ailleurs. Elle en oublie par contre la partie « avertissements » du discours d'Ameny.

Depuis qu'elle est arrivée à Gaushino, elle n'a pas l'impression d'être elle-même, au contraire. Car convaincue de sa non-utilité. Puis, pour donner le change, elle a essayé de se surpasser, de grossir le trait de la femme sûr d'elle, mais encore une fois, c'est loin d'être elle. Sa carrière de détective prendra fin dès que cette mission se terminera. Se mettre les gens à dos, fouiner dans des vies, remettre en cause des vies, non, ce n'est pas elle. Enfin elle le croit.

Toc toc. Quelqu'un frappe à sa porte. Elle est prise de panique. Peut-être est-ce Oscar qui vient lui mettre une raclée ? Ce serait grotesque. Ameny ? Trop rapide. La personne retoque à sa porte. Elle ne fait aucun bruit et attend. Puis elle entend des pas qui s'éloignent. Malgré tout, la personne a très bien pu percevoir sa conversation avec Ameny, puisqu'elle n'a pas entendu les pas de l'inconnu venir vers son appartement.

Bougeant son corps engourdi par la pression de ces quelques minutes, Sivan reprend la diction de ses conclusions.

Ces os calcinés indiquent que cela ne peut être un Égyptien. Mais pourquoi serait-il dans ce type de barque alors ? Et surtout, pourquoi les archéologues se sont-ils voilé la face ? Cela n'a pas de sens. Ils se doutaient quand même que quelqu'un allait tôt ou tard voir cette grossière erreur… Ou alors non. Après tout, ici, les enquêtes ont l'air bâclées. Et qui s'intéresse à une erreur d'interprétation archéologique ? Personne.

Fouillant dans ses affaires, elle récupère la carte de l'inspecteur Charmin. Elle prend une longue inspiration comme avant une course.

— Inspecteur ? C'est Sivan, l'assistante de Monsieur Sterny, vous vous rappelez ?

— Mais bien sûr, ma chère. J'attendais votre coup de fil à vrai dire.

— Ah… Pourrions-nous nous retrouver quelque part ?

— Le hall de mon hôtel vous irait-il ? Je vous ai noté son nom et son adresse sur ma carte.

— Parfait. Dans une heure c'est possible ?

— Oui. À tout à l'heure !

En raccrochant, elle jette un œil à ses notes.

Quelle conclusion pour l'instant ? Elle ne sait qui est impliqué. Oscar était extrêmement antipathique, car il imagine qu'elle commence à se douter d'un élément troublant. Il est au courant, elle en est persuadée. Reste maintenant à le démasquer, tout en finesse. Et pour ça, elle doit découvrir qui est enterré là et pourquoi avoir copié sur les sépultures égyptiennes ? Comment faire ?

Elle ferme ses rideaux. Ce soir, il y a six heures de pénombre. La Noc. Elle frissonne. Après les menaces proférées par Oscar, et un inconnu qui a frappé à sa porte, Sivan ne se sent pas tranquille. Heureusement qu'elle a contacté Charmin.

*

L'inspecteur a une heure devant lui avant de rencontrer Sivan. Il sent qu'elle a beaucoup à lui apprendre. Mais il souhaite avant éclaircir les visites d'Anya Barent à Klara Mondragara. Lorsqu'il lui a parlé d'elle, on aurait dit qu'elles étaient justes des connaissances. Anyra Barent avait même joué la carte de la jalousie. Elles étaient plus que ça. Et qui est Ingrid ? Charmin sent qu'il doit commencer par cette information son interrogatoire. Il prend de nouveau sa Tabletem.

— Madame Barent ?

— Inspecteur, je suis heureuse de vous entendre ! L'enquête avance-t-elle ?

— Anya, soyez franche avec moi. Vous et Klara étiez amies non ? Pourquoi me l'avoir caché ?

— Ah.

Charmin sent de l'hésitation dans sa voix.

— Oui nous étions des amies. Je n'ai pas voulu vous en parler, car cela ne concerne pas l'enquête sur mon mari.

— Êtes-vous sûre de cela ? Je suis l'Inspecteur, c'est à moi de faire le tri des données. Maintenant, racontez-moi la vérité Anya. Tôt ou tard je la découvrirai.

— Inspecteur, Klara m'avait confié un secret. Outre celui de sa liaison avec Sterny. Gustave n'était même pas au courant. À vrai dire, Klara avait reçu des menaces de la part de…, elle s'interrompt. Je ne peux rien vous dire par téléphone. Voyons-nous.

— Ce soir c'est la Noc Anya, demain matin ?

— Oui, je viendrais jusqu'à votre hôtel.

Ils raccrochent de concert.

Un secret. Encore. Il regarde sa montre. Il est temps de descendre au lobby. La Noc arrive dans trois heures.

Sivan est déjà là, elle l'attend. À peine se pose-t-il sur son fauteuil qu'elle lui raconte tout. Oscar, la barque solaire, les os calcinés. La statuette. Charmin est abasourdi par tant d'informations. Elle serait une excellente recrue au bureau à Mydizen.

— Excellent travail, ma chère. Maintenant, rentrez vite avant le début de la Noc.

Sivan s'empresse de rentrer, d'un pas léger. Charmin ne lui a pas dit ce que lui a découvert de son côté, mais cela lui est égal. Il était épaté. C'était si important pour elle de l'impressionner. Mais pas question de s'arrêter en si bon chemin.

En se couchant, un visage s'inscrit tout d'un coup dans sa tête. Celui du docteur Janus. Lui va pouvoir l'aider à trouver quel peuple était aussi inhumé dans des barques.

CHAPITRE 16

Gaushino, Capitale du Sud, 23e jour de Corb.

Charmin a mal dormi. Il est inquiet pour Sivan et pour Anya. Sans savoir pourquoi. C'est quelqu'un de très intuitif. Il a senti que l'assistante de Sterny n'était pas rassurée, surtout suite à l'épisode des bières frelatées. Elle a omis de lui raconter certaines choses, il en est certain. Il se dit surtout qu'il devrait se renseigner sur Ameny et son groupuscule.

Avant de rejoindre Anya, il décide d'envoyer un message au bureau :

« Emma, renseigne-toi sur des groupuscules d'Égyptiens de type extrémiste, qui souhaitent le retour de la Grande Égypte. » Il n'ose pas imaginer le rictus général au bureau lorsqu'ils liront ce message. Le retour de la Grande Égypte. Pompeux.

Anya l'attend dans le lobby, elle prend un café allongé. Elle a une mine affreuse.

— Anya, merci de vous être déplacée.

— Inspecteur. Je ne pouvais vous raconter la suite par Tabletem. Savez-vous que Gaushino écoute toutes les conversations ?

— Non, je l'ignorais.

— Ce pouvoir est pire qu'on ne le croit. Ils ont commis des exactions…

— Attendez, coupe Charmin. Des exactions ?

— Oui. Qui ne datent pas d'hier. Et ils ne sont pas innocents dans la mort de Klara, elle se sentait menacée. Inspecteur, que connaissez-vous de l'histoire de l'Hémisphère Sud ?

— Bien peu de choses, je vous l'avoue.

— Après l'épisode des navettes, les peuples du Sud ont débarqué dans cette partie du globe, et nous sommes allés au Nord. Répartition somme toute normale, au vu de la carte d'avant le BBII. Mais il y avait des peuples nordiques au Sud. Et leurs descendants n'ont pas oublié. Enfin, presque.

— Les descendants… dont fait partie Klara ?

— Oui, Klara est née dans l'Hémisphère Sud. Je ne sais même pas dans quelle ville. Ses parents sont morts quand elle était petite. Elle s'est retrouvée à l'orphelinat et a fait ses études dans l'Hémisphère Nord. Mais elle a toujours cherché ses origines. Elle a trouvé quelque chose. Une ancêtre. Elle s'appelait Ingrid.

Ingrid. La petite dont Klara Mondragara a écrit le récit, mais qui a été presque totalement brûlée.

— Mais en quoi l'existence de peuples du Nord dans le Sud est-elle un danger pour Gaushino ? Je ne comprends pas.

— Keigo Ukasawa tient son pouvoir de ses origines. Il a toujours revendiqué le pouvoir aux peuples venant de l'ancien Sud. Savoir qu'il existe d'autres origines, surtout de peuples venant du Nord, cela bouleverserait toute la géopolitique de l'Hémisphère Sud. Keigo Ukasawa ne veut pas en entendre parler. Du coup, il supprime ceux qui en savent trop.

— Mais ils n'ont pas tué Klara, elle est morte accidentellement.

— Le soir où elle est morte, elle est allée voir Sterny, elle voulait lui dire au revoir.

— Mais pourquoi ? À cause de la disparition de votre mari ?

— Non, enfin, je ne crois pas. Je sais qu'elle voulait en savoir plus sur Ingrid. Et travailler en même temps était trop difficile, surtout quand mon mari a disparu.

— Mais le pouvoir sudiste impliqué… Vous pensez que c'est eux qui ont brûlé l'appartement de Klara ?

— Oui, je suis persuadée.

Charmin n'a pas levé les yeux depuis qu'il discute avec Anya Barent. Aussi n'a-t-il pas vu la présence de deux hommes habillés de noir, qui les fixent.

*

— Docteur Janus, c'est Sivan, je suis si heureuse de vous entendre.

— Oh, chère Sivan, je désespérais d'avoir des nouvelles…

— Pardonnez-moi de ne pas vous avoir appelé avant.

Sivan lui fit un court récit de sa mission, en omettant les menaces d'Oscar bien sûr, qui ne feraient que l'inquiéter. Le docteur Janus l'écoute religieusement puis lui répond :

— Curieux que ces archéologues n'aient pas changé leurs conclusions, mais effectivement cela tend à prouver que la vérité dérange. Gustave Barent a sans doute été tué pour ça.

Il marque une pause puis reprend :

— Les rites funéraires égyptiens sont passionnants, quelle chance vous avez eu de voir un site pareil ! en parlant de Bilwan.

Sivan sourit en écoutant son ton de voix enthousiaste.

— Mais ce n'est pas une sépulture égyptienne, car il est impossible pour eux de procéder à une crémation, du moins si après le BBII les Égyptiens de l'époque ont continué les rites de leurs ancêtres.

C'est le moment approprié pour Sivan de parler d'Ameny.

— Professeur, j'ai justement fait la connaissance d'un jeune égyptien prônant, de façon pacifique, le retour des anciennes pratiques de son peuple. Il m'a expliqué que le principe de la momification n'avait plus court, mais impossible pour eux de brûler leurs morts.

— Aussi cette tombe n'est pas une barque solaire.

— Mais quel peuple alors s'inspire de ces coutumes funéraires ?

— Laissez-moi chercher dans les archives post-BBII et je reviens vers vous.

Ils raccrochent. Sivan se sent soulagée, car elle a eu l'aval scientifique de ses conclusions. Reste à attendre le résultat des recherches du docteur Janus. En attendant, elle doit aller au bureau et faire son travail habituel.

Elle a d'ailleurs pratiquement fini de corriger le discours de Monsieur Sterny.

Arrivant à l'ambassade, elle passe les contrôles de sécurité quand soudain elle voit sortir de l'ascenseur l'inspecteur Charmin.

— Inspecteur !

— Sivan. L'affaire se corse. J'ai un meurtre et un accident qui tombe un peu trop à pic.

Son visage est fermé.

— Un accident qui tombe à pic ? répète Sivan.

— Klara Mondragara. Elle s'est tuée il y a presque deux ans. Mais son appartement a brûlé curieusement le même soir. Je vais lancer une nouvelle enquête, j'ai eu de nouveaux éléments. Une histoire abracadabrante, je ne peux pas vous en parler.

— Mais on fait quoi du coup pour Barent ?

— Continuez de chercher de votre côté. Surtout, soyez prudente.

Sivan est sidérée. L'archéologue Klara Mondragara serait dans l'histoire aussi. Elle pensait que c'était un banal accident de voiture, enfin d'après le journal officiel. Elle n'a d'ailleurs pas tellement fouiné sur cette femme. Pourquoi ? Parce qu'elle a appris qu'elle avait été l'amante de Sterny ? Le père de sa meilleure amie. Sans doute.

Un pas dans la bonne direction, mais deux en arrière, soupire-t-elle.

— Ah, Sivan, s'exclame l'ambassadeur en la voyant.

— Monsieur Sterny, j'ai terminé les corrections de votre discours. Le document est sur mon ordinateur, je vous l'envoie de suite.

— Tu es bien pressée, dis-moi. Bon, j'attends de les recevoir.

Sivan se précipite dans l'ascenseur. Oui, elle est pressée. En fait, elle n'est pas à l'aise avec Monsieur Sterny et a honte de ce ressentiment. Il n'avait pas l'air triste d'ailleurs d'apprendre que Mondragara avait été tuée. C'était sans doute une simple histoire de fesses entre eux. Du moins a-t-elle envie de le penser.

À son bureau, elle ouvre son ordinateur et envoie le discours.

Tout d'un coup, deux hommes se présentent à elle.

— Mademoiselle Sivan ?

— Oui, c'est moi, répond-elle machinalement.

Elle lève les yeux. Ils sont habillés de noir, comme des croque-morts.

— Agents Zaka et Gionki.

Sivan n'est pas tranquille.

— Enchantée Messieurs, laissez-moi le temps de mettre mon Klarni. Monsieur Sterny sait-il que vous êtes là ?

— Oui, bien sûr. Il nous a dit que vous étiez à votre bureau. Nous sommes de la police de Gaushino.

— La police ? Mais que voulez-vous ?

— Simplement vous posez de petites questions Mademoiselle. Inutile de vous angoisser.

Les deux agents ont l'air de se moquer d'elle, de sa peur.

— Connaissez-vous un certain Ameny ?

— Co... comment ? bégaye-t-elle

— Allez, répondez aux questions le plus rapidement possible. Nous savons que vous le connaissez… intimement.

Ils rirent de plus belle. Sivan se sent humiliée.

— Oui. Bon, que voulez-vous savoir ?

Elle essaie de répondre méchamment, mais avec sa petite voix fluette… l'effet est raté.

— Mademoiselle, que pouvez-vous nous dire sur cet Ameny ?

— Je l'ai rencontré au cours de recherches sur un forum de discussion…

— Vous parliez de quoi ?

— De sujets historiques, un peu de tout.

Sivan tente maladroitement de noyer le poisson.

— Ne nous prenez pas pour des idiots, nous savons que vous avez parlé de barques solaires et du retour des Égyptiens au pouvoir.

Elle tombe dans le panneau.

— Au pouvoir ? Mais non, je ne comprends pas. Écoutez, je le connais oui, mais d'abord que lui reprochez-vous ?

— Cet homme et son groupe sont les suspects les plus probables dans le meurtre de Barent. Nous aussi nous enquêtons en sous-marin. Vous les nordistes, vous vous croyez tellement au-dessus de nous ! On vous a suivie

Mademoiselle, depuis tout ce temps. Sachez que les réseaux ici sont contrôlés, analysés.

Elle a envie d'objecter que c'est l'apanage d'une dictature, mais se dit que le moment est mal choisi.

— Messieurs, à aucun moment, nous n'avons parlé du meurtre de Gustave Barent. Si vous m'aviez écoutée et suivie, vous devriez le savoir.

— Haha, la demoiselle nous pense-t-elle si crétins ? Bien sûr, mais vous nous avez ouvert une voie de réflexion. Nous l'avons empruntée. Bref, tout ceci ne vous concerne plus. Par contre, vous allez devoir faire une déposition au poste de police. Le plus vite possible.

— Mais… que va-t-il arriver à Ameny ? balbutie-t-elle.

— Elle est sourde ou quoi ? Les deux hommes se regardent.

— Cela ne vous concerne plus.

Les deux agents claquent la porte. Sivan reste abasourdie. Elle décide de contacter Charmin.

— Inspecteur, ils ont arrêté Ameny !

— Ameny ? Ah oui, le type d'origine égyptienne… mais que voulez-vous que j'y fasse ? C'est la police de Gaushino, c'est leur juridiction. N'essayez pas de défendre un éventuel coupable.

Charmin raccroche.

Sivan est de nouveau sous le choc. Avant de comprendre la ruse de l'inspecteur. Si Gaushino écoute tout, analyse tout… autant se parler de visu. Même si écouter des conversations à l'ambassade du Nord serait illégal.

Elle envoie un message à Charmin : *vous avez raison, ce groupuscule est sans doute coupable. Notre rendez-vous ce soir marche toujours pour vous ? Vingt et une heures au Turban ?* Charmin répond d'un bref : *OK*.

Pour l'instant, la seule chose à faire c'est d'attendre le rapport du docteur Janus.

« Reprenons depuis le début », dit-elle tout haut. « Déjà que sais-je sur les prétendus motifs de la disparition de Barent avant la découverte de ses os ? »

Elle appelle Anya Barent. Finalement, Sivan n'a pour l'instant cherché que du côté travail de Barent. Et si celui-ci avait été tué pour d'autres motifs plus triviaux ?

Mieux vaut émettre toutes les hypothèses possibles. Même si c'est juste pour occuper son esprit. Anya sa femme avait l'air de prétendre que la lenteur des recherches prouvait que c'était une machination.

— Anya ? C'est Sivan, l'assistante de Monsieur Sterny.

— Sivan ? J'ai bien cru que vous ne m'appelleriez plus… Avez-vous découvert quelque chose ?

Bien entendu que Sivan ne pouvait rien lui dire. Elle décide de mentir :

— Je suis une piste, mais rien de concret, je préfère ne pas vous en parler pour l'instant. Quand nous étions à Atoni, vous aviez évoqué la piste d'un complot à l'égard de votre mari.

— Oui, je le pense vraiment. J'ai tout raconté à Charmin. Gustave était un passionné, comme je vous ai expliqué…

— Et entre vous ? Sivan se risque à poser la question…

— Nous n'avions aucun problème de couple, pour répondre à une éventuelle curiosité de votre part… Oscar vous a parlé d'une dispute que j'ai eue avec mon mari, c'est ça ? Son ton devient plus dur.

— Pas du tout Anya, à l'évocation du nom d'Oscar, Sivan sent son cœur s'emballer. Vous vous entendez bien avec Oscar, vous ?

— Je ne suis pas tellement sociable à vrai dire. J'étais proche de Klara Mondragara. Gustave séparait très bien le travail de sa vie privée. Un jour, je suis venue sur le chantier, à Bilwan. Mon mari était en pleine fouille, Oscar faisait des relevés. Gustave et moi n'avions pas passé beaucoup d'heures ensemble depuis qu'ils avaient découvert la barque… et moi j'étais jalouse de cette barque.

Elle sanglote.

— Quelle idiote. J'ai dû reprocher publiquement à mon mari d'être toujours absent. Publiquement, enfin, Oscar était le seul témoin. Gustave s'est agacé, je ne comprenais rien, selon lui. Ensuite, je me suis calmée.

Elle fait une pause, comme si parler était un effort.

— Voyez-vous, Sivan, être avec Gustave, c'est épouser son métier puis lui. J'avais encore du mal, malgré nos quinze ans de mariage, elle eut un petit rire nerveux.

— Merci, Anya, pour votre franchise.

Sivan voulait la libérer au plus vite de ces évocations douloureuses, elle avait de la peine pour elle.

— Comptez sur moi en tout cas pour vous tenir au courant.

Ainsi l'ami Oscar était dans les parages… Il a été témoin d'une dispute de couple, et alors ? Ce n'est pas un motif pour tuer ça ! Et il n'y a pas lieu de penser à une éventuelle aventure extra—conjugale entre Anya et Oscar… celle-ci était encore amoureuse de son mari décédé, Sivan le sent. Que sait-elle sur Oscar ? Et Sven d'ailleurs ? C'est lui qui l'a dénoncé auprès de Sterny lorsqu'elle est allée à Bilwan. Oscar violent, Sven amoureux déçu… La police de Gaushino est puissante, mais quelqu'un doit être mouillé au sein de l'ambassade. Qui a parlé de sa relation avec Ameny à ses deux lascars ?

Au point que Gaushino tente de les inculper ? Ce sont des citoyens sudistes. Pas de mouvement de défense pour eux, au Nord. Au contraire, *meurtriers racistes* peut-elle déjà imaginer lire à la une des journaux. Des coupables tout désignés.

CHAPITRE 17

Gaushino, Capitale du Sud, 24e jour de Corb.

Emma vient de lui répondre. Charmin ouvre rapidement sa Tabletem : appelle-moi.

— Salut Emma ! Alors ?

— Ces nationalistes égyptiens revendiquent plusieurs sites archéologiques, dont Bilwan. La découverte d'une barque solaire corrobore leur version.

— Ça, je le sais. Ensuite ?

— Ce groupe n'a pas pour l'instant pas fait l'objet d'un signalement à la police de Gaushino, mis à part dans l'affaire Barent. Ils ont pour ainsi dire un casier vierge.

— Mais quelles sont les preuves de leur culpabilité ?

— D'après mes recherches, un témoin. Un homme.

— Mais encore ? Accouche Emma !

— Toujours aussi pressé Charmin ! Un des archéologues a raconté avoir reçu une lettre de menace de la part du groupuscule. Il s'agit d'Oscar.

Charmin n'a pas interrogé un par un les archéologues, il était si pressé d'en apprendre plus sur Klara qu'il en a oublié l'essentiel. Mais pourquoi diable Oscar ne lui en a-t-il pas parlé ? Sivan lui a parlé de ses mots plutôt violents, révélant une nature plus colérique qu'il n'y paraît. Il est temps d'aller l'interroger.

*

Sivan attend avec une telle impatience l'appel du docteur Janus qu'elle n'en a pas dormi de la nuit.

Elle s'habille rapidement, et court à l'ambassade du Nord. Elle doit absolument trouver le coupable pour innocenter Ameny et son groupe.

En empruntant le couloir menant à son bureau, elle faillit bousculer Christine ; celle-ci arrivait en trombe du Labo, toujours bien apprêtée comme à son habitude :

— Mademoiselle l'enquiquineuse est encore là ?

Christine lui jette ces mots comme un venin. Sivan ne sait quoi répondre et se dirige vers son bureau, l'évitant d'un coup de hanches.

Elle allume son ordinateur, pose sa Tabletem à côté pour ne pas manquer un éventuel appel du docteur Janus, et réfléchit : pour disculper Ameny, elle doit inculper quelqu'un d'autre. Oscar ? Elle n'a aucune preuve, mais peut déjà rédiger les différents points négatifs à l'encontre de l'archéologue :

—> *Il n'a pas effectué de nouvelles datations sur la barque, contrairement à ses notes dans le cahier de Barent*

—> *Il était violent quand elle-même a trouvé une invraisemblance dans les résultats des fouilles de la barque : des matières organiques brûlées.*

—> *Question : est-il au courant de cette conclusion étrange, ne pouvant relier la barque aux Égyptiens ?*

Sivan est persuadée que oui, tant son énervement et ses menaces étaient forts.

Mais attention aux faux-semblants. On n'accuse pas sans preuve, encore une fois.

Elle lève les yeux vers le paysage derrière sa fenêtre. Un parterre de toits. Avec des antennes. Peut-être qu'Oscar protège quelqu'un d'autre après tout…

— Sivan ?

Monsieur Sterny est sur le palier de sa porte.

— Je ne t'ai pas fait peur au moins ? Il sourit puis continue. Je sais que ce ne sont pas mes oignons, mais tu as l'âge de ma fille et je t'ai un peu pris sous mon aile, bref. J'ai eu vent de ton aventure avec cet homme, Ameny, et cela n'a pas dû être facile pour toi d'être interrogée par ces deux enquêteurs…

Sivan reste sans voix. Sterny reprend son couplet paternaliste :

— Jenny aussi a toujours eu le chic pour trouver des hommes peu recommandables, enfin, si tu as besoin de parler, je suis là.

Devant cette situation ubuesque, que faire à part acquiescer ?

— Merci, Monsieur Sterny de vos mots, mais qui vous a mis au courant ?

— Je préfère ne rien te dire, Sivan. Et sinon, peux-tu regarder mes notes ? Un dîner va être organisé au Palais Présidentiel dans deux jours et je vais faire un discours devant le président Keigo. Tu connais maintenant le contexte politique. Je souhaite ne pas commettre d'impair, car j'évoque de larges pans de l'Histoire ancienne dans ce texte. Corrige mes erreurs s'il te plaît.

Il sort.

Sivan déglutit. Quelle mascarade ! Comment est-il au courant ? Le mystérieux informateur de Sterny serait-il le coupable ?

*

Charmin arrive tout transpirant dans le hall de l'ambassade. Il décide de ne pas monter, mais de faire appeler Oscar afin qu'ils discutent dans le lobby. Les bureaux là-haut doivent être truffés de micros et de caméras. Dans le hall peut-être aussi, mais le brouhaha peut protéger des conversations secrètes. Oscar ne se fait pas prier. Il descend directement.

— Bonjour Oscar.

— Monsieur l'Inspecteur. Vous avez du nouveau ?

Charmin n'a plus le temps aux digressions.

— Alors, vous avez reçu une lettre de menace, m'a-t-on dit ?

— Euh oui. Qui vous en a informé ?

— Pourquoi ne pas m'en avoir parlé ? Vous avez préféré le dire à la police de Gaushino.

— C'est Monsieur l'Ambassadeur qui me l'a conseillé. Il sait que vous êtes proches de Sivan et comme elle et cet égyptien ont… vous comprenez…

— Pardon ? coupe Charmin. Je reste un professionnel Oscar. Sterny est tout aussi proche de Sivan. Vous saviez qu'elle était une amie d'enfance de sa propre fille ?

Ou Oscar est un comédien qui s'ignore, ou il n'est réellement pas au courant.

— Ah, je ne savais pas ! Mais cela explique beaucoup de choses… Son embauche déjà. Bref, dans le cas de la lettre j'ai pensé que comme cela inculpait des sudistes, mieux valait en parler à leur propre police si je puis dire…

— Oscar, parlez-moi de cette lettre. Pouvez-vous me l'envoyer ? Nous devons l'expertiser à Mydizen.

— Hélas, je ne l'ai plus. Les agents Zaka et Gionki l'ont pris. Je n'ai pas fait de copie.

Comme par hasard. Charmin commence à douter d'Oscar. Serait-il impliqué comme Sivan le pense ? De là à tuer son meilleur ami ? Il décide d'emprunter des arguments de la jeune assistante.

— Alors pouvez-vous me transmettre les carnets de fouilles de Barent ? Je souhaite vérifier quelque chose…

— Euh… bien sûr, Inspecteur. Mais sans offense c'est terriblement technique. Je le fais dès que je remonte.

Oscar est perturbé.

— Et cette lettre alors ? Que disait-elle ?

— Elle disait que nous devions arrêter les fouilles à Bilwan. Que nous mettions nos sales pattes sur un lieu sacré. Nous n'avons pas pris au sérieux ces menaces.

*

Sivan n'arrive pas à se concentrer sur son travail. Soudain, sa Tabletem sonne et le visage du docteur Janus apparut.

— J'ai trouvé ! Sivan, j'ai fouiné, farfouillé, recoupé, et j'ai trouvé !

Le docteur Janus est dans un tel état d'excitation qu'il répète toujours les mêmes mots.

Sivan verrouille la porte, sa ligne doit être sécurisée puisqu'elle est à l'ambassade.

Son mentor reprend :

— Cette barque solaire n'est pas égyptienne, voilà le postulat de départ. Mais c'est bel et bien une sépulture. Elle est Valamite.

— Valamite ? Mais qu'est-ce donc ? demande Sivan stupéfaite.

— Vu votre tête, ma chère, je vais vous répondre… Les Valamites sont une civilisation post-BBII, descendant d'un peuple que vous connaissez un peu mieux et qui utilisaient aussi les barques comme lieu de sépulture. Enfin, cela s'appelait des bateaux-tombes chez eux…

Sivan lui coupe la parole :

— Des descendants des Vikings ? Ici, dans cette partie du globe ?

Elle vit un large sourire sur le docteur Janus.

— Regardez la carte du monde, reprit-il. Vous ne seriez pas si étonnée que ça si je disais que les Anciens avaient trouvé des traces vikings sur l'Ancienne Australie. Après le BBII, le continent australien s'est amalgamé à l'Ancienne Afrique, pour être intégrée dans l'Hémisphère Sud actuel. Un groupe de Valamites a dû migrer vers Bilwan. C'est dans les terres certes, mais ils ont pu s'adapter au nouveau monde BBII. Tout en gardant eux aussi leurs coutumes d'inhumation.

Incroyable ! Des traces de la présence de civilisations dites blanches dans cet Hémisphère !

C'est révolutionnaire, quand on sait que Keigo tient son pouvoir quasi absolu sur la croyance que seuls les peuples du Sud peuvent régner sur cette partie de la Terre, car il n'y a aucune trace de blancs ! Révolutionnaire certes, mais dangereux finalement…

Elle raccroche avec le docteur Janus, puis prend la poudre d'escampette, car elle étouffe. Elle sait quelque chose qui pourrait paraître anodin, mais étant donné le contexte politique, ce résultat pourrait remettre en question énormément de choses.

D'abord, s'informer sur les Valamites avant d'avoir les documents du Professeur. Elle décide de s'arrêter à un café. Assise à une table loin des regards indiscrets, elle prend sa Tabletem et tape l'adresse de l'université de Georgina. Sur la page sécurisée, elle rentre ses codes et arrive sur le moteur de recherche universitaire. « Valamite », écrit-elle, tout simplement. Elle pense qu'il n'y aura pas beaucoup de documents liés à ce peuple. Mais oh surprise ! Plusieurs pages s'affichent.

— Votre café, Mademoiselle !

Plongée dans ce qu'elle lit, elle ne répond pas au serveur et prend sans le regarder sa tasse de café.

Les Valamites vouaient un énorme culte aux deux soleils. Leurs ancêtres, les Vikings, avaient même nommé un mois en l'honneur du Soleil. Ils ont souhaité rendre hommage à cet astre, doux et toujours bénéfique, mais jamais cruel ou implacable. En parcourant les documents, elle note que les Valamites ont désiré continuer cette tradition d'hommage au Soleil, en organisant une fête pour les deux étoiles du jour mi-juin. Les rites étaient simples, danse et repas à n'en plus finir.

Interloquée par cette tradition, Sivan interroge le moteur de recherche du forum où elle a trouvé Ameny. C'était un forum communautaire, aussi se dit-elle que des contemporains valamites pourraient vouloir faire perdurer cette cérémonie, par exemple.

Elle tombe sur plusieurs messages, dont Snekjaqui qui parle de refaire des banquets d'antan, ou alors Njoror, requérant un changement de calendrier pour inclure les fêtes valamites.

Sivan est médusée. Mais combien de descendants de peuples émérites revendiquent des rites ancestraux ? La question mérite d'être posée, pense-t-elle. Et c'est passionnant pour une jeune diplômée en Histoire ancienne.

Elle se risque à poster de nouveau une demande de contact pour obtenir des informations sur le peuple Valamite.

Et flûte, se remémore-t-elle d'un coup. *J'ai ce fichu discours de Monsieur Sterny à corriger.*

Rentrant à son appartement à pied, elle a le temps de réfléchir à toutes les conséquences d'une telle découverte, qui somme toute est un mobile. Barent a été tué, car il a trouvé cette barque, qui s'avère être d'origine blanche. Sivan déteste cette notion de blanc et non blanc par ailleurs.

Depuis le BBII, elle a l'impression que les gens ne se catégorisent que comme ça, au-delà du sempiternel « J'habite au Nord, j'habite au Sud ». Elle a lu pendant ses études des manifestes de leaders appelant à la non-différenciation des peuples et sitôt le BBII, les peuples ont régressé. On est revenu à des valeurs de race. Quel retour en arrière ! Encore une fois, elle comprend de plus en plus la démarche de certaines personnes comme Ameny qui souhaitent retrouver leurs origines, au-delà du clivage blanc et non blanc.

Arrivant dans son petit logis, elle prend sa Tabletem et ouvre ses documents de travail. Le texte de Monsieur Sterny y est téléchargé.

En parcourant le texte, elle se rend de plus en plus compte de l'importance chez Keigo Ukasawa des races, car le discours de Monsieur Sterny est en permanence en repentance, par rapport à des actes commis pendant l'Histoire ancienne, par exemple l'esclavage.

Lisant des articles sur Keigo en général, elle s'aperçoit qu'il est obnubilé par ce désir de vengeance par rapport aux blancs. Le président du Royaume du Nord, Yoan Kazinski, n'a cessé de renouveler lui aussi des marques de remords pendant ses nombreuses visites dans le Royaume du Sud. Mais la cicatrice, malgré le cataclysme géographique que les peuples ont subi sans distinction, n'est pas refermée.

En outre, Keigo est respecté de son peuple à cause de cette notion de pouvoir qui vient des origines.

Cherchant dans un moteur de recherche Keigo programme électoral, Sivan s'aperçoit qu'il a été effectivement élu (enfin désigné, pourrait-on dire) sur des bases raciales ; il met en avant les origines sino-japonaises de ses ancêtres, prétextant avoir passé avec succès des tests ADN le reliant à ces anciennes peuplades.

Ces tests ADN n'ont rien d'officiel, sachant que juste après le BBI beaucoup de personnes sont mortes à cause des forts changements climatiques liés à l'apparition d'un autre soleil et la fin des nuits quotidiennes. Certains n'ont en effet pas résisté.

Les chercheurs à l'époque avaient en conséquence conservé l'ADN de chaque ethnie, pour garder un catalogue de l'Humanité. Belles promesses. Ces ADN auraient été ensuite commercialisés par des sociétés peu scrupuleuses faisant du profit sur le code génétique de chacun. Certaines de ces entreprises font des profits record, surtout dans l'Hémisphère Sud.

Sivan se demande d'ailleurs si Keigo n'aurait pas quelques actions en bourse dans l'une d'elles… Il vante tellement l'origine raciale !

Ici dans l'Hémisphère Sud, beaucoup de choses sont liées à l'origine, le travail, l'amour, la religion. Ameny n'est pas un cas isolé, beaucoup sont dans des groupes dits ethniques.

D'ailleurs, pense-t-elle, *où en est-il aujourd'hui ?*

*

Ingrid. Charmin n'a pas arrêté de penser à l'ancêtre de Mondragara. Barent et Ingrid. Quel est le lien entre les deux ? Aucun.

Impossible de comprendre les carnets de fouilles de Barent. Oscar a raison, c'est trop spécialisé. Il relit les notes de Sivan. Ainsi, les archéologues voulaient refouiller. Mais finalement ils se sont rétractés et ont laissé courir le délai légal de deux ans. Que faisait Barent sur le site seul ? Pourquoi Mondragara et Oscar ne l'ont pas suivi ? Ou alors plutôt que d'être étranglé sur site, il a dû être tué ailleurs puis son corps a été déposé dans la fosse. Une façon très pratique de cacher un corps, tout en sachant qu'il se décomposerait tranquillement pendant au moins deux ans.

Décidément le meurtrier est loin d'être un amateur.

CHAPITRE 18

Gaushino, Capitale du Sud, 25e jour de Corb.

Les yeux encore embués par la fatigue, Charmin se décide à bouger de son lit. Son enquête piétine. Il a fait des cauchemars, mettant en scène une petite fille qu'il appelle Ingrid. Cette histoire l'obsède. Cherchant des informations sur le réseau, il se rappelle rapidement que Gaushino surveille tout.

— Emma, peux-tu m'obtenir une connexion ultra sécurisée ? Voilà mon numéro de Tabletem. Je sais, c'est exceptionnel.

Depuis le BBII et l'existence de ces deux Hémisphères, il est interdit à chacun d'interférer dans les lois de l'autre. En clair, il n'a pas le droit d'obtenir cette connexion sécurisée. Mais Emma est une hors la loi dans l'âme.

Charmin peut enfin naviguer à loisir. Il se met à taper : abus violence Hémisphère Sud. Aucun résultat. Blanc dans Hémisphère Sud. Il tombe sur différents résultats. Des publications scientifiques, vérifiées sans doute par Gaushino. *Il n'existe aucune trace de peuple blanc dans notre Hémisphère*, titre un article d'une revue.

Mondragara ne devait pas être la seule blanche à avoir des ancêtres dans cette Hémisphère… Comment chercher ? Il y a aussi beaucoup de forums nationalistes dans les résultats de recherche. Il veut tellement croire en

Mondragara qu'il ne s'est jamais posé la question de la véracité de cette histoire. Après tout, Ingrid a-t-elle vraiment existé ? Charmin en vient à douter de tout.

*

Sivan se réveille en sentant son bras engourdi. Elle a passé la journée et la nuit à synthétiser ses découvertes, à rédiger ses conclusions. Elle va pouvoir les transférer à Charmin. Mais Gaushino surveille tout, donc elle devra utiliser son adresse de Mydizen. Ils ne pourront rien lire, son Mail sera crypté. Une histoire de loi, croit-elle, stipulant que chaque Hémisphère est indépendant l'un de l'autre.

En ouvrant sa boîte aux lettres sur sa Tabletem, elle a l'agréable surprise d'un message d'un certain Mimir : *Siv 78, veuillez me répondre à cette adresse si vous souhaitez que nous nous contactions.*

Bref, mais efficace. Elle lui donne son numéro de Tabletem.

Puis elle arrive rapidement à l'ambassade du Nord. Sivan va à la cafétéria prendre un café. Monsieur Sterny la rejoint :

— Tu es bien matinale, Sivan ! As-tu fait ce que je t'ai demandé ? Ce soir, j'ai mon dîner, je te rappelle…

— Bien sûr, je vous les ai envoyés ce matin.

L'ambassadeur est de bonne humeur. Il lui lance un sourire enjôleur.

— Parfait.

Il est même diablement de bonne humeur. Serait-ce parce que l'affaire Barent est quasiment résolue selon Gaushino ? Peut-être. Le père de Jenny était bien sombre pendant ces quelques mois.

Elle tape la touche envoi de son ordinateur, et ses corrections s'envolent vers la boîte aux lettres de Sterny. Buvant la fin de son café, elle savoure ces quelques minutes qui suivent l'impression d'un travail bien accompli.

Sa Tabletem sonne subitement. Un numéro inconnu. Peut-être Mimir.

— Allo ?

— Siv 78 ? Bonjour, je suis Mimir, enfin ce n'est pas mon véritable prénom, vous pensez bien…

— Aucun problème, dit-elle en le coupant.

Sivan n'a pas de temps à perdre, elle reprend :

— En fait, je suis très intéressée par les rites des Valamites. Je prépare un exposé sur les Vikings et aimerais le terminer en parlant de leurs descendants.

Elle sent en disant cette dernière phrase qu'elle fait plaisir à son interlocuteur. Et c'est bien entendu le but.

— Notre conversation est sécurisée. Que désirez-vous savoir ?

Sivan est étonnée de cette précaution. Comment ce Mimir a-t-il réussi à sécuriser le réseau ? Elle reprend :

— Parlez-moi un peu de vous. D'abord.

— Je suis un nordiste expatrié dans l'Hémisphère Sud, pour être au plus près de certains ancêtres vikings qui ont immigré dans cet Hémisphère. Enfin, avant le Big Bang II, bien sûr ! Je préfère ne pas vous donner ma véritable identité. Car je ne suis pas en sûreté ici.

Il s'arrête.

— Mais pour quelles raisons vous sentez-vous en insécurité ? ose lui demander Sivan.

— Je ne suis pas certain de devoir vous le dire, mais les autorités de Gaushino n'aiment pas tellement les descendants des peuples du Nord… Enfin dans cette partie du globe. D'autant plus si vous souhaitez revendiquer un héritage passé. Oui, Mademoiselle, moi aussi je veux que mon peuple retrouve ses lettres de noblesse au Sud. Je suis un descendant des Valamites. Ces Hémisphères n'appartiennent à aucun peuple. Quelle hérésie de penser que son pouvoir puisse venir d'un héritage ! Se prend-il pour le Roi Soleil ?

Sivan note la référence au Roi Louis XIV. Ce Mimir a l'air cultivé.

— Vous comprendrez pourquoi je souhaite rester anonyme. Quel que soit le véritable objet de vos recherches. Mais il n'y a pas eu que des peuples du Sud au Royaume du Sud. Nous aussi les nordistes, nous étions sur cette terre. Et c'est valable pour le Royaume du Nord. Keigo ne veut rien savoir. Il ne veut pas que son pouvoir soit contesté. Je pourrais être en prison pour tenir de tels propos. Une personne qui m'est chère a perdu la vie pour ça. J'espère que vous avez tout enregistré. Au revoir, Mademoiselle.

Mimir raccroche. Sivan essaie de le rappeler. Ce numéro n'est plus attribué. Dommage, elle n'a posé aucune question sur Mondragara. Décidément, elle ne veut pas du tout s'intéresser à cette dernière.

Soudain.

Des cris.

Sivan reconnaît la voix de Christine :

— Au secours ! Appelez une ambulance !

Sivan sort de son bureau. Dans l'embrasure de la porte, elle voit Christine suivie de Sven courir vers l'ascenseur. Sven lève les yeux vers elle :

— Oscar est mort, puis il ajoute cette phrase qui restera gravée dans sa mémoire, et c'est de ta faute.

Sivan est tétanisée.

Mais elle se reprend et court vers le Labo. Au fond, le bureau de Barent. À l'intérieur, elle lève le regard sur un simple clou au plafond. Une corde. Oscar s'est pendu.

Son corps se balance, comme s'il avait encore des spasmes, comme s'il était encore en vie.

— Vite, crie-t-elle, une ambulance !

Elle entend une myriade de pas dans le couloir, des ambulanciers, des médecins. Au fond de la pièce, Monsieur Sterny la regarde, sévèrement. Sivan en a la chair de poule.

Les ambulanciers détachent le corps d'Oscar, rapidement, mais trop tard. La rigidité cadavérique était en place. Il est bel et bien mort.

Sven et Christine sont l'un contre l'autre. Sivan n'ose pas croiser leur regard. Elle décide de quitter l'ambassade et aimerait ne plus jamais y retourner. Elle espère bien que ce n'est pas de sa faute si Oscar a mis fin à sa vie.

Sortant du bâtiment, elle sent ses yeux qui piquent, les larmes qui tombent toutes seules, les passants qui la regardent. Mais peu importe. Elle marche jusque chez elle, son petit appartement, le seul endroit hospitalier dans cette ville qui n'a jamais voulu d'elle. Elle a envie de prendre un billet d'avion et de partir, s'enfuir.

La fuite, se dit-elle, *ton unique moyen de vivre, qui te rassure.* Mais ce n'est plus une étudiante. Elle a des responsabilités. *Ressaisis-toi,* se répète-t-elle.

Elle prend sa Tabletem et appelle l'inspecteur Charmin. Elle lui parle des conclusions du docteur Janus. Elle n'avait pas encore envoyé son rapport, Charmin entend quelques trémolos dans sa voix.

— Des Valamites ?

— Oui, les descendants des Vikings s'appellent les Valamites.

Charmin est stupéfait par ces révélations. Mais cela change tout ! La barque solaire n'en est pas une. Un bateau tombe ! Incroyable. La preuve d'une civilisation blanche après le BBII, qui était là après le cataclysme.

Ingrid serait-elle une Valamite ? Charmin a le cœur qui bat la chamade.

— Inspecteur, Oscar s'est suicidé.

Charmin n'écoute pas.

— Vous m'entendez ?

Sivan a envie de crier.

— Oui, pardon Sivan. Je suis encore sous le choc de tes révélations. Notre ligne n'est pas sécurisée.

— Oui.

Sivan dit ces trois lettres en baissant la voix. Elle a peur, soudain.

— J'arrive chez vous, ajoute Charmin. Un conseil : verrouillez toutes les portes.

Elle se dit que c'est trop tard. Ils ont dit écouter sa conversation avec le docteur Janus. Quoique c'était à l'ambassade. Les conversations ne sont pas enregistrées. Enfin, elle a tout répété à l'instant, soigneusement.

Cruchette, pense-t-elle.

*

Charmin décide, avant d'aller chez Sivan, de passer à l'ambassade. Il veut absolument récupérer le moindre indice avant la police de Gaushino. C'est une administration de l'Hémisphère Nord, au moins c'est sa juridiction.

Il croise l'ambassadeur. Il a l'air de s'être pris un coup sur la tête.

— Mon brave Charmin, décidément, rien ne nous sera épargné !

— Mais que s'était-il passé ?

— Leef s'est pendu. Il a confessé le meurtre de Barent.

Devant le silence de Charmin, Sterny reprend :

— Il a laissé une lettre.

Oscar, le spécialiste des lettres.

Charmin arrive au Labo. Sven et Christine, ces deux archéologues, limite inconnus à ses yeux, sont en larmes.

La lettre a été posée sur le bureau de Barent. Effectivement, ce sont des aveux.

« Tant de pression ici. Je n'en peux plus. J'étais jaloux de Gustave. Mais je n'en peux plus. »

Courte lettre pour un spécialiste comme lui. Charmin n'y croit pas une seconde. Tout ceci a été savamment orchestré. Le corps a été rapatrié au Poste de police pour l'autopsie. Il devrait bientôt avoir des nouvelles de la docteure Olga Trust.

Il lève les yeux vers le plafond.

Le clou au plafond a été laissé. Macabre.

Mais une bille noire y est également suspendue dans le coin.

Une caméra.

De surveillance.

Comme dans n'importe quel bureau.

Les enregistrements sonores sont interdits, mais pas les vidéos. Il prend l'ascenseur, direction l'accueil. S'adressant à l'hôtesse, Charmin demande où se situe le poste de surveillance. Celle-ci lui donne un téléphone, après avoir appelé le gardien :

— Vous voulez quoi, Inspecteur ? répond une voix rude.

— J'aimerais consulter une vidéo de surveillance d'un bureau.

— Il faut l'aval de l'ambassadeur.

— Même dans le cadre d'une enquête pour meurtre ?

— Euh… désolé, je tiens à mon job et….

— D'accord, je vais voir avec Monsieur Sterny. Et il lui raccroche au nez.

Avoir accès aux caméras des bureaux de Sivan et du Laboratoire, voilà qui pourrait donner de nombreuses réponses.

Regardant sa montre, il se dit qu'il a le temps d'aller faire une demande rapide à Sterny. Sivan est bien barricadée chez elle.

*

Mais que fait-il ? se demande-t-elle. Sivan a une folle envie d'appeler Jenny.

Sans réfléchir plus longtemps, elle prend sa Tabletem. Répondeur. Les liens ont l'air coupés pour l'instant.

Tout d'un coup, elle entend un gros coup dans sa porte. Quelqu'un essaie d'entrer ! Par la force ! Elle panique.

Charmin ne répond pas non plus.

Elle décide de se cacher sous le lit. Une vieille technique, peu efficace dans les livres et les films. Les coups redoublent, puis s'arrêtent brusquement. Des bruits de pas qui courent. Mais tout d'un coup, la porte s'ouvre en grand.

— Sivan ! crie Charmin.

— Inspecteur, j'ai eu si peur !

Elle suffoque. Sanglots puis spasmes.

— Écoutez, personne ne vous veut de mal. En tout cas physiquement, j'en suis certain. Vous imaginez le rififi à l'ambassade si vous êtes assassinée !

— Et c'est censé me rassurer, Inspecteur ?

Sivan est passée des pleurs à la colère.

— J'étais certes bien imprudente de me lancer dans cette enquête, mais n'êtes-vous pas content de mes rapports ?

Elle est comme sparadrap sur un doigt, elle ne lâche pas, une fois que son orgueil est touché.

— Et qui a trouvé l'origine de la barque ? Moi et mon professeur. Qui a été à Bilwan ? Moi pardi ! Et qui a eu comme cadeau une statuette maud…

Elle ne termine pas sa phrase, car Charmin l'interrompt :

— Une statuette ? Mais quelle statuette ?

— Euh, je vous en ai parlé non ? Une statuette qu'on m'a remise suite à ma visite à Bilwan. D'une bien étrange manière d'ailleurs…

— Donnez-moi cette statuette vite !

— Oui, la voilà.

Sivan lui tend l'objet. Elle ne pèse pas lourd, elle l'a attrapé d'un bras.

— Et c'est une statuette authentique ?

— Comment voulez-vous que je le sache ! Je n'ai pas eu le temps de faire des analyses ou de la passer au scanner !

— Allons-y alors !

— Où ça ? Au bureau de police de Gaushino ?

— Non, voyons ! Mon bureau va se renseigner sur d'éventuels laboratoires clandestins ici. Il y en a dans toutes les villes. Vous ne connaissez pas ça vous, mais à la police on ne peut pas toujours analyser des objets avec un mandat officiel, donc on passe par des chemins détournés.

— C'est légal ?

— Non.

Charmin prend sa Tabletem et compose un message à Emma.

— Il n'y a plus qu'à attendre sa réponse, elle est très réactive.

Comme pour lui répondre, sa Tabletem émet un bip.

— Voilà, elle m'envoie même l'adresse, c'est royal ! Venez avec moi !

Après tout, Sivan n'a rien d'autre de mieux à faire.

Les voici, marchant, un couple improbable. Ils y vont à pied, l'application de la Tabletem indiquant seulement dix minutes de marche. Le laboratoire est d'abord une boutique, garnie de guirlandes lumineuses alors que la Noc n'est pas près d'arriver. On y vend des Tabletems, et d'autres moyens de communication. Peut-être même des brouilleurs pour contourner l'écoute massive de l'État. Il n'y a aucun client.

— Salut, police de Mydizen.

Sivan est scotchée. Charmin annonce directement la couleur.

— Ouais, salut. Ta carte ?

L'inspecteur la présente sans autre sommation.

— Et elle, c'est qui ?

— Une future inspectrice, je l'ai mise au parfum.

— D'accord, passez derrière le comptoir !

Ils arrivent dans une pièce plutôt sombre. Un objet blanc, assez massif, trône au milieu.

— Voici un tomographe. Il permet de scanner un objet par rayons X. C'est une pièce d'antiquité, mais encore utile visiblement. Il est relié à un moniteur. Mettez-vous ici, vous verrez une modélisation en 3D, ajoute le gars de la boutique. Donnez-moi l'objet.

Charmin lui donne. Le vendeur place la statuette dans la machine, puis referme. Il compose ensuite différentes combinaisons. Le moniteur s'allume, se brouille, puis le scan peut commencer.

Ils ont les yeux rivés sur l'écran. Se dessine imprécisément puis de façon plus claire une feuille de papier. Sivan est un peu déçue : *tu t'attendais à quoi, aux joyaux de la couronne ?* se dit-elle intérieurement.

— Alors on peut voir clairement du papier. Écrit à la main. Impossible d'en déchiffrer la moindre lettre.

— Même en zoomant au maximum ? tente Charmin.

— Non, M'sieur l'Inspecteur. Le seul moyen est de briser la statuette.

Les deux se regardent. D'un côté, il peut s'agir d'une antiquité inestimable. D'un autre côté, et c'est plus probable, la statuette est aussi d'époque égyptienne qu'eux. La résolution d'un meurtre passe au-dessus de tout.

— Bon, allons-y alors. Jetez-la par terre.

— Non, ce n'est pas à moi de détruire l'objet d'un client. Ça peut être une ruse pour me traduire en justice pour destruction d'objet ça !

Sivan s'agace.

— Donnez-la-moi, je vais la briser !

Et hop ! D'un revers de la main, elle la jette de toutes ses forces. La fameuse statuette est en mille morceaux. C'est comme pour conjurer un sort. Il fallait que ce soit elle. Charmin prend directement la feuille de papier.

Elle est signée Oscar.

CHAPITRE 19

Gaushino, Capitale du Sud, 26e jour de Corb.

Une impasse. Voilà ce qu'a été la feuille de papier. Dès que Sivan et Charmin ont vu la signature, leur sang n'a fait qu'un tour. Seulement le contenu fut plutôt décevant. Pour l'enquête.

Oscar confesse être l'investigateur d'un trafic d'objets archéologiques en tout genre, et qui daterait du début de sa collaboration avec Barent. Mais celui-ci n'était pas au courant, Oscar insiste beaucoup sur ce point. Doivent-ils le croire ? Sans doute. En tout cas, Oscar est définitivement blanchi.

Sivan pense que cette affaire serait moins attirante si Barent était mort à cause d'un marché noir. Mais Charmin lui a répété que les meurtres les plus mystérieux sont parfois les plus décevants en fin de compte. Il se renseigne avec le bureau de Mydizen sur ce trafic.

En attendant, Sivan pense beaucoup à Ameny. Charmin lui a appris que son bel Égyptien était innocenté. Mais avec la confession retrouvée dans la statuette, sa libération était peut-être de nouveau en suspens.

Elle se renferme dans son bureau virtuel. Barent a sans doute découvert qu'il s'agissait d'un bateau tombe, et non pas d'une barque solaire. Ce qui implique une présence blanche après le BBI. Étant donné la ligne du pouvoir en place, un descendant valamite pourrait prétendre à la présidence, autant qu'un asiatique.

Conclusion : il dérangeait le pouvoir, donc a-t-il été tué par celui-ci ? Ce serait tout à fait plausible. Mais comment le prouver ? Sans preuve matérielle, c'est impossible, tout ça, ce n'est que de la théorie.

Et le rapport avec la mort de Mondragara ?

Des images se bousculent, des conversations.

Mimir ! Ce fameux Mimir lui a dit qu'il avait perdu un être cher pour avoir tenu de tels propos. Les mêmes propos qu'elle-même tient aujourd'hui.

Charmin lui a parlé d'Ingrid. C'est un prénom d'origine viking, valamite comme on dit maintenant. Mondragara était née dans l'Hémisphère Sud, mais n'avait pas le physique des autochtones. Et d'après les recherches de Mondragara, Ingrid serait son ancêtre. Ce qui fait que Klara Mondragara est elle-même une descendante des Valamites. Sivan s'en veut de ne pas avoir pu poser plus de questions à Mimir.

Mondragara voulait rendre public ce qu'elle a appris ? Elle est morte d'un accident de voiture, mais l'incendie chez elle ?

Dans ce cas le meurtre de Barent ne serait pas une affaire isolée… Mais entre Barent et Mondragara ? Gustave savait-il ? Il souhaitait refaire des fouilles sur le site de Bilwan, il savait que ce n'était pas une barque solaire. Tôt ou tard il aurait découvert le lien entre Mondragara et le bateau tombe. Les Valamites. On l'a sans doute assassiné en prévention. Pour ne pas que la vérité sorte.

Sivan prend sa Tabletem :

— Inspecteur ?

Charmin répond tout de suite.

— Vous ai-je parlé de Mimir ?

Sivan relate son échange. Charmin en a le souffle coupé :

— Excellent travail, Sivan. Pouvez-vous venir à l'ambassade ? Je dois voir des images d'une caméra de surveillance, mais souhaite contourner l'aval de Sterny, vous vous en doutez. J'ai besoin de vos talents de séductrice.

Séductrice ? Sivan ne l'est pas, ou alors par hasard. Elle sait qu'elle plaît, surtout aux hommes âgés, rarement ceux de sa génération. Elle décide de s'habiller en conséquence. Un peu plus apprêtée. Après tout, elle s'amuse de devenir une sorte d'agent double.

Elle arrive à l'ambassade. Charmin l'attend dans le hall.

— Sivan, c'est bien simple, vous devez distraire le gardien de sécurité, pendant que j'essaie de trouver une vidéo.

— Simple ?

— Oui, parlez-lui, jouez un rôle.

— Je vais essayer.

Et tous deux descendent jusqu'au poste de surveillance.

— Salut ! lance d'un air aguicheur Sivan.

L'homme la regarde de haut en bas, puis de bas en haut puis répond :

— Alors la demoiselle s'est perdue ?

Charmin s'était judicieusement caché.

— Oui, je cherche les toilettes.

Sivan ne se sent plus elle-même, elle devient comédienne. Elle a envie que cet homme l'accompagne dans les toilettes et ne lâche pas. Le sparadrap.

— C'est au fond, là-bas. Mais il y en a en haut, dans le lobby ! Plus simple pour vous…

— En fait, le regardant droit dans les yeux, je ne recherche pas simplement de simples toilettes.

Le gardien comprend instantanément. Il regarde autour de lui puis se lève :

— D'accord. Viens.

Il lui fait signe de le suivre. Sivan, en l'accompagnant, se demande comment elle va s'en sortir. C'est excitant, mais terriblement effrayant en même temps. Sera-t-elle prête à donner d'elle-même ? Comment pourrait-elle se regarder dans une glace après ?

Charmin profite de cette mascarade pour aller directement aux écrans de contrôle. Il cale approximativement sa vidéo, peu avant la pendaison d'Oscar. Car celui-ci a volontairement masqué les véritables raisons de son suicide. Alors qu'il lui suffisait d'admettre qu'il trafiquait.

Quelqu'un a dû le pousser à réaliser ce geste. Et a écrit ce mot. Sans savoir finalement que c'était un trafiquant. Ou alors en pensant qu'Oscar Leef était mort en emportant son secret.

L'image est de mauvaise qualité, mais il reconnaît distinctement le bureau de Barent. Il avance rapidement, rien ne se passe. Jusqu'à ce qu'un homme surgisse et dépose la lettre. Il a dû mal à distinguer son visage. Mais reconnu sa stature entre mille.

Il se fige.

Sterny.

*

Charmin attend Sivan dans le hall. Il n'a pas osé aller voir aux toilettes. Il a pensé qu'elle s'en sortirait bien toute seule. Elle revient. Pas de sourire.

— Alors ? lui lance-t-elle.

— Et vous… ça va ?

— Peu importe. Qu'avez-vous vu ?

— Je n'ose vous le dire chère Sivan. Je vous ai fait prendre des risques…, elle le coupe.

— Je suis majeure et vaccinée. Prête à tout entendre. Vous ne saurez jamais ce qui s'est passé dans ces toilettes, ne culpabilisez pas.

Silence. Puis elle insiste :

— Donc ?

— Sivan, la personne qui a déposé le mot sur le bureau de Barent… il regarde autour d'eux. Sterny.

À ce mot, Sivan est telle une statue de pierre. Monsieur Sterny ? Mais c'est impossible, voyons. Car si elle raisonne convenablement, la personne qui a mis la lettre est celle qui a voulu faire accuser Oscar… et donc qui connaît le véritable coupable !

— Je ne peux pas le croire…

— C'est un choc pour vous Sivan, je sais. Mais essayez de faire abstraction, je vais contacter le bureau de Mydizen. Je dois interroger Sterny, sur la falsification de preuve. Ce ne sera pas avant demain matin, je pense.

Sivan regarde Charmin s'éloigner. Elle n'ose le croire. Malgré tout, elle suit ses conseils et décide d'aller au bureau, comme si de rien n'était. Elle passe juste aux toilettes avant d'aller à son bureau.

— Sivan !

La silhouette élégante de Monsieur Sterny s'avance vers elle, dès qu'elle sort des lieux d'aisance.

— Tu vas bien ? Tu es blanche comme la mort.

Cette expression lui donne envie de vomir.

— J'ai un peu la nausée, je vais rentrer chez moi dès que vous n'aurez plus besoin de moi. D'avoir vu le corps d'Oscar pendre…

— Allons dans ton bureau, tu veux bien ? la coupe Sterny.

Sivan le suivit, mal à l'aise. Quelque chose cloche.

— Alors tu t'es bien reposée aujourd'hui ? lui demande-t-il.

Tout d'un coup, le téléphone de Sterny sonne :

— Oui c'est moi. Son visage s'assombrit. Ah, je vois… et il la regarde d'un air suspicieux tout en continuant sa conversation.

Le premier réflexe de Sivan est cette envie de sortir, pour n'importe quelle raison, l'instinct de survie. Elle fait signe à Sterny qu'elle souhaite quitter la pièce.

Celui-ci recule et bloque la porte.

Prisonnière.

Il raccroche.

— Alors comme ça on complote avec Charmin ? Pourquoi voulais-tu voir cette vidéo Sivan ?

Sivan est prise de panique.

— Euh, c'est l'inspecteur qui m'a demandé de l'accompagner…

— Mais quelle idiote ! il éclate de rire. Tu n'es qu'une pute qui se croit investie d'une mission… Alors avec le gardien c'était comment ?

Monsieur Sterny n'était plus le père de Jenny. Il n'était plus qu'un homme infâme, sans empathie. À croire qu'il veut la terrasser par les mots.

Il s'avance vers elle.

Cette fois, Sivan prend son courage à deux mains et essaie de le contourner rapidement, pensant que l'effet de surprise serait à son avantage.

Mais Sterny est grand et curieusement fort quand il la prend en étau. Elle sent son haleine.

— Écoute-moi bien, ce que Charmin et toi préparez, je m'en moque. Je peux tous les deux vous envoyer au poste de police pour violation de secret dans une ambassade, ruser pour regarder une vidéo d'une caméra de surveillance n'a pas les mêmes conséquences que dans ton Zakupi préféré !

Il ricane. Il ressemble à cette figure de ce vieux roman : docteur Jeckyll et Mister Hyde. Il reprend :

— Il sera très facile pour moi de démonter vos prétendues théories. Réfléchis bien, Sivan. Je ne suis pas coupable. J'ai effectivement placé le courrier d'Oscar sur le bureau de Barent, mais ce geste ne fait pas de moi un coupable.

Sivan est perdue, Sterny a l'air tout d'un coup de changer d'attitude…

— Mais pourquoi avoir déposé une telle lettre… ?

Sterny la coupe :

— Comme je te l'ai déjà dit, tu es un peu comme ma fille. Tu as aussi besoin d'un peu d'autorité, Jenny m'a raconté que ton père était, comme dire, souvent absent ?

Voilà, le coup de grâce. Il la connaît bien, ça oui. Parler de son père, de cet homme qui ne s'est jamais vraiment occupé d'elle et de sa sœur, depuis qu'il s'est remarié. Sterny continue de répandre son venin :

— Alors, voilà ce que tu vas faire. Tu vas prendre un billet simple pour Mydizen. Dire à Charmin que tu as fait une grosse bêtise — oh la pauvre petite innocente. Moi aussi j'ai une vidéo d'ailleurs !

Il s'esclaffe puis la lâche.

Elle court dans le couloir, il lui crie :

— Débrouille-toi avec Charmin, sinon… tu ne sais pas qui je suis Sivan, je ne suis pas celui que tu crois…

Elle prend l'ascenseur, ne réfléchit pas une seconde et sort hâtivement de l'ambassade.

22 heures.

Sivan arrive chez elle, haletante. Elle s'enferme dans son petit appartement.

— Inspecteur, j'ai peur, appelez-moi, je vous en prie.

Elle laisse ce Message désespéré sur le répondeur de Charmin.

Sterny. Le père de sa meilleure amie. Elle avait une confiance folle en lui. C'était comme un référent paternel dans cet univers inconnu. Lui, aurait-il tué Barent ? Elle qui pensait que c'était une affaire entre archéologues…

Mais peut-être que Sterny a raison : cette vidéo ne prouve rien…

Sa Tabletem sonne :

— Sivan ? Vous avez essayé de me joindre pour me demander comment va Ameny, c'est bien ça ?

Étonnée par sa question, elle se rend compte que la voix de l'inspecteur Charmin est différente. Il n'est pas seul.

— Je suis à l'ambassade Sivan. Mais ne vous inquiétez pas, on s'occupe bien de lui. Les prisons ne sont pas telles que l'on croit à Gaushino, rit-il nerveusement.

L'inspecteur Charmin est avec Sterny. Il avait peut-être peur pour Sivan et est venu directement à l'ambassade. Oui, cela doit être ça.

Réfléchis, Sivan, concentre-toi, se dit-elle. *Pourquoi Sterny souhaite-t-il la mort de Barent ? Barent a découvert une tombe Valamite révélant dès lors une présence nordiste au sud... Ah c'est certain que Keigo détesterait ça si ça se découvrait. Mais oui ! Sterny a un poste haut placé... Se pourrait-il que ce soit le mobile ? Garder sa place à l'ambassade ? Non, je ne peux le croire*, se répète-t-elle.

Mais si c'était le cas, Sterny aurait tout fait pour dissimuler la vraie origine de cette barque et aurait tué Barent. Celui-ci a sans doute voulu, en véritable archéologue, rendre publique cette découverte. Sterny aurait-il modifié les comptes-rendus ? Non.

Oscar. Il aurait réécrit certains comptes-rendus et n'avait sans doute pas jugé important d'enlever le détail sur les os calcinés. Christine et Sven étant peu tatillons, il avait pensé à juste titre qu'ils ne reliraient pas les conclusions.

Oscar, se dit-elle. *Je suis persuadée que Sterny va charger Oscar, les morts ont toujours tort. Il sait que les charges retenues contre Ameny et son groupe sont nulles.*

Un plan relativement intelligent.

Peut-être a-t-il poussé Oscar à se suicider ? Peut-être connaissait-il le trafic d'antiquités que faisait Oscar ? Un chantage...

Sivan sent son cœur battre à tout rompre à cette pensée…

Elle doit absolument parler à l'inspecteur et clôturer cette sale histoire. Elle essaie de le contacter de nouveau.

— J'arrive chez vous Sivan, dans cinq minutes, lui répond-il.

Elle est soulagée. Regardant sa table de chevet, elle a déposé la fameuse statuette funéraire égyptienne rafistolée qui n'était en fait qu'un faux indice pour la mettre sur une mauvaise piste. Oscar le trafiquant. Mais pas le meurtrier. Même une victime.

Tout d'un coup, elle reçoit un message de Sterny : *Je sais que Charmin va chez toi, n'oublie pas notre conversation.*

Sivan est de nouveau terrifiée. Écoutant tous les bruits aux alentours de chez elle, elle craint tout d'un coup que Sterny débarque.

Il ne va pas venir, calme-toi, l'inspecteur sera bientôt ici, tu dois dire la vérité, se dit-elle.

Elle respire, essaie de se détendre.

Toc toc. Elle ouvre sa porte. Charmin arrive, essoufflé :

— L'ambassadeur se doute de quelque chose, il avait l'air contrarié… je l'interrogerai demain, comme prévu.

— Inspecteur, il m'a menacé.

Sivan relate son dernier échange avec Sterny.

— Bon, j'ai eu les bureaux à Mydizen, interroger Sterny va être facile, mais l'ambassadeur est malin, il va tout faire pour démonter nos témoignages, même le tien. Ces menaces ne sont pas à prendre à la légère.

Il la regarde droit dans les yeux :

— Êtes-vous certaine de vouloir continuer, chère Sivan ?

Sivan a peur. Elle peut très bien suivre les propos de Sterny, repartir chez elle, à Mydizen, loin de tous ces fous. L'ambassadeur lui fera une belle lettre de recommandation et elle pourrait rebondir.

Et surtout, elle n'accusera pas le père de sa meilleure amie.

Mais.

Comment se regarder dans une glace ? Elle se rappelle les moments de culpabilité qu'elle a connus à la suite de sa rupture avec David. À un moment donné, Sivan avait vraiment pensé que c'était de sa faute, qu'elle était coupable. Sa propre mère s'était même rangée du côté de David. C'était un manipulateur hors pair.

Aujourd'hui, Sivan est face à un dilemme, lié à un véritable effroi. Sterny est puissant, il peut très bien tout nier en bloc, admettre avoir déposé cette fameuse lettre signée Oscar sur le bureau de Barent. Raconter qu'Oscar lui avait remis ce courrier, mais qu'il ne savait pas quoi en faire. La déposer là, par panique.

Mais les menaces ?

Mais non, votre Honneur, pourrait-il ajouter pendant son procès. *C'est une jeune femme fragile qui s'est monté la tête toute seule, énervée, car elle n'est pas bien dans sa peau. J'ai voulu l'aider, mais elle a couché avec un gardien dans les toilettes, manipulée par cet inspecteur…*

Oui, Sivan est faible.

L'inspecteur Charmin la regarde. Il se rend bien compte de ses tiraillements intérieurs. Elle hésite et lève ses yeux embués vers lui :

— J'ai tellement peur. Et si tout était dans ma tête ? Peut-être est-ce ma faute si Oscar s'est tué… et si…

Charmin l'interrompt d'une voix redevenue forte :

— Non, ce n'est pas de votre faute Sivan. Vous vous leurrez. Je suis certain que vous êtes bien plus forte que vous le croyez.

Non. Elle est faible, pense-t-elle.

Les images de son arrivée à Gaushino, d'Ameny, de Bilwan, des pas derrière sa porte, tout se bouscule dans sa tête. Mais malgré tous ces changements, elle s'est mise en danger, continuant son investigation.

Alors oui, il n'a pas tort, Charmin. Aujourd'hui, elle a mûri. Reprendre confiance en elle, en son jugement, c'est évidemment dire la vérité.

— Inspecteur, dit Sivan droit dans les yeux de Charmin, je veux témoigner contre lui.

En disant ces derniers mots, elle se rend compte de l'importance de cet instant et de tout ce qu'elle remet en cause. Mais peu importe.

CHAPITRE 20

Gaushino, Capitale du Sud, 27e jour de Corb.

Charmin essaie de remettre ses idées dans l'ordre. Grâce à Sivan, il a appris pas mal de choses. Sterny a déposé cette fausse lettre. Il a voulu impliquer Oscar dans le meurtre de Barent, mais s'est aussi dévoilé comme éventuel coupable.

Grosse erreur, Monsieur l'Ambassadeur, se dit-il. *Ou alors essaie-t-il de protéger quelqu'un ? Mondragara est partie peu après la disparition de Barent... Se pourrait-il que ce soit elle la véritable coupable ? Pourquoi ?*

Hier, Charmin a reçu le rapport d'autopsie final fourni par la docteure Olga Trust, concluant sans surprise que Klara Mondragara était bien morte dans l'accident de sa voiture. Mais l'incendie peu après ? Drôle de coïncidence.

Sterny était amoureux d'elle. Le seul moteur capable de nous faire faire des choses insensées. Plus important que son travail ? Charmin n'ose le croire. L'ambassadeur a menacé Sivan.

Plein d'idées se bousculent. Il faut aller interroger Sterny. Mondragara n'a aucune raison de tuer Barent. Sterny, oui. Sa place à l'ambassade, Sivan a parfaitement raison. Il est dans les petits papiers de Keigo. Il contrôle les fouilles archéologiques.

Charmin prend sa Tabletem :

— Madame Lucy, je dois voir Serny au plus vite.

— Venez maintenant Inspecteur, je le préviens.

Pratique d'avoir son bureau à l'ambassade, Charmin doit seulement traverser le couloir.

— Inspecteur, alors que voulez-vous ?

— Monsieur l'ambassadeur, c'est vous qui aviez déposé la lettre de suicide d'Oscar. Enfin, devrais-je dire, la fausse lettre.

Inutile de feindre la surprise. Sterny acquiesce.

— Oui, c'est vrai. Vous avez vu la vidéo, je le sais. Et alors cela ne prouve rien !

— Eh bien si, cela prouve plein de choses. Vous avez voulu rendre Oscar coupable de meurtre de Barent, c'est une preuve évidente !

— Écoutez Inspecteur, j'ai déposé une lettre, mais qui vous dit que c'est moi qui l'ai écrite ? Faites une analyse graphologique.

— C'est en cours. Mais on pourrait aller plus vite, non ? Expliquez-moi.

Le visage de l'ambassadeur blanchit, mais il répond d'une voix ferme :

— Oscar m'a remis cette lettre. Puis il s'est tué. Je voulais le protéger, mais je n'en ai pas eu le temps, car il s'est pendu tout de suite après m'avoir remis son courrier. Je vous avoue ne pas m'être inquiété au début. Même s'il avait une sale mine… Bref. Je suis sans coupable de non-assistance à personne en danger, voilà tout.

Punaise. Sterny est malin et son calme apparent rend l'inspecteur fou. Charmin était tellement certain de le tenir qu'il n'a pas fait d'analyse graphologique. Enfin, faire une telle analyse est rare de nos jours.

Charmin a une illumination :

— Le bureau de Mydizen souhaite également un échantillon de votre écriture.

— Mais, sous quel prétexte ?

— À titre de comparaison. Nulle inquiétude, vous êtes innocent, j'ai bien compris.

Il est très facile de falsifier une écriture. Tellement facile que pour valider un contrat d'achat de logement par exemple, on prélève un peu de sang qu'on associe à la signature. Au moins, là on est certain de l'identité du futur acheteur. Sterny doit savoir que diverses administrations ont déjà prélevé son sang. Peut-être compte-t-il bloquer toute demande de Charmin… mais un mot écrit dans la minute… comment le contrer ?

Sterny semble un peu paniqué d'un coup.

— Écoutez, je suis pressé, j'ai un rendez-vous au palais présidentiel.

— Il se lève brusquement.

— Attendez Monsieur Sterny, écrivez sur ce papier, je vous prie, dit Charmin en tentant d'immobiliser l'ambassadeur.

— Celui-ci le pousse sans ménagement.

— Après mon rendez-vous, vous dis-je ! Au revoir Inspecteur !

Il prend la poudre d'escampette.

— Madame Lucy, faites sortir l'inspecteur, je reviens tard ce soir, crie-t-il avant de prendre l'ascenseur.

— Inspecteur, il faut quitter le bureau de Monsieur l'Ambassadeur maintenant.

— Oui, attendez, j'ai fait tomber quelque chose dans la corbeille à papier…

Charmin ramasse un gros tas de feuilles, espérant qu'il y ait un mot écrit de la main même de l'ambassadeur.

Cette entrevue a fait son petit effet. Charmin est persuadé de la culpabilité de Sterny, mais il manque des preuves.

*

Sivan se rend à la sortie de la prison de Gaushino. Son application Plans l'a amené dans un quartier limite malfamé de la ville, mais il y a beaucoup de monde dans la rue et peu de gens la regardent.

Ameny sort enfin. Voudra-t-il lui parler ? Rien n'est moins sûr, mais elle a envie de le voir. Depuis qu'elle le connaît, elle l'a dans la peau. Elle pense à lui tout le temps.

Un groupe d'hommes apparaît dans l'embrasure des deux portes principales. Les gonds grincent. À la vue du bel égyptien, son cœur bat de plus en plus vite. Il lui sourit. Elle se dirige vers lui, limite en courant.

— Ameny, je suis si heureuse !

— Doucement Sivan !

Il la repousse gentiment.

Emportée par son élan, elle n'avait pas fait attention aux autres hommes, compagnons d'Ameny.

— Sivan, je te présente Ahmès, Den et Geb.

Les trois compères la dévisagent.

— Enchanté Mademoiselle.

Sivan rougit. Quelle cruche encore. Elle ne doit pas être très attirante pour Ameny. On dirait vraiment une gamine.

— Les gars vous devez être fatigués, je vous laisse, et elle commence à s'éloigner, n'osant plus jeter un regard sur Ameny.

Celui-ci lui prend la main :

— Alors Mademoiselle l'historienne a fait tout ce chemin et me quitte déjà ?

Elle fond puis se reprend :

— Non, mais je ne veux pas vous embêter, je voulais seulement vous souhaiter une bonne… euh sortie.

Les quatre hommes rient de bon cœur. Sivan pique un fard. Den prend la parole :

— Elle est adorable ta nordiste Ameny ! Ha ha ces blancs. Et c'est elle que tu voulais nous présenter ?

— Oui, exact. Elle s'intéresse de près à notre civilisation.

Les quatre hommes continuent de rire. Sivan commence à croire qu'elle est le dindon de la farce.

— Bon salut. Et elle les quitte d'un bon pas. Les larmes commencent à couler.

Mais que pensais-tu qu'il arriverait ? Qu'Ameny sorte de prison et te fasse une déclaration d'amour directement ? maugrée-t-elle. Elle prend conscience de sa réaction quelque peu extrême et essuie ses larmes.

Bon, l'amour ce n'est pas pour maintenant. Occupe-toi de Sterny plutôt. Et elle reprend le MétroGlisse direction l'ambassadeur. Sa Tabletem vibre. Une fois, deux fois. C'est Ameny.

*

Sivan arrive dans le hall, l'inspecteur l'attend.

— Alors ma chère Sivan, j'ai quelques petites choses à vous apprendre. Vous avez l'air contrarié, Charmin la dévisage.

— Ce n'est rien, la rassure-t-elle. Une peine de cœur. Bref. Que vouliez-vous dire ?

— Sterny dément que la fausse lettre ait été écrite par lui. Il se range derrière une analyse graphologique.

— Une analyse graphologique ? Mais cela ne se fait plus non ? Comment allons-nous faire !

— Pas de panique, Sivan. À mon bureau à Mydizen, on connaît les vieilles techniques. J'ai réussi à récupérer un papier écrit par Sterny. Il n'y a que deux mots, j'espère que cela suffira à Emma…

— Oui, il faut que cela marche. Sinon, comment le compromettre ?

— Je ne sais pas encore… J'ai eu aussi le rapport du médecin légiste concernant la mort de Mondragara, elle a bien été tuée accidentellement. Il reste à attendre celui sur Oscar Leef.

— Quand allez-vous obtenir les conclusions du docteur Trust ?

— Je vais l'appeler. C'est déterminant. Déjà, si on apprend que Leef ne s'est pas pendu, cela change tout !

— Des nouvelles d'Anya ?

— Non.

Malheureusement, se dit-il, il l'aime beaucoup.

— Bon, que dois-je dire à Sterny ? Il voulait que je parte la dernière fois…

— Dites-lui que vous ne m'avez rien dit. Enfin, que vous n'avez pas évoqué ses menaces, pour le rassurer. Vous ne pouvez pas partir comme ça, cela semblerait louche. Il doit bien s'en rendre compte. De toute façon, sans vous vexer, ma chère, je pense que vous êtes le cadet de ses soucis. Et soyez tranquille, il est parti au Palais Présidentiel.

— Et vous, qu'allez-vous faire ?

— Comme je ne suis pas patient, je vais me diriger directement chez Olga Trust. En évitant les deux malabars Zaka et Gionki.

Les deux complices se quittent.

*

Charmin sort de la station du Métroglisse pour se rendre tranquillement au poste de police de Gaushino. Comme la dernière fois, la mégère de l'accueil est tout aussi inefficace.

— Le docteur Trust est à son bureau, oui. Je vous reconnais, vous êtes l'inspecteur du Nord ! Au fond du couloir, deuxième porte à droite !

— Vous voulez dire deuxième couloir, deuxième porte à droite ?

La femme se liquéfie. *Non, mais ce Monsieur va lui apprendre son travail !*

— Ouais, c'est ça, premier ou deuxième, c'est un couloir, il y a une plaque, ouvrez les yeux ! elle a envie de lui sauter au cou pour l'étrangler.

Charmin a une grosse envie de rigoler. La bonne femme a perdu ses nerfs. Bien fait.

Continuant sa déambulation, il s'assure au loin de ne pas voir Zaka et Gionki. Ils n'ont pas l'air d'être dans leur bureau. S'arrêtant devant la porte en aluminium, il s'apprête à frapper quand il entend une conversation. Trust n'est pas seule. Il reconnaît distinctement les voix des deux malabars.

— Docteur, si vous ne faites pas ce qu'on vous dit…

Le ton de Gionki est menaçant.

— Je suis une professionnelle, Monsieur, je ne peux pas modifier un rapport d'autopsie. C'est hors de question.

Olga Trust a l'air de résister, mais que faire ? Toquer à la porte ou continuer d'espionner ? S'il sent que la médecin légiste est en danger, il agit.

Même si ce sera compliqué d'expliquer aux autorités de Gaushino que deux de ses agents sont corrompus. Car il s'agit bien de cela.

— Messieurs, je vous prie de sortir.

— Vous ne vous rendez pas compte de ce que vous allez faire si vous donnez ce rapport au petit inspecteur nordiste.

Charmin sent que c'est le moment de déguerpir. Les toilettes. Voilà une bonne cache. Il y court, heureusement il n'y a personne, puis s'enferme dans un des cabinets. Il croit distinguer la voix d'un des gars dans le couloir. Charmin attend au moins une minute puis tente une sortie. Direction le bureau d'Olga Trust. Il frappe une fois puis entre. Elle est de dos, s'essuyant le visage d'une serviette.

— Tiens, Charmin ! Justement, on parlait de vous !

— Tout va bien Docteur ?

— Oui, enfin connaissez-vous un poste de police qui chercherait une médecin légiste ? sourit-elle.

— Je peux me renseigner, Charmin n'ose pas lui avouer qu'il était derrière la porte. Je me permets de venir pour le rapport d'autopsie d'Oscar Leef.

Trust pose sa serviette éponge, puis fait mine de lire le rapport qu'elle connaît par cœur.

— Meurtre, Inspecteur. Quelqu'un a maquillé le meurtre en suicide. Il a également été étranglé. C'est le même mode opératoire que Barent.

*

— Sivan, c'est Charmin !

— Alors Inspecteur, du nouveau ?

— Sterny est-il revenu ?

— Non, pas encore. J'appréhende de le revoir…

Charmin la coupe :

— Sivan, vous n'avez pas à vous inquiéter. J'ai eu le bureau à Mydizen. Je vais arrêter Sterny pour le meurtre d'Oscar.

Sivan est sidérée.

— Pour meurtre directement ? Mais… y a-t-il assez de preuves ?

— Pour l'instant, vous avez raison, je n'ai pas de réelle preuve. Mais il va passer à la Question.

— La Question ? Qu'est-ce donc ?

— Une nouvelle méthode d'interrogatoire. Personne n'y résiste. Par contre, je dois l'arrêter en douceur et le garder au chaud jusqu'à ce que mes renforts arrivent. Vous sentez-vous capable de m'aider ?

— Oui, mais plus de séduction, j'ai déjà assez donné.

— Promis. Je m'en veux assez pour ce que je vous ai forcé involontairement à faire…

Sivan le coupe :

— Je vais l'oublier. Bref. Que voulez-vous que je fasse ?

L'inspecteur Charmin compte utiliser ses liens avec Jenny pour faire parler Sterny. Elle sera la complice de Charmin dans l'inculpation du père de sa meilleure amie. Avant de voir tout son monde s'écrouler, elle souhaite mettre ses relations au clair avec Ameny.

Elle prend sa Tabletem :

— Salut, Ameny, c'est Sivan.

— Merci de me rappeler. J'ai senti que tu n'as pas aimé ce que j'ai dit devant mes amis…

— Oui, figure-toi que je ne suis pas si cruche que ça…

Ameny essaie de la couper, mais elle continue :

— Et tes allusions étaient très lourdes, voire irrespectueuses.

— Je sais Sivan. Écoute, je suis dans un groupuscule de nationalistes égyptiens. Je ne t'ai jamais caché que nous n'aimions pas tellement les nordistes. Je ne pouvais pas me compromettre avec toi, tu es venue me chercher, mais sincèrement, et même si j'ai apprécié le geste, c'était une erreur.

— C'est pour ça que tu as cru bon de me rabaisser ?

— Voilà, oui. C'est la seule façon que j'ai trouvée pour ne pas que mes amis s'intéressent trop à toi.

Sivan réfléchit. Ameny en profite pour poursuivre :

— Je dois t'avouer quelque chose, Sivan. Les bières frelatées, c'était moi !

— Mais… pourquoi ?

— Pour te protéger ! Tu ne l'as pas compris lorsque tu as appris la fuite de gaz au restaurant ? Tu aurais préféré partir à l'hôpital peut-être ?

— Non, bien sûr… Merci, ajoute-t-elle, faiblement.

— Je ne le fais pas pour que tu me remercies, je veux seulement qu'on soit honnête l'un envers l'autre. Tu n'es pas historienne n'est-ce pas ?

— Non. Je travaille à l'ambassade du Nord.

— Une espionne… mes amis avaient raison.

La jeune fille lâche un gloussement.

— Tu me ferais trop d'honneur… non, je suis seulement l'assistante de l'ambassadeur. *Quoique dit comme cela, mon titre est assez classe*, pense-t-elle.

Elle ajoute :

— Ameny, voyons-nous.

— Maintenant ?

— Oui. Viens chez moi.

C'est la première fois que le toc-toc à sa porte l'excite plus qu'il ne lui fait peur.

*

— Monsieur Sterny, je vous arrête pour votre implication dans le meurtre d'Oscar.

— Pardon ?

L'ambassadeur feint la surprise. Au fond de lui, il savait qu'il allait être arrêté. Il a évidemment pris ses dispositions.

— Je vous suis, Inspecteur Charmin. Vous commettez une grave erreur. Il s'agissait juste de me convoquer si vous vouliez des précisions sur un fait.

Et non, Monsieur l'Ambassadeur, se dit Charmin dans sa tête, *je ne pouvais pas simplement vous convoquer. Parce que vous avez menacé Sivan.*

— Puisque je n'ai pas vraiment de bureau officiel ici, et en attendant votre extradition…

Sterny le coupe violemment.

— Mon extradition ? Mais vous avez perdu la tête ! De quoi suis-je réellement accusé ?

— Suivez-moi dans mon bureau.

— J'ai le droit à un avocat.

— Bien sûr, mais permettez que je vous détaille les faits qui vous sont reprochés.

Regardant autour de lui, Charmin prend un verre et le remplit de whisky :

— Allez, buvez un verre. Vous en aurez bien besoin…

Les deux hommes marchent dans le couloir, le grand et beau Sterny précédant l'inspecteur malingre. Drôle de tableau.

Sterny ne décolère pas et manque de trébucher tout en rouspétant aux oreilles de l'inspecteur :

— Vous êtes réellement cinglé ! M'arrêter à cause d'une vidéo et d'une analyse graphologique ?

Ouvrant lui-même la porte du bureau, l'ambassadeur fait face à Sivan. Elle est dans la pièce, droite comme un piquet. Derrière la table.

Sivan, cette petite pimbêche, amie d'enfance de sa propre fille. Quelle erreur il a commise en la recrutant ! Il a toujours eu l'impression que Jenny était un peu jalouse d'elle, et n'a jamais compris pourquoi. Aujourd'hui, devant lui, elle dégage une espèce d'assurance, de lumière. Il commence à saisir.

Charmin prend la parole :

— Monsieur l'ambassadeur, j'ai demandé à Sivan d'être présente à votre interrogatoire préliminaire.

— Et à quel titre Charmin ?

— Observatrice.

L'inspecteur jette un œil sur Sivan, qui le regarde intensément. Il reprend :

— Observatrice, disais-je, car future recrue à la police de Mydizen. Enfin, si elle veut bien.

Sivan rougit. *Cruchette n'est peut-être plus si cruchette*, ose-t-elle penser.

— Oui, je veux bien…

Sterny les interrompt :

— C'est charmant, mais j'en ai rien à faire de l'avenir de Sivan. D'ailleurs, tu es renvoyée, tu manques énormément de reconnaissance. Je t'ai fait confiance et voilà le résultat ! Tu ne vaux pas grand-chose…

Les mots méchants de Sterny glissent sur elle. Charmin avait raison. Elle est plus forte qu'elle ne croit. Elle préfère rester muette et laisser l'inspecteur mener l'interrogatoire.

— Monsieur l'ambassadeur. Je vous rappelle que vous êtes citoyen de l'Hémisphère Nord et à ce titre vous êtes soumis aux lois de Mydizen. En tant que représentant de l'Ordre de l'Hémisphère Nord, j'ai le droit de procéder à votre interrogatoire, avec la méthode de la Question.

Sterny souffle. Il est en plein cauchemar.

— La Question ? D'abord je veux mon avocat.

Charmin sort du bureau et va quérir la secrétaire qui arrive en courant.

— Madame Lucy, appelez directement Georges Garval !

L'inspecteur continue :

— Vous avez effectivement le droit à un avocat, mais il n'a pas à être présent pendant que vous passez à la Question.

— Pardon ?

— Monsieur Sterny, ne paniquez pas, vos droits ne vont pas être bafoués. Dans le cas de suspicion de meurtre, vous n'êtes pas sans savoir que notre loi est très sévère, et nous autorisent, nous représentants de l'ordre, à procéder à des interrogatoires techniques.

— Je n'y connais rien, Charmin, expliquez-vous, que diable !

Sterny s'affole. Sivan en vient presque à avoir pitié de lui.

— Je vais vous injecter un produit dans le bras, ce n'est pas douloureux. C'est comme un sérum de vérité. Vous ne pourrez pas mentir.

— C'est illégal ce genre de sérum ! Sterny se lève. Je refuse d'être votre cobaye. Il se dirige vers la porte.

— Faites ça, et Sivan appelle votre fille pour lui raconter les menaces que vous avez proférées, votre liaison avec Mondragara, etc.

L'ambassadeur se rassoit. Charmin continue :

— Je ne veux pas vous briser Sterny, seulement connaître la vérité. Je crois que votre ambition vous a conduit à commettre bien des horreurs. Mais vous n'êtes pas un sale type. Peut-être un simple pantin de Gaushino.

Sivan est stupéfaite par l'aplomb de Charmin. Mais curieusement Sterny ne répond pas. Ses beaux yeux ont l'air d'être dans le vague. Drogué ? Mais… comment ? Voyant la surprise dans ses yeux, l'inspecteur lui chuchote à l'oreille :

— Il a déjà pris le sérum de vérité. Je le lui ai mis dans son verre de whisky.

— Mais c'est interdit, non ?

— Officiellement, oui. Officieusement… non. Notre gouvernement est de plus en plus dur avec les éventuels meurtriers. Il va prendre cher, votre Sterny.

Sivan regarde le bel ambassadeur, à la merci de Charmin. Triste fin pour ce genre d'homme.

— Sterny, nous vous écoutons. Sivan, vous êtes témoin de ce qui va être dit ici.

— Que voulez-vous savoir ?

— Êtes-vous le meurtrier de Leef ?

— Oui.

— Êtes-vous le meurtre de Barent ?

— Oui.

— Êtes-vous coupable d'avoir allumé l'incendie chez Mondragara ?

— Non.

Malgré le sérum de vérité, rendant l'interrogé aussi inerte qu'une marionnette, Sivan aurait juré avoir détecté un sanglot dans la voix de Sterny en entendant cette dernière question. Il l'aimait, Klara Mondragara, c'est certain.

— Pourquoi ?

— Mon rôle était de protéger le pouvoir de Keigo Ukasawa. Si des gens venaient à apprendre qu'il existe des peuplades blanches dans cet Hémisphère, cela remettrait en cause sa dictature. Barent a découvert ces traces. Et aussi Klara Mondragara.

— Que s'est-il passé ce soir-là avec elle ?

— Elle est venue me voir, paniquée par la disparition de Barent. Si elle savait qu'elle parlait à son meurtrier… enfin elle m'a puni. En me quittant, comme ça. Elle avait fait des recherches et avait trouvé une ancêtre, nommée Ingrid.

— Valamite elle aussi.

— C'est ça. L'incendie a sans doute été allumé par les sbires de Keigo Ukasawa. Mais l'accident… elle était bouleversée… je l'aimais.

Sterny renifle. Le sérum commence déjà à s'évacuer dans son sang. Mais Charmin n'en a pas fini.

— Et Oscar alors ?

— Nous comptions faire porter le chapeau aux nationalistes égyptiens. Mais Oscar Leef était rongé par la culpabilité, car lui connaissait la véritable nature de la barque solaire, enfin, du bateau tombe devrais-je dire. Il n'a rien à voir dans le meurtre de Barent. Je l'ai poussé au suicide. Mais trop rapidement. Il n'a même pas écrit une fausse confession, l'imbécile. Je l'ai rédigé moi-même. Ingénieux, non ? Qui aurait cru que les analyses graphologiques se faisaient encore de nos jours...

Voilà, Sterny redevient un monstre. Froid, méticuleux. Sivan ne peut s'empêcher d'intervenir :

— Et Jenny, Monsieur Sterny ? Vous avez pensé à elle ?

L'ambassadeur lui répond par un large sourire. Puis s'agite de nouveau, comme s'il reprenait conscience.

— Que m'avez-vous fait ? Je refuse de prendre ce maudit sérum.

CHAPITRE 21

Aéroport de Gaushino, Capitale du Sud, 1er jour de Bome.

Sivan sort de la station du MétroGlisse et entre dans l'aérogare. Une foule de voyageurs bigarrée bourdonne dans le hall.

Elle déambule avec sa petite valise rouge quand sa Tabletem sonne : *Oui maman, j'arrive pour déjeuner*, acquiesce-t-elle.

Elle est si heureuse de rentrer à Mydizen que même sa peur de prendre l'avion a disparu. Sivan jette un œil à l'entrée de l'aéroport. On peut distinguer au loin les buildings de Gaushino. Elle voit même d'ici la magnifique coupole de l'ambassade du Nord.

Sans nostalgie, Sivan tourne la tête.

Dépassant un kiosque à journaux électroniques, elle lit les grands titres : *Scandale à l'ambassade, L'étonnement de Keigo, Bientôt un président d'origine nordiste à la tête du Sud ?* Parmi toutes ces publications d'actualité, une attire particulièrement son attention : *Les Valamites, qui sont-ils* ? Elle sourit.

Suite à *l'affaire de l'ambassade* comme on l'appelle, Keigo Ukasawa est affaibli. Tout son mode de gouvernance est remis en question. Les sudistes ne veulent plus d'un régime absolu. Ils veulent dorénavant de véritables élections, où chaque ethnie peut se présenter, et non pas celles qui étaient soi-disant les premières civilisations à exister dans cet Hémisphère.

Sivan va suivre ce scrutin avec attention s'il a lieu.

Le docteur Janus lui a donné de ses nouvelles. Car Sivan n'a pas omis de parler de l'importance de son rôle dans cette affaire. Sans lui, pas de valamite. Depuis, son professeur préféré n'arrête pas d'être sollicité. On lui propose même de gros postes de consultants d'Histoire ancienne dans des entreprises, mais lui préfère le quotidien tranquille de son université de Georgina.

Monsieur Sterny devrait être extradé pour son procès à Mydizen, mais pour l'instant il reste en prison à Gaushino. Simple retard administratif, raconte-t-on.

En tout cas, Sivan n'a pas revu Sterny depuis qu'elle a été témoin de son interrogatoire.

Et tant mieux, il est bien assez présent dans ses cauchemars.

Ameny a accepté de venir la voir à Mydizen. Malgré ses amis nationalistes. Rien que de penser à leurs prochaines retrouvailles, elle a des papillons dans le ventre. Une relation passionnelle. Oui, elle a envie de vibrer.

Anya Barent a décidé de continuer à chercher des informations sur Ingrid, en mémoire de ses proches disparus, son amie, son mari.

L'inspecteur Charmin attend Sivan au Poste de police de Mydizen le premier Drem. Il a pensé judicieusement qu'il lui faudrait un peu de temps pour se remettre de ses émotions.

Son nouveau rôle dans la police n'est pas encore déterminé. Mais il lui a expliqué qu'une drôle d'affaire lui serait confiée, et qui concernerait un meurtre pendant la Noc. L'inspecteur pense que ses compétences d'historienne peuvent aider, au vu des preuves sur le site.

Sivan reste curieuse, oui. *Vivement d'en savoir plus*, se dit-elle.

Le vol numéro 674546 pour Mydizen partira porte B, clame une voix claire dans les haut-parleurs.

Sivan se dirige vers le sas séparant le hall de l'aéroport aux salles d'embarquement. Rêveuse, elle laisse traîner ses yeux lorsque tout à un coup, son regard est happé par quelqu'un.

— Avancez Mademoiselle, allez, du nerf ! crie-t-on derrière elle.

Et Sivan s'avance dans la file d'attente. Mais elle profite d'une pause pour se retourner et cherche des yeux cette intrigante silhouette.

C'est une jeune femme. Elle porte un manteau noir garni de fourrure, des lunettes de soleil qui lui masquent une grande partie de son visage, et traverse d'un pas vif le hall.

Des cheveux noués en queue de cheval haute. La démarche altière. Et les regards masculins qui vont vers elle, sans discontinuer.

Sivan n'avait pas osé l'appeler.

Jenny.

LE ZÉNITH

CHAPITRE 1

Mydizen, Capitale du Nord, 1er jour de Drem.

Drinnnngggg. Sivan sursaute. Son réveil vient de sonner. *Oh punaise, c'est mon premier jour de boulot*, se dit-elle.

Cette nuit elle a mal dormi. C'est comme un jour de rentrée scolaire, même si elle connaît le proviseur, l'inspecteur Charmin dans le cas présent.

Néanmoins la jeune fille est ravie de retrouver une activité professionnelle. Depuis son retour de Gaushino, elle n'a pas fait grand-chose. Ah si, tout de même. Sa prime de fin de contrat en poche (avec les compliments de la police de Mydizen), elle a enfin pu déménager. D'un studio, elle est passée à un duplex, avec vue sur les tours du centre économique de la capitale. Charmant.

Détaillant ce paysage urbain dentelé, elle s'attarde sur une tour ornée d'une coupole, où deux fenêtres placées de part et d'autre s'illuminent avant la Noc et semblent être deux grands yeux. Parfois, avant de fermer ses rideaux couvrants, elle lance une bonne nuit à sa tour. Folle, elle l'est peut-être, seule, sûrement.

Amicalement, rien ne va plus. Jenny ne lui a évidemment pas donné de nouvelles et elle n'a pas cherché à en avoir. Sivan se sent coupable. Comment Jenny pourrait-elle lui pardonner ? Monsieur Sterny reste son père.

Du coup, Sivan préfère rester seule. Elle a essayé de sortir le soir dans des bars, et a même eu quelques aventures sexuelles sans lendemain alors qu'elle est censée être en couple avec Ameny.

Son bel Égyptien ne vient pas souvent la voir. Elle a de moins en moins de nouvelles. Pourtant, ses propres sentiments ne changent pas. Elle veut le voir, elle le veut. Mais peut-on forcer quelqu'un à aimer ? Impossible.

Cette situation la rend fragile, elle commence à perdre confiance en elle. *Quelle sensibilité de pacotille tu as !* se répète-t-elle. Elle s'en veut d'être ainsi.

Pourtant, dans la vie de tous les jours, les choses se sont arrangées. Sivan a eu sa petite notoriété. Les gens ne l'ont plus vu comme « cruchette ». Mais comme une jeune fille intelligente, qui a permis l'arrestation d'un meurtrier. Même si c'était le père de sa meilleure amie.

Les tabloïds s'en sont fait les choux gras. Jenny a été fortement exposée. Sivan a refusé toute interview pour protéger son ancienne amie. Seulement, le scandale était trop beau. Un ambassadeur, infidèle, qui tue un archéologue pour rester dans les petits papiers d'un dictateur.

Sivan n'ose imaginer ce que Jenny doit endurer. Est-elle rentrée à Mydizen ? Sterny va être extradé dans deux jours selon la presse vers une prison de Haute Sécurité près de la capitale, avant son procès.

Sterny. Sivan fait toujours beaucoup de cauchemars.

— Ma fille, va consulter un psychologue, ce que tu as vécu est beaucoup trop traumatisant, lui conseille sa mère.

Un psy ? Trouble post-traumatique oui, mais rien ne tourne vraiment rond chez moi, se dit-elle, en pointant son index sur sa tête. Pas envie de refaire une thérapie.

Aussi, elle s'étourdit dans ses sorties. Et elle boit aussi. Beaucoup. Comment perdre le fil de sa vie ? En prenant quelques verres de vin par-ci par-là. Le résultat est là, un sommeil plus lourd. Pas réparateur, mais après tout, peu importe.

Perdue dans ses pensées, Sivan regarde sa montre. L'heure tourne dangereusement.

Elle se prépare donc pour sa première journée au poste de police de Mydizen.

*

Le commissariat n'est situé qu'à deux stations de Métroglisse. Heureusement, parce que Sivan est carrément en retard.

Elle s'est habillée rapidement d'un jean et d'une veste, superposée d'un lourd manteau en fourrure. Ses cheveux sont en chignon haut, parce qu'autrement ils s'emmêlent dans son écharpe. Ils sont si fins, comme ceux d'une petite fille.

« Ringlit » énonce une voix mécanique. C'est son arrêt. Elle a plutôt de la chance, car le commissariat est dans une rue commerçante. Pratique pour prendre un café le matin, faire d'éventuels achats le midi et sortir le soir. Tant de comportements si basiques de l'être humain. La société de consommation. Les magasins Zakupi.

D'avoir été dans un désert pour sa petite enquête, à Bilwan, a véritablement changé la perspective de Sivan. La vie n'est pas faite de magasin et d'achat, contrairement à ce qu'on nous rabâche sur les écrans, matin, midi et soir. Elle a l'impression d'avoir été un zombie de la consommation, mais de s'être réveillée.

On verra si tes bonnes résolutions tiennent, se moque-t-elle.

Sivan sort de la station de métro. Elle n'a même pas besoin de sortir sa Tabletem avec l'application Plans. Le commissariat principal de Mydizen est un chef-d'œuvre architectural. Deux cariatides habillent la porte principale. L'immeuble est en pierre de taille. Deux balcons ornent les étages un et deux. De petites fenêtres sont au-dessus de la porte, l'entresol. Sivan se rappelle un cours sur l'architecture au temps de l'Histoire ancienne. : les immeubles haussmanniens se distinguent par leurs symétries.

C'est exactement ce type de construction. Elle est charmée.

Poussant la lourde porte d'entrée, elle appréhende les premiers contacts. L'hôtesse sera-t-elle plus jolie qu'elle ? Ne fait-elle pas trop gamine ? Tant de questions somme toute enfantines se bousculent dans son esprit.

Le hall est haut, mais étroit. On va droit au but. Le poste d'accueil. Une femme de dos a l'air de chercher un document sur le bureau derrière elle. Il va sans dire que bon nombre d'hommes et de femmes en uniforme vont et viennent dans cet antre de la sécurité intérieure.

— Pardon, Madame.

— Oui, c'est pour quoi ?

— J'ai rendez-vous avec l'inspecteur Charmin, Sivan Seidgrend.

La femme, sans un sourire, appelle Charmin. *Bon sang, qu'ai-je fait ou n'ai-pas fait pour obtenir au moins un semblant d'expression de cette femme ?* Elle hausse les épaules, tant pis.

— Madame Seidgrend, il va vous recevoir. Étage 2, prenez l'ascenseur et tournez à droite, vous verrez sa plaque. Bienvenue parmi nous.

La femme esquisse un magnifique sourire en disant ces derniers mots. Sivan le lui rend avec empressement, un peu trop, comme si elle-même faisait un sourire commercial, alors qu'elle souhaitait être la plus naturelle possible.

La dame a l'attitude la plus digne et ne relève pas.

Pfff cruchette. Tu as raté ton entrée, se dit Sivan. Et elle se dirige vers l'ascenseur.

Sortant de la bulle de verre (curieux ascenseur dans ce type d'immeuble), elle va vers la droite et là, lit : « Inspecteur Charmin — police criminelle ». Elle toque.

Charmin lui ouvre la porte, à croire qu'il était derrière à l'attendre.

— Oh, ma chère Sivan, je suis ravi de vous revoir !

— Inspecteur ! Sivan avait envie de le prendre dans ses bras, mais voilà, il devient son patron après tout, mieux vaut éviter.

Il la fait entrer dans son bureau. Petit, mais fonctionnel, option paysage sur rue.

— Mon bureau est spartiate, mais j'ai une vue infaillible sur le café en face, il lui fait un clin d'œil.

Sivan ne comprend pas la remarque, Charmin s'explique :

— N'essayez pas de passer vos journées au café, je le vois directement ! rigole-t-il.

— Haha, non, Inspecteur. Je suis là pour travailler. Et quelle est donc cette première affaire dont vous parliez ?

— Je vois que votre curiosité vous rattrape, il sourit, tant mieux. Ainsi, il s'agit d'un meurtre. Pendant la Noc.

Ce qui n'est pas si fréquent. Comme la rare nuit fait peur à tout terrien dans ce monde post Big Bang II, très rares sont les cas de délits pendant la Noc. Beaucoup d'humains sont devenus superstitieux. Beaucoup plus qu'avant le BBII.

Sivan reprend :

— Vous n'allez tout de même pas me parler d'une attaque de Goule, Inspecteur ?

La Goule étant un monstre imaginaire, que certains imprudents auraient vu pendant la Noc.

— Non ma chère. Enfin, c'est assez mystérieux. Mais avant, permettez-moi de vous parler des détails pratiques de votre arrivée.

L'inspecteur commence alors l'éternelle tirade sur le règlement intérieur du commissariat, Sivan réfrène un bâillement, le seul point intéressant est où se trouve son bureau.

— Vous allez travailler près des cieux. Les cieux de l'Esprit.

Charmin rigole.

Décidément, il a envie de la taquiner aujourd'hui.

— Les cieux ? s'interroge Sivan.

— Le cinquième étage en fait. Vous serez sous les combles. Mais le gros avantage, c'est que vous avez un bureau plus grand que le mieux. Le seul petit souci…

— C'est quoi ?

— L'ascenseur va jusqu'au troisième. Après, c'est à pied. Mais vous êtes jeune !

Au tour de Sivan de sourire.

— Aucun problème, je vis au sixième étage sans ascenseur, donc un de plus ou un de moins…

— Ah, parfait alors ! Je vous transfère le dossier par Mail. Nous vous avons créé une boîte Mail sécurisée. Vous avez des documents résumant le règlement ainsi que des détails plus techniques comme votre mot de passe pour vous connecter, etc. Allez-y, je viendrais vous voir plus tard.

Il l'accompagne à sa porte.

De nouveau dans le couloir, Sivan se dirige vers l'ascenseur, étage 3, le dernier bouton de la console. Brusquement, une main bloque la porte.

— Hey Madame, attendez !

Un jeune homme brun, petite barbe naissante, faisant pratiquement sa taille et un peu costaud s'adresse à elle. D'une voix plutôt agréable. Le genre sûr de lui. Sivan stoppe la porte.

— Merci euh… mademoiselle ? dit-il armé d'un sourire séduisant, mais aussi d'un vrai pistolet.

Car cet homme porte à sa ceinture une arme à feu. Sivan a les yeux rivés sur le revolver, ce qui en devient gênant.

— Haha je vois que mon calibre vous intéresse, lance-t-il un peu vicieux.

— Pardon, Monsieur, je ne voulais pas être… euh… baragouine-t-elle.

— Aucun problème, c'est plutôt flatteur…

— Mais non, ce n'est pas cela que je regarde, c'est la première fois que je vois une arme.

Collés dans l'ascenseur, toute cette séquence est terriblement gênante pour Sivan. Mais bientôt la délivrance, ils arrivent au troisième étage. Elle se demande alors si le jeune homme va continuer la conversation.

La porte s'ouvre, il s'éloigne, lui lançant un « bonne journée » à la volée.

Quel homme malpoli, se dit-elle. Malgré tout, elle ne peut s'empêcher de le regarder s'éloigner. À vrai dire, il est terriblement excitant pour être honnête. Mais l'heure n'est pas aux rencontres.

Montant les deux étages qui la séparent de sa destination finale, elle arrive enfin dans un long couloir. Plusieurs bureaux ont l'air disséminés de part et d'autre.

Fichtre, où vais-je trouver le mien ?

Très simplement, en suivant les plaques sur les portes. La quatrième est la bonne. Elle voit son nom, ce qui génère un sentiment de fierté. Comme si l'institution tout entière l'avait reconnue.

Elle ouvre la porte. Une table moderne, un siège haut en cuir, une Tabletem, un ordinateur et un petit canapé. Deux chaises pliables, un frigo et une plante complètent le tableau. Sa fenêtre est un velux. Sa vue, la cour.

Malgré tout, elle se sent bien dans cette petite pièce. À elle d'en faire son cocon. Elle pose en vrac son manteau, sa veste, monter les deux étages lui a donné chaud, enfin surtout sa rencontre avec le jeune policier…

Sivan s'assoit, ouvre sa Tabletem professionnelle. Pas de nouveau message. Elle doit configurer sa messagerie. Son ordinateur s'allume en un éclair. Trouvant le message avec les différents mots de passe de Charmin, elle arrive enfin à se connecter à sa session ultra sécurisée du commissariat de police de Mydizen.

Alors... voilà le Mail contenant mes premiers documents de travail. L'affaire de la Noc. Pas très original comme nom... Sivan consulte le premier document. Il s'agit d'un résumé du rapport d'autopsie de la victime.

« Homme âgé de 45 ans. 1 mètre 60, 72 kilos. » Sivan lit rapidement l'état civil de la victime. « John Polpier, historien à l'université de Mydizen. »

Lisant ces derniers mots, elle s'assoit plus profondément dans son siège.

« Cause du décès : crise cardiaque. Avis du médecin légiste : mort psychogénique. »

Mais qu'est-ce donc qu'une mort psychogénique ? Sivan ouvre sa propre Tabletem, de manière à avoir ses deux écrans en quinconce, et tape dans son moteur de recherche cette expression. Aussitôt, un résultat apparaît : mort vaudou, mort psychogène, ou plus clairement mort de peur.

Sivan est bouche bée. Mort de peur, mais comment est-ce possible ? Elle est bien consciente que tous les changements liés au BBII ont rendu la première génération d'immigrés extrêmement réceptifs à toutes sortes de religions, de superstitions, et la peur qu'engendrent ces croyances. Mais un historien ? N'est-il pas plus perspicace par sa fonction ? En tout cas, c'est comme ça qu'elle, ex-étudiante en Histoire ancienne, essaie de se définir. Malgré sa jeunesse et sa naïveté, elle tend à prouver les moindres faits et ne croit pas en toutes les légendes que ce Nouveau Monde a apportées. Et encore moins les anciennes…

*

Charmin n'est même pas venu à son bureau. Sivan a passé l'après-midi à effectuer les différentes démarches administratives liées à son arrivée au commissariat. Son titre est : assistante du commissaire. Ce n'est pas extrêmement flatteur, mais elle reste une débutante. Elle a une envie folle d'appeler le docteur Janus. Charmin le lui a interdit. « Nous irons ensemble à ton ancienne université », voilà ce qu'il a lui a répliqué.

Pour l'heure, elle s'allonge un peu dans son canapé, un café à la main. La machine est toute proche de son bureau. Mais elle n'a vu âme qui vive. Elle regarde sa montre, 18 h 30. *Bon, je n'ai pas beaucoup avancé*, se dit-elle, quand quelqu'un toque à sa porte.

— Entrez ! lance-t-elle.

Peut-être est-ce le malpoli ? Elle se surprend à le souhaiter. Eh bien non. La silhouette de l'inspecteur Charmin s'avance vers elle.

— Pardon ma chère, je vous ai un peu laissé. Appréciez-vous votre bureau ?

— C'est parfait Inspecteur. Je suis très contente.

— Ainsi avez-vous pu lire quelques éléments sur l'affaire de la Noc ?

— Oui, j'ai mis un peu de temps à comprendre la cause de la mort. Mort de peur, c'est fou !

— Ahah oui, j'en ai tellement vu, vous savez, Charmin secoue les épaules, un peu désabusé.

— Quand allons-nous à l'université alors ?

— Ne soyez pas si pressée. D'abord, nous devons interroger sa veuve, Angela Polpier. Elle vient demain matin. Puis sans doute que nous irons à la fac. Encore une fois, gardez le silence sur cette affaire Sivan.

— Bien sûr, Inspecteur. Je serai irréprochable ! Et fait le signe du garde-à-vous.

Charmin rigole puis la laisse.

Ainsi se termine sa première journée. Un peu en manque de contact humain, Sivan décide de faire un tour du côté de la rue piétonne aux abords du commissariat. Ici des tas de bars, de magasins…

Alors Sivan, tes résolutions anti-consuméristes ? se moque-t-elle.

Elle a plutôt envie de prendre un verre. Regardant à travers la vitrine d'un établissement, elle voit que le comptoir est libre. Il est encore tôt, les gens n'ont pas fini de travailler.

— Je vous sers quoi, ma petite dame ?

— Un verre de rouge, plutôt sec, lui répond-elle.

Autour d'elle, peu de monde donc. Mais déjà quelques petits groupes de collègues. Un couple. Tout le monde rigole. Elle finit vite son verre et en recommande un autre directement.

— Vous avez une sacrée descente !

Elle se retourne. Un jeune homme, debout, qui faisait partie d'un des groupes, vient vers elle. Plutôt grand, châtain, on dirait un banquier. Évidemment, il porte un costume trois-pièces. Limite ringard.

Sivan ne répond pas.

— Pardon Mademoiselle, ne le prenez pas mal. Charles, enchanté.

— Sivan, elle retourne à son verre.

L'homme vient s'asseoir à ses côtés.

— Pardon pour ma rudesse, mais vous avez l'air d'être seule et nous nous sommes nombreux… que diriez-vous de vous joindre à nous ?

Elle réfléchit. Sur quoi va déboucher toute cette histoire ? Un coup d'un soir ? Elle en est persuadée, et se demande si c'est ce dont elle a besoin. Pas de nouvelles d'Ameny.

— Charles, écoute, que veux-tu de moi réellement ?

— Euh…, l'homme est pris de court. Te connaître plus.

Elle l'arrête.

— Sincèrement, nous savons toi et moi pourquoi tu viens me parler.

— Attends, je ne suis pas comme ça.

Charles fait mine de ne pas comprendre et commence à se lever. L'affaire se présente mal, Sivan a été trop directe.

— Visiblement, tu as l'alcool parano. Je souhaitais simplement faire connaissance, rien de plus. Je te laisse.

Et il retourne vers ses amis, en jetant un regard vers elle, déçu. *Bravo Sivan*, se dit-elle. Elle décide de ne plus se retourner et termine son verre, un peu penaude.

CHAPITRE 2

Mydizen, Capitale du Nord, 2e jour de Drem.

« Ringlit ! »

Sivan sort de la station de MétroGlisse. Elle a un peu mal à la tête. La soirée s'est terminée avec quelques verres de vodka… seule. Elle a bien vu le fameux Charles dans le miroir derrière le comptoir du bar s'en aller. Sans un regard pour elle. Et comme tous les prétextes sont bons, elle a décidé de diminuer le niveau de la bouteille de vodka en guise de consolation. *Alcoolique !* Pour parfaire cette soirée absolument grotesque, elle a envoyé des tas de messages à Ameny qui doit vraiment penser que c'est une tarée.

Un excellent état d'esprit s'empare d'elle pour ce deuxième jour de travail malgré sa cuite. Arrivant au commissariat, elle prend la peine de sourire à pleines dents à la réceptionniste, qui n'est pas la même qu'hier.

— Madame ?

— Oui, pardon, je travaille ici, Sivan Seidgrend. Je recevrais bientôt mon badge m'a t-on-dit.

— D'accord, allez-y, Madame.

Et Sivan s'avance vers l'ascenseur vitré. Elle appuie sur le bouton du troisième étage. Attends un instant. Le malotru ne vient pas. Elle actionne la porte de l'ascenseur. Une main puissante stoppe le panneau d'acier.

— Hé attendez-moi !

Elle reconnaît sa voix. Sa fatigue mélangée à sa lassitude la fait surréagir et elle sourit.

— Tiens, j'ai le droit à un sourire cette fois-ci ?

Le malotru s'avance vers elle.

— Oui

Sivan est tout impressionnée, elle rougit.

— Je m'appelle Sivan Seidgrend et je…

— Salut Sivan, moi c'est Dan. Pour vous servir, il lui fait une révérence dans ce petit espace qu'est l'ascenseur. Alors Sivan, regarderez-vous mon engin cette fois-ci ? dit-il en lui faisant un clin d'œil assez éloquent.

La porte s'ouvre. Il y a du monde dans le couloir, Dan s'éloigne. Puis se retourne, lui adressant un sourire… qui l'embarrasse en même temps qu'il l'attire.

Dan a un peu éclairci sa journée.

Sivan se dirige donc vers son bureau. Café au passage, pour mettre ses idées au clair. Charmin vient de lui envoyer un message sur sa Tabletem : « *Interrogatoire de la veuve dans une heure. Ne soyez pas en retard.* »

Elle a assez de temps pour téléphoner à Ameny.

— Salut, je te dérange pas ?

Elle sent qu'il se réveille.

— Salut Siv. Alors, tu étais bien déchaînée hier soir ?

— Oui, pardon. Mais cela fait un petit moment qu'on ne s'est pas parlé. J'ai envie que tu viennes, je veux te raconter mon nouveau job…

Il lui coupe la parole.

— D'accord Siv, toujours pour parler de toi. Je vois que tu ne changes pas.

Dans ces mots, Sivan se rappelle les reproches que lui faisait Jenny.

— Mais non. Et toi alors, comment vas-tu ?

— J'ai rencontré quelqu'un, Sivan.

Elle se fige. Se glace. Le bel égyptien reprend :

— Elle s'appelle Jenny. Elle vient aussi de Mydizen.

Cauchemar. Sivan reste muette.

— Et j'avoue ne pas être insensible Siv. Pardon, mais je suis honnête. Une relation à distance, ce n'est pas facile. Pour toi comme pour moi. Mais ne crains rien, pour l'instant ce n'est qu'une amie. Mais je ne peux nier que je commence à ressentir certaines choses…

— Non.

Sivan lui coupe la parole nette. Elle enchaîne :

— Non Ameny, je ne veux rien savoir de plus.

Et elle raccroche. Il essaie de la rappeler, elle ne décroche pas. Estomaquée. Elle a bien entendu envie de pleurer. Une Jenny de Mydizen ? Non, cela ne peut pas…

Elle n'a jamais parlé de Jenny Sterny à Ameny. La honte de ce qu'elle a fait, sans doute. D'ailleurs, en règle générale, elle cloisonne sa vie sentimentale de sa vie amicale, chose que d'anciens petits amis lui ont reproché.

Sivan sort de nouveau se prendre un café. Elle a envie de tout envoyer balader et de prendre le premier avion pour rejoindre Ameny. Et aussi d'aller gifler cette Jenny. Serait-ce SA Jenny ? Comment le savoir ? Elle regarde le liquide marronâtre couler dans sa tasse. Il faut se concentrer. Elle est au travail, il est pratiquement l'heure d'aller voir Charmin pour sa première audition.

Le seul point positif, c'est que cela va lui changer les idées.

Sivan décide de ne pas prendre l'ascenseur, pas d'humeur, et descend directement vers le bureau de Charmin.

— Ah, vous êtes à l'heure, c'est parfait, l'accueille-t-il. Nous allons vers cette salle d'interrogatoire, tout est enregistré.

Arrivée dans ladite salle, Sivan remarque évidemment le miroir sans tain, objet de fantasme dans de nombreux romans policiers.

Ils se dirigent tous deux derrière le miroir sans tain, dans une autre pièce, meublée d'une petite table et de quatre chaises. Deux pour les policiers, une pour l'interpellé et une autre pour son avocat.

Ici, la veuve n'a pas encore fait appel à quelqu'un pour sa défense, n'étant pas accusée bien sûr. Il s'agit juste d'un interrogatoire préliminaire. Elle n'a pas été questionnée depuis le meurtre.

Une femme brune, une bonne quarantaine, élégante, portant une robe en laine bleue et un gros collier en or s'avance vers eux.

— Angela Polpier, bonjour Inspecteur et bonjour Mademoiselle.

— Bienvenue Madame, prenez place. Je suis donc l'Inspecteur Charmin, et voici Sivan, elle va m'assister tout au long de votre interrogatoire.

— Madame.

Et Sivan lui rend poliment ses salutations.

L'inspecteur reprend :

— Pourriez-vous nous donner brièvement votre état civil, je vous prie.

— Angela Polpier, 46 ans, femme au foyer, une pause puis, mariée, pas d'enfant.

— Très bien, merci. Le corps de votre mari a été découvert le 28e jour de Corb, il est décédé pendant la Noc.

Le visage de la veuve reste impassible. La veuve noire, pense Sivan.

— C'est cela Inspecteur. Je me suis réveillée en sursaut, entendant des cris de femme. C'était ceux d'une dame qui a trouvé mon mari étendu dans la rue, sous nos fenêtres. Vêtu de son pyjama. Un peu cocasse d'ailleurs, elle sourit légèrement.

Décidément, cette Angela Polpier n'a pas l'air malheureuse du décès de son mari. Charmin plisse des yeux, assez éberlué.

— Madame Polpier, pardon, mais le sentiment que nous avons est que vous n'avez pas l'air ébranlée par la perte de votre mari… est-ce exact ?

Le visage d'Angela Polpier devient différent.

— Comment pouvez-vous me dire cela Inspecteur ? Parce que je ne pleure pas ici ? Parce que j'ai osé esquisser un sourire ?

Charmin la coupe.

— Pas du tout, veuillez m'excuser. Chacun réagit différemment en période de deuil. Bref, continuons. Et encore toutes mes excuses.

La veuve se détend de nouveau.

— Comme vous dites, nous vivons chacun le deuil à notre manière. Je crois que pour l'instant je suis sous le choc. Les pleurs viendront un peu plus tard. Que voulez-vous savoir ?

— D'abord, question somme toute classique, mais votre mari avait-il des ennemis ?

— Oh oui, beaucoup. Il était professeur émérite à l'université de Mydizen. Et historien d'un grand talent. Un orateur hors pair. Beaucoup jalousaient son succès. Après, vous donnez des noms précis, je ne sais pas. Mais il recevait des menaces sur sa boîte Mail, régulièrement. D'anonymes, surtout, évidemment.

— Très bien, pourriez-vous nous donner ses codes d'accès afin qu'on analyse ces messages ?

— Bien sûr.

— Autrement rien d'inhabituel ces derniers jours ? L'avez-vous senti préoccupé, ou d'humeur différente ?

Silence. Assez long. Sivan se demande si sa réponse sera véritablement honnête du coup. Elle sent que cette veuve cache quelque chose.

— Quand je réfléchis bien, non-inspecteur. La routine plutôt, elle hausse les épaules, vous devez penser que notre vie était peu palpitante, elle lâche un léger rire.

Finalement, Angela Polpier doit se protéger psychologiquement du deuil en riant à tout bout de champ. Sa façon à elle d'évacuer un excès d'énergie négative.

Charmin se lève :

— Bon, je vous remercie de votre patience Madame et je ne manquerai pas de vous tenir au courant de notre enquête.

La veuve les salue, sans poignée de main, et sort de la salle d'interrogatoire.

— Alors Sivan, qu'en pensez-vous ?

— Elle dissimule une information.

— Sans doute. Ce premier entretien a pour but de vous faire connaître les protagonistes de l'affaire. Il est clair que quoi qu'elle en dise, elle n'a pas l'air mortifiée du départ de son mari. À ce stade, on pense toujours à la piste de l'amant. Nous allons vérifier la ligne de sa Tabletem. J'aurai bientôt le résultat de l'unité informatique concernant les appels de la victime. La lecture des mails de menace sera évidemment un indice. Nous avons du boulot !

— Mais, que puis-je faire du coup ?

— Vous ? À votre avis.

Et Charmin lui fait un clin d'œil.
— Aller à l'université.
— Exactement ! Ça y est, vous devenez une enquêtrice.
À Sivan de lui rendre son clin d'œil complice.

CHAPITRE 3

Mydizen, Capitale du Nord, 3e jour de Drem.

Ce matin n'est pas comme les autres. Sivan va revenir dans son ancienne université. Elle n'a pas revu le docteur Janus depuis un bon moment, ils se sont seulement téléphoné de temps en temps.

Elle décide de s'habiller selon les codes vestimentaires universitaires, pour passer inaperçue. *Ahah*, rit-elle d'elle-même, *te voilà une James Bond en puissance maintenant.*

Elle a relativement bien dormi, s'efforçant de mettre un voile sur sa relation avec Ameny. Elle a tout de même fait quelques recherches sur les réseaux sur Jenny, si son ancienne meilleure amie était encore à Gaushino.

Sterny est finalement extradé cette semaine. Jenny va sans doute rentrer. Est-ce qu'Ameny lui parlera du départ de son coup de cœur ? Dans ce cas, l'hypothèse que SA Jenny soit SA propre Jenny tiendrait. Elle croise les doigts pour que cela ne soit pas le cas.

Sortant du MétroGlisse, Sivan voit au loin les différents bâtiments qui composent l'université de Mydizen. Un temple du savoir comme on aime la qualifier.

Pourtant, extérieurement, rien d'incroyable. Des immeubles plutôt gris, avec de grandes fenêtres. Un parc donne un peu d'air à l'ensemble. Sivan se dirige directement vers le bureau du docteur Janus.

Celui-ci est dans ses livres, absorbé.

— Docteur Janus, lui crie-t-elle, un peu trop fort.

— Oh, Sivan, il sursaute, perdant pratiquement ses lunettes placées au bout de son nez.

— Vous m'avez fait une de ses peurs !

— Pardon Docteur, mais je suis si heureuse de vous revoir !

— Moi aussi, chère Sivan ! Mais que faites-vous ici ? Ne travaillez-vous pas au poste de police maintenant ?

— Si, mais figurez-vous que je suis sur une enquête, dit-elle en baissant la voix.

Le docteur Janus éclate de rire.

— Pardon Sivan, mais vous êtes dans l'archétype de l'espionne là !

Sivan rit de bon cœur.

— Vous avez raison, pardon. Mais je ne dois pas vous en parler. Vous vous rappelez Charmin ?

— L'inspecteur ?

— Oui.

— Bien sûr, je me souviens. Cette histoire de Valamites est assez récente, pensez-vous que je perds la mémoire, jeune femme ?

Sivan rit de plus belle.

— Mais non, Docteur Janus ! Grâce à vous, nous avons résolu cette affaire. Mais si j'ai encore besoin de vous pour ce nouveau dossier, pourrais-je vous demander de l'aide ?

— Avec grand plaisir, Sivan ! Cela me change un peu de mon quotidien, disons, poussiéreux.

Il souffle sur quelques couvertures de livres, laissant des particules flotter dans l'air.

— Connaissez-vous John Polpier ?

— Polpier ? Oui, certainement. Un grand historien. Que vous ne devez pas connaître, car il est de l'ancienne école si j'ose dire.

— Comment ça ?

— Difficile de vous expliquer clairement, mais il est autant respecté que décrié dans la profession. Un homme très séduisant, élégant. Mais il y a eu certaines rumeurs le concernant…

Sivan est tout ouïe.

— Certains pensent qu'il a falsifié son Curriculum Vitae.

— C'est-à-dire ?

— Qu'il serait historien comme moi je suis cuisinier !

— Mais vous en pensez quoi ? Comment aurait-il pu donner des cours et écrire autant sur des sujets aussi techniques ?

— Ces mêmes personnes croient que c'est un fabuleux manipulateur. Extrêmement ingénieux. Un as de la dissimulation. Moi je ne sais pas. J'ai lu quelques-unes de ses publications, tout se tient, mais il ne travaille pas de la même façon que moi. Et le milieu de la recherche est tellement compétitif, sincèrement, je ne peux pas vous dire si ces accusations sont vraies.

— Ainsi, il ne faisait pas l'unanimité…

Sivan réfléchit tout haut, comme d'habitude.

— Pourquoi employez-vous l'imparfait ma chère ?

Elle reprend ses esprits. *Mince*, se dit-elle. Impossible de cacher l'information à son professeur préféré.

— Parce que Docteur, John Polpier est mort.

— Mais… comment ?

— Assassiné.

Le docteur Janus a du mal à masquer son émotion. Il se lève et va regarder par la fenêtre.

— Polpier n'était peut-être pas ce qu'il disait être, mais c'était un confrère. Jeune en plus…

— Oui, nous devons trouver ce qu'il s'est passé.

Il se retourne.

— Sivan, je suis à votre entière disposition pour résoudre cette affaire.

*

Sivan déambule dans les couloirs de son ancienne université. Plein de jeunes arrivent de tous les côtés, les voix se mélangent, elle ne discerne aucun mot, aucune phrase.

Un brouhaha.

La femme à l'accueil lui a indiqué le chemin pour aller au bureau de Polpier. Sivan n'a donné aucune information, comme Charmin le lui a conseillé.

— Simple enquête de routine, je ne peux en dire plus, a-t-elle dit.

Mais déjà par ces simples mots, forcément qu'une rumeur va naître. C'est aussi ce qu'espère Sivan. Pour connaître ce Polpier, elle doit rencontrer ses connaissances, voir ses étudiants.

La plaque du bureau est quasi effacée, mais Sivan distingue quelques bribes de son nom. Ainsi, est-ce là l'antre de l'historien. En ouvrant la porte, elle a l'impression d'ouvrir un cercueil.

La pièce est relativement bien rangée. Quelques diplômes sont affichés. Pour impressionner l'étudiant ? Après sa conversation avec le docteur Janus, Sivan a des doutes sur Polpier. Après tout, cela pourrait être un mobile. Quelqu'un a repéré qu'il était un faux professeur. Un confrère, à qui Polpier aurait piqué des idées par exemple. Et qui l'a tué pour se venger. Mais comment aurait-il fait ? John Polpier est mort de peur. Le tueur aurait-il porté un masque de démon ?

Sivan sourit.

Continuant son exploration, elle remarque des ouvrages sur les superstitions des religions monothéistes. Sa spécialité était la religion. Intéressant. Dans ce type de superstitions se cachent beaucoup de monstres en tout genre.

La Goule qui tuerait pendant la Noc serait un monstre plutôt féminin. Ce monstre vient d'une vieille légende arabe préislamique, une femme qui dévore des voyageurs succombant à ses appels. Son nom signifierait « ogre ». *Alors quoi* ? se dit-elle. *John Polpier a été tué par la Goule parce qu'il n'était pas un vrai historien. Quelle théorie loufoque.*

Mis à part des bouquins, il n'y a rien d'intéressant. Pendant que Sivan fouille le bureau, elle entend un bruit derrière elle. Quelqu'un est entré.

— Pardon, mais vous êtes qui ?

Une voix jeune, féminine.

Sivan se retourne. Une jeune femme se tient devant elle, de longs cheveux bouclés tombent de chaque côté, une beauté à vrai dire.

— Je suis Sivan Seidgrend. Et vous ?

— Pardon également, mais que faites-vous dans le bureau du professeur Polpier ? Il va bien ?

La jeune fille a l'air assez perturbée. Enfin, véritablement préoccupée.

— Excusez-moi d'insister, mais je me suis présentée, à votre tour.

Sivan ne sait pas quoi lui répondre sur Polpier. Il serait peut-être temps de dire les choses. Ce serait plus simple.

Elle présente à la fille sa carte de police, provisoire certes, mais qui fait son petit effet.

— Oh, la police. Il est arrivé quelque chose à John, je m'en doutais.

Elle ne peut réfréner un petit sanglot. *John ? Depuis quand les étudiants appellent leur professeur par leur prénom ?*

— Je m'appelle Sophie Dejardin. Je suis étudiante.

— Vous connaissez John Polpier depuis longtemps ?

— Cela fait un an que je suis son cours. J'apprécie sa méthode de travail. Mais dites-moi, que s'est-il passé ?

Sivan ne peut évidemment rien dire.

— Mademoiselle, pourriez-vous me donner vos coordonnées ? Je vous appelle très vite.

— Oui, bien sûr, les voici.

Elle sort de sa poche une carte de visite. Puis, les deux femmes sortent du bureau.

— Personne ne ferme son bureau ici ? s'étonne Sivan.

— Bah vous savez, on est dans une université, qui pourrait voler quelque chose ?

Cette jeune fille est tout simplement naïve, encore plus qu'elle. Sivan claque la porte, la fille la suit.

— Vous ne m'avez pas répondu… qu'est-il arrivé ?

— Écoutez, je ne peux rien vous dire. Mais promis, je vous tiens au courant. Au revoir mademoiselle !

Quel pot de colle celle-là ! Charmante, mais horriblement collante. Elle a appelé son professeur John. Ce bureau a peut-être été le théâtre d'autre chose que le travail, se dit-elle.

*

20 heures.

Rentrant chez elle, Sivan décide de faire un détour par le commissariat. Elle va pouvoir mettre au propre ses investigations et tout envoyer à l'inspecteur Charmin.

Non seulement Polpier était peut-être un imposteur, mais aussi un dragueur ? Tous ces éléments ouvrent la poste à plusieurs hypothèses. Charmin sera sans doute content d'elle.

Terminant son rapport, elle décide de s'arrêter au bar où elle a vu le fameux Charles. Comme ça, il verra qu'elle travaille aussi à côté. Sans doute n'en a-t-il rien à faire d'elle, mais Sivan a besoin de se créer des histoires. Pour tenir émotionnellement. Elle n'ose appeler Ameny, trop déçue.

S'assoyant au bar, elle commande son éternel verre de rouge. Le barman la reconnaît.

— Ah c'est vous la bonne buveuse, rigole-t-il.

Sivan regarde autour d'elle. Pour l'instant, elle reconnaît quelques membres du groupe d'amis de Charles. Mais lui a l'air absent. Dommage, elle aurait bien voulu un peu de tendresse. Elle se retourne vers le barman. Peut-être pourrait-elle glaner quelques informations ? Après tout, elle est enquêtrice.

Pfff, tu es ridicule cruchette.

Soudain, une main lui touche l'épaule. Serait-ce Charles ? Elle fait volte-face, souriante.

— Mademoiselle ?

Un homme la dévisage.

— Euh oui, que me voulez-vous ?

— Je fais partie du groupe d'amis de Charles, je crois qu'il vous a parlé la dernière fois.

— Et donc ?

Sivan sent son cœur battre à tout rompre.

— Je me disais… je m'appelle Rémi au fait. J'ose vous aborder. Je vous trouve charmante.

Douche froide. Le pote qui la drague. Pas de Charles. Pas de message à faire passer.

— Merci pour ton intérêt, mais je souhaite rester seule. Bonne soirée.

Elle entend le fameux Rémi dire dans sa barbe « quelle pétasse » en la quittant.

À ces mots, elle ne peut se retenir et va le rejoindre.

— Pardon ? hurle-t-elle, un peu trop fort.

Le goujat est terriblement gêné. Devant ces paires d'yeux qui la dévisagent, Sivan décide de partir comme un prince. Comme une princesse plutôt. Avec hauteur.

Enfin, pas question de laisser son verre. Et lance :

— Un autre s'il vous plaît !

Le barman s'exécute. Il a l'air charmé par elle, mais elle le trouve trop vieux. Elle entend une conversation animée derrière elle, mais ne veut plus se retourner. Cependant, elle distingue une voix, celle de Charles.

Regardant dans le miroir derrière le bar, elle le voit. Il parle avec colère à son ami Rémi. Il doit la défendre, c'est certain. Ou alors cela n'a rien à voir avec elle. L'alcool commence à faire effet. Elle se détend.

— Sivan ?

— Oui ?

Elle se retourne. Cette fois-ci est la bonne. Charles.

— Je tiens à m'excuser du comportement de Rémi. Ne crois pas que c'est moi qui lui…

Elle le coupe.

— Non, bien sûr. Je t'en prie.

Elle essaie d'avoir une attitude ouverte, positive. Pour que la conversation continue.

— Alors voilà, bon, sirote bien ton verre, à bientôt.

Il la quitte. Ce soir Sivan dormira encore seule.

CHAPITRE 4

Mydizen, Capitale du Nord, 4e jour de Drem.

Un témoin.

C'est l'énigmatique message qu'a laissé l'inspecteur Charmin sur la Tabletem de Sivan.

En se réveillant, la bouche pâteuse, ces deux mots lui font l'effet d'un café serré. Rapidement prête, elle saute dans le MétroGlisse.

Charmin lui donne rendez-vous directement dans la salle d'interrogatoire. Il est là à l'attendre, relativement pensif.

— Inspecteur, comment est-ce possible ?

— Écoutez ma chère, moi-même, je reste sans voix. Surtout que nous n'avons pas communiqué sur ce meurtre, enfin vous avez fait attention hier à l'université ?

Sivan a une montée de stress d'un coup. Mais oui, c'est peut-être elle par ses questions qui a fait naître des rumeurs, et un faux témoin débarque !

Voyant sa détresse, Charmin reprend :

— Mais arrêtez de vous faire du mauvais sang. C'est sans doute un véritable témoin. Il est venu spontanément ce matin. Georges Ciexey, un voisin de Polpier. On a consulté son casier judiciaire, rien. Il est blanc comme neige.

*

— Madame ? Monsieur ?

Les deux se retournent. Un homme grand, plutôt âgé et dégarni, se tient devant eux, debout comme un soldat. Il a l'air au garde-à-vous. Sivan ne peut s'empêcher de sourire.

— Monsieur Ciexey. Ne faites pas autant de manières avec nous, nous ne sommes pas des militaires.

Le témoin relâche sa position.

— Venez vous asseoir.

Charmin poursuit :

— Georges Ciexey, célibataire, 54 ans, profession ?

— Euh… couvreur. Enfin, j'ai pratiquement fini mon activité, à la fin de l'année je compte déménager plutôt dans le Sud, vous voyez ?

— Oui d'accord, bon. Parlons de l'affaire, voulez-vous ? Enfin, que souhaitiez-vous nous raconter ?

— Ah oui, l'affaire. Pardonnez-moi, mais je suis un peu ému d'être interrogé. Je suis fan de romans policiers et d'être dans une salle d'interrogatoire…

Il regarde la salle en tournant la tête.

Sivan soupire. Elle n'est pas prête de boire son café. Charmin ne veut pas brusquer le témoin. Il répond :

— Oui c'est toujours impressionnant une salle d'interrogatoire. D'ailleurs, ma jeune collègue Sivan, que je ne vous ai pas présentée d'ailleurs, m'a fait cette remarque hier.

Charmin regarde Sivan, l'air de dire : « va dans mon sens. »

— Oui, elle se racle la gorge, effectivement, j'ai été moi aussi très impressionnée. Le sentiment d'être soi-même dans un roman pas vrai ?

Ciewey acquiesce, satisfait.

— Alors oui, pardon, je ne veux pas vous faire perdre votre temps. D'ailleurs, j'ai l'air assez calme alors que… ce que j'ai vu ce soir-là… c'était pas humain, ses yeux s'écarquillent et une légère terreur apparaît dans ses iris.

Sivan et Charmin sont bouche bée, pendus à ses lèvres.

— Madame et Monsieur les Inspecteurs, ce soir-là, j'ai vu le tueur du professeur Polpier.

Un ange passe. Charmin, agacé, reprend la parole :

— On vous écoute, Monsieur Ciewey.

Toute cette mascarade décrédibilise un semblant de témoignage.

— Pardon, en fait, vous allez me prendre pour un cinglé. Je ne veux plus parler.

D'un coup, il veut partir. Charmin le retient :

— Mais arrêtez, Monsieur ! On vous promet de vous écouter avec sérieux.

— C'est que… ce que j'ai à vous décrire, Inspecteur, n'est pas commun.

— Nous sommes tout ouïe.

— Et si je vous parle d'un géant d'argile, vous n'allez pas appeler l'hôpital psychiatrique quand même ?

*

Sivan s'assoit sur son petit canapé. En soufflant. Non seulement parce qu'elle a pris les escaliers, mais aussi pour se remettre de ce qu'elle a entendu. Le voisin parle d'un monstre fait d'argile qui aurait tué Polpier.

Du moins, l'aurait-il assez effrayé pour le tuer ? Charmin ne croit évidemment pas à cette thèse. Il s'agirait d'un costume, bien entendu. Ciewey a l'air assez perturbé d'ailleurs.

Un homme costumé en géant d'argile aurait donc tué le professeur. Cela semble impensable. C'était un homme de sciences, un rationnel.

Mort de peur.

Un célèbre physiologiste pré-BBII a baptisé ce phénomène de mort vaudou.

Dans un ouvrage que Sivan a consulté en ligne, il a expliqué que la puissance terrible de l'imagination peut engendrer une terreur absolue.

Charmin penche pour la théorie hallucinatoire. En sortant de la salle d'interrogatoire, il lui dit :

— Je pense que Polpier avait pris un médicament, ou peut-être se droguait-il. Et un simple homme déguisé devient alors un monstre. Les psychotropes peuvent modifier la vision. Au vu de ses nombreuses lectures sur les superstitions, ce n'est pas impossible qu'il ait matérialisé certaines créatures.

Sivan trouve que cette théorie marche plutôt bien. Elle sait que beaucoup d'universitaires se droguent, ainsi que de nombreux étudiants, pour pouvoir garder un certain rythme d'apprentissage.

Charmin est en train d'appeler la veuve Polpier pour voir si son mari prenait des médicaments quelconques.

Pendant ce temps, Sivan n'avait qu'une envie : prendre son café et se mettre sur sa Tabletem. Depuis qu'elle a entendu le témoin, elle a une idée fixe.

Elle tape : « Homme d'argile ». Plusieurs occurrences. Elle ajoute un mot clé dans son équation de recherche : « Homme d'argile légende ».

Un mot revient dans tous les résultats.

Le Golem.

Sivan connaît un peu cette légende juive. Elle a étudié au cours de ses études d'Histoire ancienne certaines religions, dont le judaïsme, et s'en était passionnée. Il faut dire qu'elle-même aurait des origines… enfin, c'est un sujet tabou au sein de sa famille.

Le Golem était une créature faite d'argile destinée à protéger les Juifs, créée par le Maharal de Prague, un rabbin émérite et incontesté. Seulement, la créature était devenue hors de contrôle et le rabbin a dû la stopper net.

Ensuite, le Golem a été le héros de films, jeux vidéo, etc., avant le BBII. Aujourd'hui, il est oublié. Du moins, le pensait-elle…

Elle décide d'appeler le docteur Janus à la rescousse, car elle a une intuition.

— Docteur Janus ! C'est Sivan.

— On ne se quitte plus ma chère ! Que puis-je pour vous ?

— Vous vous rappelez le spécialiste des légendes que vous aviez fait venir de Gaushino ?

— L'ancien moine bouddhiste ?

— Oui, c'est lui.

— Attendez… euh… j'ai évidemment ses coordonnées que je vous envoie de ce pas ! Je n'ose vous poser plus de questions, mais tout ceci aurait-il un lien avec l'assassinat de mon confrère ?

— Peut-être.

Ils raccrochent de concert. Un bip sur sa Tabletem. Gioio Shipo. C'est lui. Pas de temps à perdre. Elle lui envoie un message :

« *Monsieur Shipo. Je suis Sivan Sendgrend, une ancienne étudiante du Docteur Janus. J'ai assisté à certains de vos cours et aurais des questions à vous poser.* » Elle laisse son numéro, sans dire qu'elle est de la police.

Toc toc. Charmin ouvre sans attendre qu'elle le lui dise.

— Sivan, nous devons débriefer de ce que vous avez appris hier. Je dois parler à cette jeune étudiante… euh Sophie Dejardin. Convoquez-la, je vous prie.

— Et alors, la veuve, qu'a-t-elle dit ?

Charmin la regarde, déçu.

— Aucune prise de médicament. Et quand j'ai parlé de drogue… j'ai cru qu'elle allait s'étouffer derrière sa Tabletem ! Elle met son mari sur un piédestal. Je n'ose lui parler d'éventuelles relations sexuelles avec une étudiante…

L'inspecteur sort de son bureau en haussant les épaules. Décidément, dans cette enquête, il y a beaucoup trop de pistes !

Sivan s'empresse de résumer ces différentes idées :

—>*Polpier est mort de peur littéralement*

—>*Un témoin raconte qu'il a vu un homme d'argile tuer le professeur*

—>*Une étudiante appelle Polpier par son prénom (maîtresse ?)*

—>*Polpier était-il un faux professeur ?*

Et pourquoi Polpier était dehors pendant la Noc ? Charmin et elle n'ont pas encore trouvé de raison. Ou alors à cause de prise de drogue suivie d'hallucinations ? Ce serait l'explication la plus logique.

Elle a mal à la tête, besoin de prendre l'air. Pas de nouvelles d'Ameny pour changer. Jenny est sans doute revenue à Mydizen. Elle consulte les réseaux sociaux avant de sortir du commissariat. Rien. Pourtant, Sterny serait bel et bien de retour dans l'Hémisphère Nord. Elle en a froid dans le dos.

Cette fois-ci elle ne s'arrête pas au bar habituel et décide de rentrer chez elle.

En marchant dans sa rue, Sivan passe devant la pizzeria et a envie d'y dîner.

Un écran diffuse les informations du jour, sans le son. La jeune fille commande, le serveur lui apporte un verre de Prosecco qu'elle manque de recracher en voyant l'image diffusée. Sterny. Le bel ambassadeur, toujours classe, qui sort d'un avion blindé, aéroport de Mydizen.

Quelle mine il a ! Il n'a pas l'air d'avoir été enfermé, se dit-elle.

Sur le tarmac, on distingue quelques officiels, l'avocat de Sterny, Georges Garval. Sivan cherche des yeux Jenny. Enfin, elle la voit.

Pas seulement elle.

— Oh non, crie-t-elle spontanément.

Ameny est là aussi. Ils se tiennent la main.

CHAPITRE 5

Mydizen, Capitale du Nord, 5e jour de Drem.

— Hey Sivan, ouvrez la porte !

Charmin s'égosille.

La jeune fille est toujours dans son lit. Prostrée. C'est un véritable cauchemar. Ameny et Jenny, ensemble. L'homme qu'elle aime couche avec son ancienne meilleure amie. Elle a envie de mourir.

— Sivan, voyons, ne faites pas l'enfant, ouvrez-moi ! On va parler.

L'inspecteur n'est pas né de la dernière pluie. Il a vu lui aussi les images de l'arrivée de Sterny à l'aéroport de Mydizen et a tout de suite repéré Jenny et Ameny. Il se doutait que Sivan allait être dans tous ses états et a préféré venir la récupérer directement chez elle.

— Je sais ce que vous avez vu Sivan. Je comprends votre douleur, mais venez avec moi ! Vous faites de l'excellent travail, accompagnez-moi, on va vous changer les idées !

Sivan a les yeux gonflés par les pleurs de toute une nuit. Elle ne s'est même pas déshabillée en rentrant. Elle ne reviendra jamais à la pizzeria, car elle s'y est donnée en spectacle, par ses sanglots, par ses abus d'alcool, encore. Une loque. Pire que « cruchette ».

Une déception amoureuse, et le monde qui s'écroule. Des peurs qui se réveillent. Une stabilité qui s'effondre. Tout à refaire, même si peu de choses étaient construites.

Sivan a tellement vécu ce genre de situation. Un recommencement. Et une expérience supplémentaire. Et des idéaux qui s'effritent. À nouveau.

Pourtant, bon gré mal gré, elle va ouvrir à Charmin. Sans un mot, l'inspecteur entre et va préparer du café pendant qu'elle se prépare.

En chemin, les deux sont silencieux. Tout a été dit.

Au commissariat, Charmin prend la parole :

— Nous allons interroger la petite Sophie Dejardin. Je propose que vous meniez l'entretien.

Bizarrement, elle s'en sent capable. L'étudiante arrive pile à l'heure. Elle a relevé ses longs cheveux bruns en chignon. De la revoir une seconde fois confirme ce que Sivan a déjà pensé : elle est splendide. D'ailleurs, les quelques policiers présents rentreront avec un torticolis ce soir chez eux, c'est certain. Le fameux Dan n'est pas en reste et a fait une inspection minutieuse de la fille de loin. Tout en saluant Sivan.

Tous les trois s'installent dans la salle d'interrogatoire. Sivan commence :

— Mademoiselle, vous êtes donc Sophie Dejardin, 19 ans, étudiante en Histoire moderne. Est-ce exact ?

— Oui, c'est bien ça.

— Quelles sont vos relations avec le professeur Polpier ?

— Avant que je vous réponde, pourriez-vous me dire ce qu'il se passe ?

Charmin regarde Sivan, lui interdisant du regard de dévoiler le sort du professeur. Ils ont de toute façon prévu de révéler l'affaire aujourd'hui. Le service communication du commissariat s'occupe de rédiger le communiqué de presse.

— Non, pour l'instant je ne peux rien vous dire. Pouvez-vous me répondre ?

— Oui, alors c'est mon professeur, comme je viens de vous le dire…

Sivan la coupe, limite agacée. Aïe, la patience n'est pas son fort.

— Mademoiselle. Je vous ai entendu l'appeler John la dernière fois. J'ai été étudiante il n'y a pas si longtemps que ça, et je n'appelle pas mes professeurs par leurs prénoms !

— C'est parce que nous sommes proches. J'apprécie son enseignement.

— Mais encore ? demande Charmin, qui perd aussi doucement son flegme.

Dejardin baisse les yeux, honteuse. Elle reprend :

— Je sais qu'il est marié.

Elle lève les yeux vers le plafonnier et enfin ajoute :

— Nous sommes amants.

— Depuis longtemps ? demande Sivan, sans être surprise.

— Quelques mois. Mais je n'attends rien de cette relation. Je ne suis pas dupe.

Charmin enchaîne :

— Où étiez-vous pendant la dernière Noc ?

— Chez moi, Inspecteur. Ma mère peut confirmer. Allez-vous me dire ce qu'il se passe alors ? Il est mort, c'est ça ?

Sivan et Charmin ne répondent pas. Une façon d'acquiescer à son propos. Une validation silencieuse.

En raccompagnant l'étudiante, éprouvée, Sivan pense au Docteur Janus, à l'université. Elle n'aurait jamais pu coucher avec un de ses professeurs. Pour éviter d'éventuels problèmes. Parce qu'il y en a toujours dans ce genre de cas. Le retour de bâton.

Le communiqué de presse va sortir dans l'après-midi. Le standard du commissariat ne va pas arrêter de sonner, des tas de messages vont devoir être traités.

Sivan n'a pas encore parlé du Golem à Charmin. Elle attend d'abord de voir Gioio Shipo. Ça y est, elle enquête de nouveau en sous-marin.

*

17 heures.

La jeune fille a rendez-vous avec le remarquable professeur des Sciences occultes, Gioio Shipo. Quelle chance elle a, il est encore dans l'Hémisphère du Nord. Et plutôt intrigué par son message, visiblement. D'où ce rapide entretien.

Poussant la porte du café Nostradamus (du nom du célèbre astrologue pré-BBII), Sivan reconnaît d'emblée l'homme. Petit, mince, voire malingre, crâne rasé, typé asiatique.

— Professeur Shipo, merci encore de me donner un peu de votre temps.

— Un thé vert jeune fille ? lui demanda-t-il, poliment.

— Avec plaisir.

Silence avec l'arrivée des deux tasses fumantes.

— Alors, mademoiselle Seidgrend, je vous avoue être extrêmement curieux de ce que vous avez à me demander.

— Avant tout, sachez que je travaille pour le commissariat de police de Mydizen, j'essaie de devenir enquêtrice. Et je suis actuellement sur une affaire, dont certaines données me semblent relever de votre domaine d'expertise.

— Mais encore ?

— Le Golem.

De nouveau règne le silence.

— Je ne comprends pas, répond Shipo.

— Croyez-vous dans les légendes que vous enseignez ? demande Sivan.

— Je vous rappelle que légende veut dire « qui doit être lu », du latin « legenda ». Donc non, Sivan, vous me permettez que je vous appelle Sivan, non, je n'y crois pas.

La jeune fille est déçue. Voyant sa mine, le professeur renchérit :

— Par contre, je crois en autre chose, je suis moine bouddhiste, si vous vous souvenez. Un moine quelque peu moderne par rapport aux images que vous vous en faites ici au Nord. Mais j'ai mes propres croyances, je suis un croyant.

— Vous êtes un religieux.

— C'est ça.

— Mais dans votre esprit, pourriez-vous croire que cette légende n'en est pas une ?

— Vous me demandez si je crois qu'il est possible de créer un Golem ou que celui-ci a réellement existé ?

— Les deux.

— Êtes-vous déjà allée à Harpa, la ville où est née cette légende ?

— Euh non.

— Connaissez-vous le Sefer Yetsirah ?

— Encore moins… Sefer veut dire « livre » en hébreu, je crois…

— C'est le *livre de la formation.*

Gioio Shipo termine sa tasse, Sivan a laissé la sienne, le thé est trop infusé. Il la regarde droit dans les yeux.

— Je vous conseille d'aller là-bas. Ensuite, reposez-moi la question.

CHAPITRE 6

Mydizen, Capitale du Nord, 6ᵉ jour de Drem.

Le communiqué de presse a été publié hier. Et comme prévu, appels et messages inondent le commissariat.

Devant sa Tabletem Sivan regarde les billets de TrainGlisse pour aller à Harpa. Il faut absolument qu'elle parle de sa piste à Charmin. Elle veut y aller seule, car elle sent que l'inspecteur ne serait pas encore prêt à admettre certaines choses.

En effet, depuis son entretien avec le moine bouddhiste, la jeune fille est persuadée que le Golem a existé. Elle a une intuition. Pourquoi lui dire d'aller là-bas sinon ? Ou alors c'est pour lui donner une leçon ?

Depuis le Big Bang II, qui peut dire que rien n'est impossible ? Avec la résurgence des superstitions, bien malins ceux qui passent entre ces phénomènes. Malins, peut-être, mais surtout aveugles. Sivan préfère l'être aussi, car peu amène pour le moment à croire à tout ça. Et avec ses études, elle penche plus pour le réalisme que l'idéalisme.

L'arrivée du second soleil, Soleileia, n'a jamais été prévue par les scientifiques. L'incertitude scientifique n'est pas une faiblesse. Seulement la preuve que rien n'est certain.

Sa Tabletem sonne, l'arrachant à ses pensées.

— Sivan, pourriez-vous me retrouver à mon bureau ? J'ai la liste des étudiants de Polpier. J'aimerais qu'on la détaille ensemble.

Sivan descend au troisième étage, prenant un café au passage. Elle trouve qu'elle gère bien l'après-Ameny. Sans nouvelle de lui depuis son passage télé involontaire, elle a décidé de le catégoriser dans la rubrique « lâche » et a même effacé son numéro. Évidemment que rien n'est aussi simple, mais la technique de se mettre la tête dans le sable lui semble appropriée.

Face à Charmin, elle affiche un sourire réflexe.

— Vous avez l'air d'aller bien, Sivan, je suis rassuré, l'accueille l'inspecteur.

— Oui, Inspecteur, je voulais vous parler de quelque chose.

— Bien sûr, mais avant tout, assoyez-vous. Voici la liste des étudiants. Je voudrais que vous la lisiez attentivement. Après tout, vous êtes diplômée depuis l'année dernière, peut-être que certains vous diront quelque chose…

Sivan prend la liste. Il y a environ cinquante noms. Peu, mais c'est normal, Polpier enseignait à un haut niveau. Curieusement, il y a pas mal de filles. Parcourant les noms, elle met des croix devant ceux qu'elle connaît. Enfin, ce ne sont pas des connaissances. Sivan n'avait pas beaucoup d'amis. Elle repense à Jenny, soudain. Malgré tout, elle lui manque. Sivan est toujours attachée à sa brune.

Elle secoue la tête, comme pour reconnecter ses neurones, Charmin la regarde faire, étonné.

— Tout va bien Sivan ?

— Oui, pardon. Alors j'en connais certains. Vous avez vu qu'il y a énormément de filles dans la liste ?

— Oui. Quand le docteur Janus vous a parlé de sa méthode d'enseignement peu orthodoxe, que voulait-il dire ?

— Je ne sais pas, il a parlé de méthode moderne. Je ne sais pas ce que cela signifie.

— Bon, parmi ces noms que vous connaissez y a-t-il une personne dont le jugement vous semble le plus neutre possible ?

— Oui. Myriam Yarbé. C'est une fille bien dans ses baskets. Pas le genre à tomber amoureuse du prof. Enfin, qui sait ? Elle hausse les épaules.

— Faisons-la venir au commissariat. Maintenant que tout le monde sait que le prof a été assassiné, ce sera plus simple de mener les interrogatoires.

Sivan acquiesce.

— Inspecteur, et du côté des critiques sur le professeur, cela donne quoi ?

— Ah oui, j'allais vous en parler. Les accusations dont le docteur Janus a parlé viennent principalement d'une tribune publiée dans un journal scientifique. Signée des frères Stan. Vous connaissez ?

— Pas du tout.

— Je les ai contactés. J'aimerais qu'ils viennent s'expliquer. D'où sortent-ils leurs accusations ? Ont-ils des preuves ?

— Oui cela promet d'être instructif. Mais en quoi la mort de Polpier pourrait les avantager ?

— Aucunement, c'est vrai. Mais si c'était vraiment un affabulateur, il peut s'être fait beaucoup d'ennemis, il a peut-être commis des plagiats. À voir.

Devant l'ascenseur, Sivan essaie de se souvenir de cette Myriam Yarbé. Une chouette fille. Plutôt sympa. Elles doivent avoir deux ans d'écart, pas plus.

Perdue dans ses pensées, elle ne voit pas que le malotru est derrière elle. La porte s'ouvre, révélant la présence du policier dans le miroir de l'ascenseur. Sivan sursaute.

— Oh, Dan, vous m'avez fait une de ces peurs !

— Décidément, je vous fais de drôles d'effets.

Contrairement à leurs autres rencontres, il avait l'air préoccupé. Sivan ne sait pas si elle peut, mais elle ose.

— Vous avez l'air tracassé, tout va bien ?

— Ce n'est rien, des soucis personnels. Et vous ça va comme vous voulez ?

— Oui, enfin si on peut dire. Pareil, des soucis personnels.

— On est dans le même état d'esprit alors.

Il se rapproche d'elle.

Leurs deux corps se touchent presque. Sivan sent une chaleur monter de son bas-ventre. Cela fait longtemps qu'elle n'a pas été touchée par un homme. L'envie de l'embrasser devient presque difficile à contrôler. Elle est attirée comme un aimant. Dan voit bien l'effet qu'il lui fait, et il sourit en attrapant son visage. Sivan voit de belles dents alignées, des lèvres ourlées à souhait, bref une bouche à baiser. Et c'est une vague de désirs qui s'empare d'eux.

La porte s'ouvre. Dan s'écarte rapidement d'elle et s'en va. Sivan a le cœur qui bat à cent à l'heure. Mais qu'a-t-elle fait ? Elle sourit. C'était si bon. Non, elle ne le regrette pas.

*

— Ça me fait plaisir de te revoir Sivan, tu es superbe !

Myriam Yarbé possède cette spontanéité qui revigore n'importe qui. Au-delà du compliment, bien sûr.

— Moi aussi Myriam, et merci à toi de te déplacer aussi rapidement !

— Tu as eu de la chance, quand j'ai eu ton appel, je faisais des courses à côté ! Et puis j'ai eu envie de parler de John Polpier dès que j'ai appris la nouvelle.

— Myriam, je dois t'interroger selon la procédure. Mon chef, l'inspecteur Charmin, va arriver. Il m'a donné l'autorisation de te questionner. Je trouve que cela fait moins formel, cela te convient ?

— Bien sûr, je préfère.

Charmin débarque, il est en bras de chemise.

— Bonjour Mademoiselle, enchantée.

— Inspecteur.

Ils se serrent la main.

— Veuillez vous asseoir, nous allons commencer. Vous êtes donc Myriam Yarbé, 25 ans, étudiante, Sivan lit la fiche du témoin.

— Oui, c'est exact.

— Vous étiez donc dans le cours du professeur Polpier ?

— Tout à fait.

Yarbé s'arrête de parler. Charmin veut prendre la parole, mais elle le coupe dans son élan.

— Sivan, Inspecteur, tout ce que je vais dire ne va pas sortir de cette salle, c'est ça ?

Charmin lui répond :

— Oui, enfin ce n'est pas le confessionnal, vos propos vont être retranscrits, mais ne seront jamais communiqués à personne d'autre que la police. Tout reste confidentiel.

— Parfait. Je préfère vous dire que j'ai été sa maîtresse.

Sivan est un peu choquée. Elle se rappelle ses paroles à Charmin, « pas le genre à tomber amoureuse du prof ». Pfff. Elle n'a pas beaucoup d'intuition finalement.

Yarbé souffle, comme si dire ces mots l'avait libéré.

— Je devine ce que vous pensez tous, il était marié, je le savais. John avait un charme fou. Il était intelligent, mais aussi magnétique. J'imaginais bien ne pas être la seule, elle baisse les yeux.

Charmin lui demande alors :

— Comment ça ? Vous saviez qu'il avait plusieurs maîtresses ?

Elle le regarde profondément.

— Oui, bien sûr. D'autres femmes. Des étudiantes, mais pas seulement. On était toutes son genre, vous comprenez. Tant que vous étiez fasciné par lui, vous aviez une chance de lui plaire.

Sivan reprend la parole :

— Et tu étais encore sa maîtresse avant sa mort ?

— Non, Sivan. C'était fini. Son aura avait terni. Quand je vous ai dit que je savais ne pas être la seule, c'est un peu faux. Je l'ai appris il y a peu de temps au cours d'une soirée. Par une autre étudiante qui est complètement folle de lui.

— Elle s'appelle comment ?

— Charlotte Gendrain. Je ne crois pas que tu la connaisses. Elle est arrivée l'année dernière à notre université. Elle vient de Gaushino.

Intéressant.

Gaushino.

L'inspecteur continue l'interrogatoire :

— Et cette Charlotte savait-elle que vous étiez aussi sa maîtresse ?

— Non, elle l'ignorait avant que je lui dise, lors de cette fameuse soirée. Mais j'ai eu vent de certaines rumeurs…

— Comme quoi ?

— Elle aurait envoyé une lettre à Angela Polpier.

*

Charmin a l'air préoccupé, il fronce les sourcils en lisant des documents. Sivan s'approche de son bureau.

— Inspecteur, je dois absolument vous faire part d'une piste que j'aimerai explorer.

Il relève la tête.

— Bien sûr, Sivan. Mais avant cela, qu'as-tu pensé du témoignage de Yarbé ?

Elle réfléchit rapidement et lance :

— Étonnant, dirais-je. Je n'aurai jamais pensé qu'elle puisse coucher avec un prof.

Décidément, Charmin n'a pas l'air dans son assiette, elle n'a pas l'impression qu'il l'écoute.

— Inspecteur, que se passe-t-il ?

— Sivan, il plante son regard dans le sien. Ce que je vais te dire ne va pas te faire plaisir, mais Myriam Yarbé est liée aux frères Stan. Ils sont parents.

— Les frères Stan ?

Ah oui, les auteurs de la tribune contre Polpier.

— D'accord, mais qu'est-ce que cela signifie ?

— Ta Myriam Yabré n'est peut-être pas la plus neutre possible.

Effectivement, à aucun moment la fille n'a parlé des différentes calomnies qui touchaient Polpier. Elle a seulement parlé d'une amourette avec lui. En même temps, ni Sivan ni l'inspecteur ne l'ont interrogé sur ce thème. Aïe, ils ont mal préparé l'entretien.

— Je suis désolée, je vous ai induit en erreur. Je pensais la connaître, enfin…

Charmin la coupe :

— Hé non, tout est de ma faute. Zut alors…

Il tient sa tête entre ses mains.

Charmin est un excellent enquêteur. D'avoir commis une erreur pareille a l'air de le miner fortement. Sivan ose parler.

— Je vais la re convoquer, nous allons compléter son témoignage.

— Oui, mais elle va comprendre si on la rappelle… Sivan, j'ai besoin de vous demander un service. Et ce ne sera pas comme la dernière fois…

Sivan le coupe directement :

— On a dit qu'on n'en parlait plus. La jeune fille ne veut plus entendre parler de ce qu'elle a fait à Gaushino, avec l'agent de sécurité. Alors ?

— Vous avez le numéro de Yarbé du coup. Je veux que vous lui parliez, disons, dans un contexte plus intime. Vous lui direz que vous connaissez ses liens avec les Stan, mais que vous ne vouliez pas la mettre dans l'embarras.

— D'accord.

Charmin retourne à ses lectures. Sivan décide de remonter à son bureau. Tant pis pour la piste du Golem, elle lui expliquera seulement si elle découvre quelque chose.

Pfff, pourquoi ne me suis-je pas renseignée sur Yarbé ? Cruchette est de retour, se dit-elle. Décidée à se rattraper, elle envoie un message avec sa Tabletem à Myriam Yarbé.

« Coucou, un verre pour raconter nos vies cela te dit ? » Yarbé lui répond quasi instantanément.

« *Demain soir ?* »

Sivan écrit : « *oui.* »

Assise à son bureau, elle repense aux mots de Gioio Shipo. Le Sefer Yetsirah, le *livre de la formation.* Plutôt que de chercher des informations sur un moteur de recherche, l'idéal serait qu'à Harpa elle puisse rencontrer un spécialiste.

Pas n'importe lequel.

Un spécialiste de la mystique juive, un kabbaliste.

CHAPITRE 7

Mydizen, Capitale du Nord, 7e jour de Drem.

Au petit matin, Sivan allume sa Tabletem. Message du docteur Janus.

Elle lui a demandé hier s'il connaissait un Kabbaliste. Il lui conseille un certain Michel Kurchazy, avec ce commentaire : « Attention ma chère, c'est un grand spécialiste, il n'est pas dans la vulgarisation. »

En chemin pour aller au commissariat, elle modifie son itinéraire pour passer à la librairie afin d'essayer de trouver un ouvrage sur le Sefer Yetsirah. Il n'y a rien, bien entendu.

« Mais qu'est-ce donc ? » lui a dit le libraire avec de grands airs.

Elle n'ose pas aller chercher sur les moteurs de recherche. La Kabbale fait partie des sciences occultes les plus mal documentées. Inutile de se renseigner par les réseaux classiques. Un bon vieux livre, c'est irremplaçable.

Arrivant au commissariat, elle jette un regard à gauche à droite pour repérer Dan, son malotru, comme elle aime l'appeler. Il n'a pas l'air d'être là. Elle est certaine d'avoir rêvé de lui pendant la Mala Noc.

Par contre, Charmin est dans le hall, il l'interpelle :

— Sivan ! Venez dans mon bureau !

Elle s'exécute.

— Inspecteur, j'ai rendez-vous ce soir avec Yarbé.

— Super ! Parce que les frères Stan nous font faux bond, ils sont dans l'Hémisphère Sud, il hausse les épaules puis reprend. Vous souhaitiez me parler de quelque chose hier, une piste…

Sivan ne l'écoute plus. Elle réfléchit. Que faire ? Elle a peur de lui dire et qu'il lui réponde de ne pas perdre son temps. Ou alors pire, qu'il vienne avec elle à Harpa !

— Euh non, pardon inspecteur, j'avais pensé à quelque chose, mais cela ne peut être possible à bien y réfléchir. Laissons tomber.

— D'accord.

Sivan le regarde s'éloigner. Elle n'aime pas mentir. Elle a toujours l'impression de faire le mauvais choix.

Sa Tabletem sonne. S'affiche un numéro qu'elle connaît par cœur.

C'est Ameny.

Curieuse, elle décroche.

— Salut Sivan !

D'entendre sa voix lui fait beaucoup de mal. Elle a l'impression de revenir en arrière. Dans un passé qui lui semble lointain.

— Salut Ameny. Que veux-tu ?

Elle déteste tourner autour du pot.

Il rigole. Elle aime son rire.

— Comme d'habitude tu es très directe. Te dire que je suis désolé. Je me suis mal comporté. J'ai agi comme un adolescent.

Pause. Puis il reprend :

— Je suis à Mydizen, je veux te voir.

À ces mots, Sivan n'a qu'une seule envie, l'envoyer se faire cuire un œuf. Mais d'autres mots sortent de sa bouche :

— D'accord. Quand ?

— Ce soir ?

— Non je ne peux pas, elle bénit son rendez-vous avec Myriam Yarbé. Un homme ne doit pas avoir l'impression qu'on est acquise. Enfin, c'est ce qu'elle a lu dans les magazines féminins.

— Tu es avec quelqu'un, Sivan ? lui demande Ameny, innocemment.

Bien sûr, je fais comme toi, je me mets avec un autre avant de rompre, pense-t-elle. Mais elle lui répond autrement :

— Non.

— Bon, demain soir alors ?

— Oui.

Cette conversation ne semble pas du tout naturelle. Sivan a l'impression de parler à un inconnu alors qu'il a fait partie de sa vie. Ameny reprend :

— Tu me donneras le lieu, je ne connais pas tellement votre ville, il rit presque.

Sivan raccroche.

Elle n'a qu'une envie : aller crier sur un toit, quelque part. Crier pour se vider. Pour ne plus réfléchir.

Mais elle est à son travail, et face à l'ascenseur. L'ascenseur des envies, de Dan. Qu'est-ce qu'elle aimerait le voir là ! Elle sent qu'elle peut être accro à cet homme. Mais d'ailleurs est-il seul ? Sivan ne connaît rien de lui.

Encore quelqu'un qui va la décevoir.

*

Michel Kurchazy. Sivan a l'intention de prendre rendez-vous avec lui à Harpa, ses disponibilités lui donneront les dates de son voyage.

Harpa est assez loin de Mydizen, située dans l'Ancienne Europe. Elle devra prendre le TrainGlisse pendant minimum 3 heures.

Tapant sur les moteurs de recherche : Harpa, puis images, des photos s'affichent, montrant des constructions assez anciennes d'églises de l'Ancien Gothique, d'Art Nouveau.

La ville a été assez préservée pendant le Big Bang II, et en général les territoires situés à l'extrémité des continents ont été plus conservés que ceux situés au centre. La cause la plus connue de ce phénomène est simplement que les épicentres des deux mégaséismes étaient situés sur l'Ancienne Amérique et sur l'Ancienne Arabie. Ce sont ces deux Anciens Continents qui ont été détruits quasi à cent pour cent.

Pourtant, Sivan regarde à travers sa fenêtre, elle domine la vaste rue principale. Les façades des immeubles ont été reconstituées à la manière d'avant BBI. Une manière d'oublier ce cataclysme ? Elle hausse les épaules. Rien ne remplacera la beauté des portes cochères, larges et hautes qui permettaient l'entrée des calèches naguère.

Sa Tabletem sonne. Elle décroche directement.

— Allo ?

— Sivan Seidgrend ?

— Oui c'est moi !

— Michel Kurchazy. Le docteur Janus m'a dit que vous cherchiez à me contacter.

Sivan est surprise, elle avait juste demandé le numéro à son ancien professeur, sans l'informer de son intérêt. Elle croit surtout que le docteur Janus veut qu'elle résolve cette affaire le plus rapidement possible… À l'université, l'ambiance doit être morose.

— Oui, merci de votre appel. Je suis à la recherche de quelqu'un qui peut m'aiguiller sur… euh…, Sivan n'ose prononcer le mot, comme si c'était trop cliché, puis elle lance : sur le Golem.

Kurchazy marque un temps d'arrêt. Puis il lui dit :

— Vous parlez du Golem dans les jeux vidéo ? Ou bien d'un monstre qui a secouru les juifs avant le Big Bang II ?

— Je parle d'un être fait d'argile, oui.

Le savant se tut. Sivan sent qu'il ne la prend pas au sérieux. Elle enchaîne :

— On m'a parlé du Sefer Yetsirah. J'ai envie d'en savoir plus.

— Le Sefer Yetsirah, le livre de la formation, un des traités les plus mystérieux qui m'ait été donné de lire. Écoutez, mademoiselle, si vous êtes à ce point intéressé, venez me voir à Harpa. Il fait une pause puis reprend : votre prénom, connaissez-vous sa signification ?

— Euh… Sivan ? Non.

— J'ai énormément de choses à vous apprendre Sivan. Pouvez-vous venir après-demain ?

Elle réfléchit rapidement :

— Oui !

*

20 heures.

Sivan a donné rendez-vous à Myriam Yarbé au bar près du commissariat. C'est un lieu qui lui semble familier maintenant. Elle y verra sans doute Charles, ce qui n'est pas pour lui déplaire. Elle s'assoit à une table, le barman est surpris par ce changement de place, *et alors* ? a-t-elle envie de lui dire.

Elle commande une vodka en attendant. Charles est là. Mais pour l'instant, il ne l'a même pas regardé. Pourtant, le bar n'est pas plein.

Il doit avoir envie de passer à autre chose, se dit-elle. Normal. Elle a été particulièrement maladroite avec lui.

Une jeune fille vient vers elle, c'est Yarbé. Elle s'est maquillée pour l'occasion.

— Sivan, c'est une excellente initiative que tu as eue. Je n'osais te le proposer.

— Salut Myriam ! Oui, je me disais que c'était une bonne occasion.

Et elles commandent deux Vodkas orange. La discussion va bon train. Sivan ne parle pas de l'affaire.

Au bout du quatrième verre, les deux filles sont un peu guillerettes. Enfin Sivan fait légèrement semblant. L'avantage d'être un peu alcoolique. Elle essaie d'en savoir plus sur Polpier. Finalement, c'est Myriam qui lui en parle :

— Ça t'a étonnée quand tu as appris pour le prof et moi non ? crie Yarbé pour se faire entendre, la musique étant plus forte.

— Ouais, un peu quand même.

— J'ai toujours aimé les hommes plus âgés. Pourtant, c'est pas faute d'avoir été prévenue.

— Comment ça ? Sivan est tout ouïe.

— En fait Polpier n'était pas celui qu'on croit.

Et Yarbé commande un autre verre. Elle est pompette. Sivan reprend :

— Tu veux dire quoi par-là ?

Elle feint d'être elle-même éméchée.

— Je veux dire que c'était un faux prof en fait.

Sivan fait l'étonnée. Myriam Yarbé reprend :

— Il disait être diplômé de telle école, mais non. Il n'aurait même pas dû enseigner à l'université.

— Quoi ?

— Oui, c'était un manipulateur hors pair. Et la fille baisse les yeux. Enfin cela n'a pas empêché que je tombe amoureuse de lui. Mais il avait des aventures avec tellement de filles ! C'est impossible de tout supporter.

— Bien sûr.

— Encore une chose que je ne t'ai pas dite…

— C'est-à-dire ? répond Sivan d'un air innocent.

— J'ai su que Polpier n'avait pas les diplômes pour enseigner par mes oncles. Ils sont connus dans le milieu scientifique, mais heureusement qu'ils portent le nom de famille de ma mère. Les Stan.

Yarbé stoppe, essayant de deviner l'effet produit sur Sivan. Mais l'enquêtrice reste de marbre, elle ne les connaissait d'ailleurs pas avant que Charmin ne lui en parle.

— Ah d'accord. Mais je ne comprends pas pourquoi tu n'en as pas parlé pendant l'interrogatoire ? Après tout, peu importe !

— Non Sivan, car mes oncles ont fait une tribune à charge contre Polpier. John l'a appris quand nous étions ensemble… et du coup il m'a larguée à vrai dire… Elle baisse les yeux, puis les relève : j'étais fâchée, j'étais prête à tout pour qu'on se remette ensemble…

— Jusqu'où étais-tu prête ?

Elle rougit.

— Jusqu'à en parler à sa femme.

Sivan réfléchit rapidement :

— Mais alors Myriam, tu parlais de toi la dernière fois pendant l'interrogatoire ? Ce n'est pas Charlotte Gendrain qui voulait prévenir Angela Polpier, mais toi ?

La jeune fille devient blême :

— Non, Sivan, nous voulions toutes les deux en parler à la femme Polpier.

Sivan rassemble ses souvenirs de l'interrogatoire. Pas évident.

— Mais cette fameuse lettre dont tu nous as parlé, celle qu'aurait envoyée Charlotte Gendrain ?

— Ah oui, la lettre, Yarbé hausse les épaules, Charlotte m'a dit qu'elle lui avait envoyé.

— Et donc ?

— Rien. Pas de nouvelles d'Angela Polpier. Nous voulions venir chez elle, directement.

Sur le chemin du retour, l'esprit de Sivan s'échauffe. Alors le meurtre résulterait d'un complot amoureux ? Les anciennes maîtresses jalouses qui veulent en parler à la femme trompée, mais finalement qui préfèrent le tuer.

Mais comment auraient-elles pu l'assassiner par peur ? Sivan n'y réfléchit pas, tant que cela lui semble insensé.

CHAPITRE 8

Mydizen, Capitale du Nord, 8e jour de Drem.

L'inspecteur Charmin a décidé de convoquer Sivan tôt ce matin. Il est extrêmement pressé d'entendre le compte-rendu de la soirée avec Myriam Yarbé.

Sivan arrive assez souriante, car elle sait que demain elle part pour Harpa. Difficile de ne pas paraître enthousiaste à cette idée, qu'elle doit cacher à Charmin pour l'instant. Et d'ailleurs, il faut qu'elle réfléchisse à sa justification d'absence pour demain…

— Ma chère Sivan, on dirait que la soirée s'est bien passée hier, vous êtes rayonnante !

— Ahah Inspecteur, ce n'est pas ce que vous croyez, mais oui on peut dire ça.

Difficile quand on est comme Sivan, quelqu'un de spontané, de dissimuler ses émotions. Elle reprend :

— Yarbé a effectivement admis que ses oncles ont publié la tribune discriminant Polpier.

— Et donc ? Pourquoi ne nous l'a-t-elle pas dit quand elle est venue ?

— Ça, aucune idée, en fait, Sivan baisse son regard, elle est loin d'être une pro de l'interrogatoire. Mais dès que Polpier a appris que c'était la nièce de deux savants, il s'est séparé d'elle.

— Selon Yarbé.

— Oui, selon elle, bien sûr.

Charmin se tourne vers sa fenêtre. Au pied de la Boulangerie, dans la rue commerçante, une file d'attente. Il se dit qu'il irait bien s'acheter un pain au chocolat.

— Inspecteur, vous pensez qu'elle ment ?

— Non, lui répond-il, les yeux rivés sur la vitrine remplie de gourmandises.

— Et elle a expliqué vouloir parler à la femme de Polpier, avec Charlotte Gendrain.

— Et la lettre ?

— Elle a bien été envoyée, mais sans réponse.

L'inspecteur se retourne.

— Ainsi les deux jeunes filles se connaissent plus qu'on ne le pensait. Un duo de la mort ? Cela me semble peu probable. Pourquoi voulaient-elles parler à Angela Polpier en personne ? Pour décrédibiliser le mari évidemment. Souhaitaient-elles qu'ils se séparent pour se venger de Polpier ? Mais jusqu'au meurtre ? Encore une fois cela me paraît absurde. Et quel rapport avec ce que ce témoin a vu, un être fait d'argile ?

Sivan n'ose rien ajouter. L'inspecteur Charmin fait les questions et les réponses, il est en pleine réflexion à voix haute. Elle reste immobile, comme si le moindre mouvement pouvait couper court à la machine infernale qu'est le cerveau humain.

D'un coup, il brise le silence :

— Sivan, nous devons réinterroger la veuve.

— Et ce courrier ? Vous ne trouvez pas étrange que la veuve ne nous en ait pas parlé… Tout de même, cela ferait un bon mobile de meurtre, l'adultère.

— Mais l'a-t-elle réellement reçu ?

Charmin a l'air perplexe.

— Vous pensez réellement qu'elle ne pouvait être au courant du comportement de son mari ? Vous êtes naïve ma chère. Quand il s'agit de mettre la tête dans le sable, bien des gens en sont capables.

C'est certain. Sivan réfléchit à sa propre histoire. Dès qu'elle a su qu'Ameny avait quelqu'un, il le lui a dit. La différence entre un salopard et une bonne personne sans doute. Ce qui rend son souvenir encore plus douloureux. Ameny lui manque. Elle le voit ce soir…

L'inspecteur convient d'un rendez-vous rapide avec la veuve, cet après-midi. Mais cette fois-ci, ils vont se déplacer. C'est la première fois que Sivan ira chez une victime depuis ses nouvelles fonctions. Surtout que Polpier est mort en bas de chez lui. Elle n'a jamais vu le lieu du meurtre, contrairement à Charmin qui y est allé.

Marchant d'un pas rapide vers son bureau, elle voit une silhouette familière qui en sort.

Dan, le malotru.

— Salut, belle Sivan.

Il l'aguiche, littéralement.

C'est fou l'effet que même sa voix fait à la jeune fille. Rien que de le voir, elle a envie de lui sauter dessus.

— Hello Dan. Comment vas-tu ?

Elle tente de recentrer la conversation dans une certaine normalité.

— Beaucoup mieux depuis que je te vois. Tu me fais visiter ton bureau ?

Sivan passe devant lui, tout en lui barrant le passage. Leurs visages se touchent presque, Dan ne recule pas.

— Euh… j'ai du travail, pardon.

Son beau dragueur ne fait pas le moindre mouvement de recul. Comme s'il ne l'écoutait pas. Elle se retourne vers la porte, l'ouvre. Dan la suit.

Sivan sent que les choses vont déraper. Un mélange de peur et d'envie se mêle. Et si Charmin venait à son bureau ?

— Allez viens Sivan, je sais que tu en as envie. Et il empoigne son visage et l'embrasse langoureusement.

Elle n'a jamais été embrassée avec un tel désir sexuel. Les mains puissantes de Dan commencent à la caresser, un peu partout. Elle fait de même, le touche, le sent. Son cœur bat de plus en plus vite.

Il la lâche une seconde.

Seulement pour fermer la porte.

*

15 heures.

Sivan et l'inspecteur Charmin sont en route pour le domicile des Polpier. Ils ont tout simplement pris le MétroGlisse, l'appartement n'est situé qu'à trois stations.

Regardant le paysage qui défile, Sivan ne peut s'empêcher de penser au beau Dan. Quelle folie leur a pris tout à l'heure ! Elle n'avait jamais pensé que faire l'amour puisse être aussi désinhibant. Avec un partenaire tel que son malotru, elle pourrait accomplir les fantasmes les plus inavoués. À cette pensée, elle sent de nouveau une chaleur dans son bas ventre.

Reprends-toi Sivan tu es avec Charmin ! se dit-elle. L'inspecteur a l'air aussi plongé dans ses pensées.

« Brazoni, une minute d'arrêt. »

Sitôt la voix robotique annonçant la station Sivan et Charmin se lèvent et sortent de la petite gare. L'endroit est terriblement résidentiel. De grands immeubles, avec terrasses et balcons, dans un style moderne et épuré. Tout ce qu'elle déteste. L'appartement d'Angela Polpier est situé au premier étage d'un building qui ressemble à tant d'autres. Numéro 57. Charmin s'arrête un peu avant d'aller à l'entrée.

— Voilà, Sivan, c'est ici qu'on a retrouvé le corps de John Polpier. Il était allongé là. Comme tu peux le remarquer, l'endroit n'a rien d'exceptionnel. C'est pour cela que je ne t'ai pas fait venir les autres fois.

Effectivement, à part l'asphalte, il n'y a rien de transcendant. Et comme la victime est morte de peur, il n'y a pas de trace de sang. Un meurtre propre pourrait-on dire.

Puis ils sonnent chez la veuve, qui répond instantanément. Elle a dû se poster à sa fenêtre pour les voir arriver.

Un couloir clinique, qui dispatche plusieurs portes, toutes les mêmes.

— Madame Polpier, merci de nous recevoir, dit Charmin à Angela Polpier, qui avait déjà ouvert sa porte avant même qu'ils sonnent de nouveau.

Quel empressement pour les recevoir…

— Inspecteur, Inspectrice.

Sivan sourit à ces mots

— Je vous en prie, entrez, il y a du thé, du café, des petits gâteaux.

Autant l'extérieur et les parties communes étaient impersonnels à souhait, autant l'appartement des Polpier a quelque chose de la Caverne d'Ali Baba. Plein d'objets en pagaille tapissent les murs. De tous horizons. La bibliothèque est également très fournie. Il n'y a tellement plus de place qu'outre la création d'une deuxième rangée par étagère, les livres sont empilés et montent jusqu'au plafond.

— Pardonnez ce capharnaüm, je suppose que cela peut rebuter certaines personnes, mais croyez-moi, mon esprit est bien rangé, sourit-elle.

Sivan regarde la veuve. Elle est assez jolie en fait. Le genre de femme qui n'a nul besoin d'artifice.

— Alors l'enquête avance-t-elle ? dit-elle sur un ton presque enjoué.

— Madame Polpier, nous avons quelques questions à vous poser.

Charmin prend le broc rempli de café chaud et s'en verse une tasse. L'instant est assez délicat à vrai dire.

— Oui, Inspecteur, je vous écoute.

— Ce que j'ai à vous demander n'est pas facile, mais nous avons appris certaines choses sur votre mari…

À ces mots, le visage d'Angela Polpier s'assombrit. Elle baisse les yeux, le laissant parler, comme si elle était prête à l'humiliation.

— Votre mari avait des maîtresses.

Silence. Sivan décide aussi de se servir une tasse de café, l'ambiance est trop lourde pour elle.

La voix de la veuve, tremblante, retentit :

— Oui je le savais. Elle se lève puis reprend. J'avais reçu une lettre. D'une jeune fille. Elle se dirige vers la bibliothèque, en sort un livre. Sivan ne peut s'empêcher de regarder le titre : Dracula de Bram Stocker. Angela Polpier l'ouvre et prend une feuille de papier volante. Écriture manuscrite. La fameuse lettre, signée Charlotte Gendrain.

— Ainsi vous le saviez… dit Charmin. Mais pour quelle raison n'en avez-vous pas parlé ?

Elle sourit :

— Parce qu'Inspecteur j'aimais mon mari, oui, mais je ne suis pas née de la dernière pluie. J'ai bien conscience d'être la première suspecte dans ce type d'affaires.

— Mais vous saviez que nous allions être au courant de cette lettre ? Et des nombreuses aventures de votre mari ! L'avoir caché c'est d'autant plus incriminant !

— Sincèrement, Inspecteur, je vois que vous n'avez jamais été dans ma position. Instinct de survie, devrais-je dire. Sur le moment, je n'ai pas pensé à tout ça. Après, si vous pensez que j'ai tué mon mari, allez-y, elle tend ses poignets comme s'ils allaient l'arrêter.

— Mais non, enfin avouez que ce n'est pas très malin. Bref, revenons à l'interrogatoire à proprement dit.

Angela Polpier se rassoit. Charmin reprend :

— Alors vous saviez que votre mari vous trompait. Depuis combien de temps ?

— Cette lettre n'était pas une surprise. En fait ce n'est pas la première ! Vous n'imaginiez pas le nombre de jeunes filles qu'il a blessées ! Toutes voulaient me mettre en garde. Mais voyez-vous, je l'aimais. Il m'a toujours impressionné. Et je me suis fait une raison. Tout ceci n'était que du sexe, de l'emprise. Mais quand il arrivait le soir, c'était toujours chez moi, chez nous.

Sivan ne peut s'empêcher de frissonner à ces paroles. Se mettre la tête dans le sable. Oui, c'est ça.

*

20 heures.

Jupe moulante noire taille haute, chemisier blanc noué sur sa taille, talons de cinq centimètres, Sivan veut impressionner Ameny. Après tout elle aussi peut devenir volcanique. D'avoir couché avec Dan cet après-midi lui a redonné du sex appeal. Elle a compris qu'elle avait beaucoup d'atouts dans ce domaine, finalement. Bon amant, mauvais amoureux comme on dit. À elle de trouver le bon équilibre.

Elle lui a donné rendez-vous pas loin de son appartement, au cas où. En sortant de son cocon, elle boit une rasade de vodka, histoire de se désinhiber.

Devant le restaurant Le Tsar de Russie, elle regarde par la fenêtre. Ameny semble être arrivé depuis peu. Parfait, elle va essayer de ne pas tomber sur ses talons en ouvrant la porte d'entrée. Se concentrant pendant sa marche sur ses échasses, elle ne remarque qu'en s'assoyant la présence de quelqu'un de familier : Charles. Elle fronce les sourcils : que fait-il dans son quartier ? Elle n'a pas le temps de voir avec qui il dîne.

— Punaise Sivan tu es magnifique ! lui lance Ameny.

Son bel égyptien la regarde, de haut en bas, et ses yeux ont l'air amoureux. Enfin ce n'est qu'une apparence, elle le sait.

— Bonsoir Ameny. Et oui, tu vois, être une femme trompée ne rend pas laid, elle rigole de sa rime, qui est somme toute complètement nulle.

— Siv' tu as bu avant non ? rigole-t-il pour la détendre.

— Tu me connais, j'aime cet effet de l'alcool qui me rend moins froide. Alors, comment cela se passe à Mydizen ?

— J'aime beaucoup cette ville, tellement de choses à découvrir.

Le serveur leur apporte l'apéritif, deux Vodkas orange. Ce que Sivan préfère. Ils sirotent lentement, sans se parler. N'étant pas patiente, c'est elle qui brise la glace.

— Ameny, je t'ai vu sur le tarmac à l'aéroport de Mydizen.

— Oui je m'en suis douté.

Il rougit, puis lui prend la main. *Quel imbécile.*

— Sivan, je n'ai jamais voulu te faire du mal, j'ai appris très tardivement que Jenny était… Jenny Sterny. Je ne la connaissais pas et tu ne m'en as jamais parlé à Gaushino !

Ces mots font l'effet d'une provocation pour Sivan.

— Tu es en train de me dire à demi-mot que c'est ma faute si tu couches avec mon ancienne meilleure amie et la fille d'un meurtrier ?

— Non, bien sûr que non. Tu me prends pour qui ?

Ameny commence à hausser la voix, elle ne l'avait jamais vu comme ça. Il rajoute :

— Je sais que j'ai mal fait les choses, mais l'amour m'est tombé dessus, comme ça, ces mots sont des poignards dans le cœur de Sivan. Pardon, tu ne mérites pas ça, mais nous ne sommes ni mariés ni véritablement en couple, aie je sais que je m'enfonce en te disant ça, et il se prend la tête dans ses mains.

Sivan est immobile, elle n'a pas la force de crier et encore moins de pleurer.

Continuer le repas ? Non.

Juste prendre la poudre d'escampette.

Elle se lève, Ameny ne la retient pas. Puis elle reprend le chemin inverse, perchée sur ses échasses, ses talons hauts, rendant sa démarche incertaine, la rendant encore plus grotesque.

CHAPITRE 9

En route pour Harpa, Hémisphère Nord, 9e jour de Drem.

Ce voyage vers l'ancienne Prague tombe à pic.

Sivan regarde à la fenêtre ; le paysage défile si rapidement qu'il est impossible d'en discerner les contours.

Dommage, se dit-elle, elle qui apprécie la moindre touche de verdure.

Son TrainGlisse est parti très tôt ce matin, et la jeune fille a envoyé un message à Charmin : *Règles difficiles, je vous appelle quand je me sens mieux.*

Rien de tel qu'un souci féminin pour embarrasser un chef masculin et ainsi éviter de multiples questions inutiles.

Assise confortablement dans la rame, elle ne peut s'empêcher de repenser à la soirée désastreuse d'hier. Ameny a l'air vraiment accro à Jenny. Mais qu'en est-il des sentiments de Jenny ? Sivan sait que son ancienne meilleure amie n'a jamais fait dans la dentelle avec ses différents amants.

Ameny serait-il différent pour elle ? N'est-ce pas surtout une façon de se venger de Sivan ? Dans ce cas-là, la belle brune serait prête à tout pour la briser, quitte à faire du mal à Ameny. *Cette histoire a tout d'un vaudeville*, pense-t-elle.

Se concentrant sur l'affaire de la Noc, elle décide de mettre ses idées au clair :

—> *Historien mort par peur*

—> *Homme fait d'argile serait le meurtrier*

—> *Historien volage*

—> *Veuve au courant des aventures de son mari : vengeance ? Si oui, comment ?*

—> *Étudiantes délaissées ont toutes prévenues la femme par vengeance. Si une l'a tué, pourquoi et comment ?*

Ces interrogations lui semblent sans réponse et sans piste. Charmin a parlé de prise de drogues, mais l'historien n'en était pas friand, aux dires de la veuve. Mais le connaissait-elle vraiment ?

Et le Sefer Yetsirah. Le livre de la formation. Rien que ce titre la fait rêver.

Le TrainGlisse ralentit doucement alors qu'ils arrivent à Harpa. Les images qu'elle avait glanées sur les réseaux sont ressemblantes. Une ville à l'aspect gothique, mais aussi baroque.

Michel Kurchazy l'attend à la gare. Elle a hâte de l'entendre.

*

Le petit homme qui l'attendait, pancarte à la main, l'a un peu déçu de prime abord. Brun, légèrement voûté, petites lunettes rondes, sa voix laissait pourtant présager un autre type de physique.

Mais tu es incorrigible Sivan, se dit-elle. De nombreuses fois ses réflexions l'agacent. Enfin, elle a le mérite de l'avouer.

Assise confortablement au café Impérial de style Belle Époque, elle a commandé un chocolat chaud. Lui, un simple expresso.

— Sivan Seidgrend, le docteur Janus m'a beaucoup parlé de vous, en des termes plutôt élogieux.

Elle sourit.

— Nous nous entendons à merveille, et ce n'est pas la fin de mes études qui sonne la fin de notre amitié.

— Charmant, lui réplique-t-il un peu amusé.

Sivan n'apprécie pas tellement son ton, elle n'a pas le temps pour ce type de propos hypocrites.

— Monsieur Kurchazy, pardon d'être un peu rude, mais pouvez-vous me parler du Golem ?

L'homme se blottit dans son siège.

— N'avons-nous pas toute la journée, mademoiselle ?

Il lui fait un clin d'œil.

Elle souffle. La journée promet d'être longue… Voyant son air fermé, il décide tout de même de lui donner quelques billes.

— Sivan, votre prénom, connaissez-vous sa signification ?

— Oui, c'est un mois en hébreu. Et toc. Comme si elle ne savait pas ça. Kurchazy n'a pas l'air impressionné.

— Exactement. Vos racines viennent-elles de l'Ancienne Europe ?

— Oui je crois. Sivan perd patience. Écoutez, j'apprécie votre intérêt à mon égard, mais je suis une future enquêtrice et je dois absolument avoir ces informations au plus vite… il lui coupe la parole.

— Nous allons faire une promenade. Suivez-moi.

Gentleman, il paye les boissons et ils sortent. Dehors, il y a beaucoup de monde. C'est bientôt l'heure du déjeuner. Sivan n'a pas tellement envie de le partager avec Kurchazy, mais elle doute qu'elle ait le choix.

Déjà elle ne doit pas perdre de vue le spécialiste, qui se faufile entre les passants, sorte d'ombres urbaines en continu.

Kurchazy est petit certes, mais drôlement rapide. Elle peine derrière lui. D'un coup il s'arrête. Elle n'a pas même eu le temps de jeter un œil autour d'elle pendant sa course folle.

Essoufflée, elle regarde le bâtiment où ils se sont arrêtés. Ce qui ne va pas l'aider à reprendre son souffle. Car cet endroit est tout simplement… magique.

— Voici la plus ancienne synagogue d'Harpa, lui indique Kurchazy.

Un toit pointu en bois couronne un bâtiment somme toute simple, mais quelque chose d'étrange émane de ce lieu.

— La synagogue a été bâtie plus bas que le niveau de la ville en signe d'humilité, commente son guide. Elle est une des plus anciennes…

Sivan ne l'écoute plus. Elle est subjuguée. Par la beauté de cet endroit, par la simplicité de ces murs. Avant même que Kurchazy ne le lui propose, elle se dirige vers la porte principale.

— Attendez ! lui crie le kabbaliste.

Mais elle n'attend pas et pousse la lourde porte en bois. À l'intérieur, personne. Mais il lui semble pourtant qu'il y a quelqu'un. Ou plutôt que cet endroit grouille de monde. Elle fronce les sourcils, deviens-je folle ? Kurchazy lui touche le bras, comme pour la faire revenir dans la réalité.

— Sivan, vous allez bien ?

— Euh… oui, pardon Monsieur Kurchazy.

— Ne vous excusez pas. Je pense que vous êtes quelqu'un de très sensible, ai-je raison ?

Elle ne répond pas. Qui ne dit mot consent. Il reprend :

— J'imagine que vous êtes atteinte de ce qu'on appelait jadis le syndrome de Jérusalem.

Sivan le regarde, éberluée. Il continue son explication :

— Certaines personnes à proximité de lieux saints sont prises d'hallucinations, de pensées délirantes… Est-ce le cas Sivan ? Permettez que je vous appelle Sivan.

— Euh… un syndrome hallucinatoire ? Mais oui… euh… la jeune fille semble perdue.

— Assoyez-vous ici. Et elle se pose sur un banc.

Ce qu'elle ne peut raconter, c'est qu'elle voit plein de religieux autour d'eux psalmodier, d'une voix maigre, la tête couverte d'une toque.

— Sortons, je vous prie ! lance d'un coup Sivan. Et elle n'attend pas la réponse de Kurchazy.

*

Dehors sa tête est lourde, comme si elle avait beaucoup bu. Le kabbaliste la regarde, intrigué.

— Qu'avez-vous vu ? lui demande-t-il.

— Une scène de vie, d'une autre époque.

Michel Kurchazy l'emmène alors dans un restaurant, elle doit reprendre des forces. Il est aux petits soins, et lui choisit un plat typique de sa ville, une soupe au paprika avec du bœuf et des pommes de terre goulash, lui dit-il.

Sivan se sent mieux. Elle n'a même pas eu le cœur de lui dire qu'elle était végétarienne.

— Maintenant que vos joues ont repris des couleurs Sivan, j'admets avoir été volontairement peu loquace tout à l'heure.

— Mais pourquoi ?

— Je devais d'abord… vous tester.

La jeune fille en a un peu marre d'être souvent testée par manque de confiance en ses aptitudes, enfin c'est ce qu'elle croit. Voyant sa mine renfrognée, Kurchazy tente de clarifier :

— Je ne veux pas que vous pensiez que je ne vous fais pas confiance, Sivan. Seulement vous êtes venue me parler du Golem, dans le cadre d'une enquête si je comprends bien. Une enquête criminelle, non ?

Elle acquiesce en finissant son goulash. Il continue son raisonnement :

— Aussi je devais voir si vous étiez plutôt apte à écouter ce que j'ai à vous raconter. Voyez-vous, la kabbale est une science plutôt obscure, et il n'est pas bon d'en parler en vain.

— Mais Monsieur Kurchazy, qu'est-ce que la kabbale ?

— Sachez Sivan, que je ne connais que 5 % de cette science, alors que toute ma vie j'ai essayé de réunir bon nombre d'écrits sauvés du Big Bang II. Moi je suis plutôt un kabbaliste contemplatif, c'est-à-dire que j'essaie de connaître au maximum les techniques de combinaisons de lettres, afin d'atteindre les plus hauts niveaux de conscience. On appelle ça le « tserouf » en hébreu, ce qui signifie « combinaison ».

— Les techniques de combinaisons de lettres ?

La jeune fille est perdue.

— Oui, plutôt que de perturber votre esprit en vous parlant de choses qui ne pourraient vous servir, je vais aller à l'essentiel. Le Sefer Yetsirah, le livre de la formation, est un traité de cosmologie représentant la création de toutes choses par la permutation des lettres hébraïques.

— Vous voulez dire que vous pensez, en tant que kabbaliste, que la création de l'univers peut être expliquée par des lettres ?

— Oui, on peut dire ça comme ça.

Kurchazy lui sourit. Sivan sort sa Tabletem.

— Monsieur Kurchazy, puis-je enregistrer vos propos ? J'ai peur de ne pas avoir l'esprit assez vif pour tout comprendre d'un trait.

— Bien sûr. Je reprends. Ce traité de cosmologie est impossible à dater, surtout après le BBII. Il existe de multiples transcriptions, ainsi que de nombreuses versions.

Soudain, il la regarde intensément dans les yeux. Sivan sent un courant, comme un fluide qui la parcourt d'un coup. Le spécialiste poursuit :

— J'insiste Sivan, pour pouvoir au minimum appréhender ce traité, il faut se séparer de toute logique quotidienne.

— Euh, très bien, mais pardonnez-moi, quel est le rapport avec le Golem ?

Toujours en la regardant fixement, il lui lance une parole qui va tout éclairer :

— Les noms divins et combinaisons de lettres peuvent ainsi se transformer en incantation, dominant les forces naturelles.

*

Dans le TrainGlisse, vers Mydizen.

Incantation, forces naturelles, c'est bien ça, nous sommes dans le surnaturel. Sivan est assaillie de pensées. Le Golem est un être magique. Elle a vraiment besoin d'en savoir plus sur sa légende. Michel Kurchazy n'a pas voulu lui en dire plus et lui a donné deux livres : une transcription du Sefer Yetsirah (version Gra-Ari lui a-t-il précisé) et un livre de légendes juives avec l'histoire du Golem.

Tout un programme.

En attendant, elle reste sous le choc de sa visite à la synagogue. Son prénom est hébraïque, serait-ce pour cette raison qu'elle est si sensible comme dirait Kurchazy ? C'est sans doute dû également à ses origines…

Ce voyage était vraiment étonnant, elle sent qu'elle devra y retourner. Et elle a bien envie d'interroger son père sur l'histoire de leur famille.

Sur sa Tabletem, elle a vu que Charmin lui a laissé de nombreux messages, s'inquiétant de son état, puis de son silence. Il faut le rassurer :

— Inspecteur, c'est Sivan !

— Sivan enfin, je me faisais un sang d'encre ! Comment allez-vous ?

— Mieux, Inspecteur, j'ai été faire quelques courses, à la pharmacie notamment, et j'ai oublié de prendre ma tablette.

— Aucun problème. De mon côté, j'ai des choses à vous dire sur notre enquête.

— Je vous écoute.

— Non, continuez de vous reposer et nous en parlerons demain au commissariat.

Et il raccroche.

Sivan déteste ce genre de suspens. Elle n'est pas patiente. Pour oublier ce contretemps, elle décide d'ouvrir le fameux Sepher Yetsirah. Le kabbaliste lui a souligné les éléments qui pourraient l'intéresser.

Une heure plus tard, elle referme le livre. Elle n'a rien compris.

Passages du Sepher Yetsirah soulignés par Michel Kurchazy

EXTRAIT DU CHAPITRE I

1—11 Trois : Eau venant du souffle. Il a gravé et taillé vingt-deux lettres à partir d'un *Tohu Bohu* de boue et d'argile. Il les a gravées comme une sorte de parterre. Il les a taillées comme une sorte de mur. Il les a déployées comme une sorte de toit.

EXTRAITS DU CHAPITRE II

2—1 Vingt-deux lettres de fondement : trois mères, sept doubles et douze simples. Trois mères : *Alef*, *mém*, *Shin*, fondées sur le plateau du droit et sur le plateau du devoir, et la langue légifère entre les deux.

2—5 Comment ? Il les a permutées, les a pesées et les a transformées. *Alef* avec toutes et toutes avec *Alef*. *Beith* avec toutes et toutes avec *Beith*. Elles se renouvellent. On réalise ainsi que tout ce qui est formé et tout ce qui est parlé émane d'un seul Nom.

2—6 Il a formé la réalité à partir du *Tohu* et a tiré l'être du non-être. Il a taillé de grandes colonnes à partir de l'air insaisissable. Voici un signe : Il a observé, transmué et fait tout ce qui est formé et tout ce qui est parlé : un seul Nom. Il y a un signe à cela. : vingt-deux objets dans un seul corps.

EXTRAIT DU CHAPITRE III

3—4 Trois mères : *Alef, Mém, Shin*, dans l'année, ce sont : feu, eau, air. Le chaud a été créé à partir du Feu. Le froid a été créé à partir de l'eau et le tempéré de l'air se place entre les deux. Trois mères, *Alef, Mém, Shin*, dans l'âme, sont : feu, eau, air. La tête est créée à partir du Feu. Le ventre à partir et la poitrine à partir de l'air qui se place entre les deux.

EXTRAITS DU CHAPITRE IV

4—3 Sept doubles, *BGD KPRT*, opposées par sept extrémités. Ce sont les six extrémités : Haut, Bas, Est, Ouest, Nord, Sud et le Saint Palais situé au centre qui les supporte toutes.

4—12 Sept doubles, comment les permute-t-on ? Deux pierres bâtissent deux maisons. Trois bâtissent six maisons. Quatre bâtissent vingt-quatre maisons. Cinq bâtissent cent vingt maisons. Sept bâtissent cinq mille quarante maisons. À partir d'ici, continue, calcule ce que la bouche ne peut exprimer et ce que l'oreille ne peut entendre. Ce sont les sept planètes dans le monde : Soleil, Vénus, Mercure, Lune, Saturne, Jupiter, Mars. Les sept jours de l'année, les sept jours de la création. Les sept portes de l'âme : deux yeux, deux oreilles, deux narines et la bouche. Par elles ont été gravés les sept firmaments, les sept contrées, les sept heures. C'est pourquoi sept est bien-aimé sous tous les cieux.

CHAPITRE 10

Mydizen, Capitale du Nord, 10e jour de Drem.

Sivan se réveille en sueur. Elle a rêvé de lettres hébraïques, de rabbins, de Golem. Elle réfléchit au Sepher Yetsirah. Les lettres combinées entre elles forment une sorte de formule magique, qui serait à l'origine de la formation du Golem. Elle a encore du mal à imaginer ce que cela pourrait être. Reste pour elle à lire le livre sur les légendes. Malheureusement, elle doit partir au commissariat dare-dare.

Elle prend son café, et descend rapidement les marches de son immeuble. Courant vers le MétroGlisse, elle manque de glisser en lisant comme chaque matin les titres numériques placés à l'entrée de chaque station :

« Le procès Sterny ajourné. »

Sivan sait que le procès a finalement lieu à Gaushino, mais ne veut en aucune façon en entendre parler. Néanmoins de savoir qu'il a été reporté titille sa curiosité… S'assoyant dans la rame, elle commence à lire quelques articles, qui évoquent une maladie mystérieuse qui s'est emparée de l'ambassadeur, selon la Gazette de Mydizen. Il serait même hospitalisé.

Peu m'importe, se dit-elle.

Mais ses pensées ne sont que pour lui. Elle ne voit plus rien autour d'elle.

Il n'y a que Charmin pour lui rendre sa lucidité.

— Sivan enfin !

— Inspecteur. Pardon, je… réfléchissais.

— Mais ne vous excusez pas pour si peu… vous êtes encore pâle.

— Oh, mais non, je vais beaucoup mieux. Seulement, je viens d'apprendre que le procès de Monsieur Sterny a été ajourné.

L'inspecteur fronce les sourcils.

— Sivan, je vous ai déjà dit de ne vous concentrer que sur votre enquête.

— Il est malade. D'une maladie étrange.

Au tour de la jeune fille d'afficher une moue perplexe.

— Si vous voulez, je vais me renseigner. Maintenant ma chère montons à votre bureau. J'ai des choses à vous apprendre.

Les deux compères prennent le fameux ascenseur. Sivan ne peut s'empêcher de regarder derrière l'épaule de Charmin pour essayer d'apercevoir Dan. Mais il n'est pas là.

Arrivant au bureau, Charmin s'installe dans le canapé. Sivan rougit en pensant au moment plus que coquin qu'elle a passé sur ce fameux sofa.

— Ah vous reprenez des couleurs ! Je dirais même que vous rougissez. Tout va bien ?

— Oui, pardon, Inspecteur. Ce sont ces foutues hormones quand on est en période…

— Oui, oui, passons. En votre absence, j'ai convoqué Charlotte Gendrain. Cette jeune fille est complètement obnubilée par Polpier. Je crains qu'elle ne soit folle.

— Comment ça ?

— Elle était très jalouse…

— Jusqu'au meurtre ?

— Sincèrement, j'en ai vu beaucoup dans ma longue carrière… des meurtriers au visage d'ange. Parce qu'elle est très belle aussi.

— Soit, disons que c'est elle. Comment aurait-elle fait ?

Charmin rit nerveusement.

— Si vous parvenez à m'expliquer le truc du monstre fait d'argile, je vous invite au restaurant !

L'inspecteur devrait réfléchir à deux fois avant de proposer ça. Sivan se demande si ce n'est pas le bon moment de parler de son voyage à Harpa. Mais pour dire quoi ? Que des incantations peuvent créer un Golem ? Oui. Mais la croirait-il ?

Non.

Charmin parti, Sivan ouvre le livre des Légendes qu'elle avait soigneusement glissé dans son sac à main. Kurchazy lui a de nouveau annoté le passage qui peut l'intéresser.

Elle se fait un café, puis part des années en arrière. Dans le monde d'avant BBII.

*

Extrait du Livre des Légendes pré-Big Bang II, par Michal Kurchazy, p.45.

« La légende du Golem.

Nous sommes à Prague, connu aujourd'hui sous le nom de Harpa, en 1610.

Les juifs vivaient relativement en paix avec le reste de la population, catholique en majorité *(Note de l'auteur : le catholicisme est la religion dominante du moment)*.

Le Maharal de Prague est une figure du judaïsme. Il est non seulement un rabbin émérite, mais également un grand spécialiste de la Kabbale. Le Roi Rudolphe II le consulte régulièrement, avide de ses conseils avisés.

Un véritable sage, et moderne pour l'époque, mêlant science et Talmud. Tant de choses pourraient être écrites sur ce Rabbin exceptionnel, mais ceci n'est pas l'objet de ce récit.

Il sait qu'il est interdit de pratiquer de la magie pour obtenir de l'argent ou des faveurs. Mais pour se protéger des forces négatives, c'est permis.

Un jour, un homme habillé pauvrement le consulte.

— Rabbi, mes fils se sont encore fait attaquer hier, des vauriens ont volé le peu d'argent que nous avions…

Puis un vieil aveugle arrive à la Synagogue et se confie :

— Rabbi, on m'a encore dérobé le peu de grains que j'ai pour me nourrir…

Et encore un autre, qui débarque à la Synagogue en pleurant :

— Rabbi, mes filles ont été insultées, des hommes leur ont craché dessus…

Le Maharal sait qui sont les coupables de tels agissements : des brigands, catholiques de surcroît. Impossible d'aller voir le Roi pour cela, il sait d'avance qu'il serait difficile pour lui d'agir.

Mais la nuit porte conseil.

Dans un rêve, il demande à Dieu comment il peut venir en aide à ces malheureux.

Crée un Golem, un corps d'argile, et donne-lui la vie. Ce Golem pourra défendre les juifs contre leurs oppresseurs.

Au petit matin, le Maharal sait ce qu'il doit faire. Il fait appeler son gendre, Yits'hak, et son meilleur élève, Yaakov.

— J'ai besoin de vous, car j'ai décidé de créer un Golem, une créature puissante dénuée de sentiments qui répondra à mes ordres. Il doit défendre nos frères des bandits catholiques qui nous volent et nous insultent impunément. Grâce au Sefer Yetsirah je vais parvenir à lui donner la vie. J'ai besoin des quatre éléments de la Terre. Yits'hak, tu seras le feu. Yaakov, tu représenteras l'eau. Et moi je serais l'air. Dieu nous dira où chercher pour la Terre.

Toute la journée et une grande partie de la nuit, le Maharal étudie le Sefer Yetsirah, plein de modestie.

Dans la nuit du sixième au septième jour, le Maharal vit en songe les rives de la Vltava *(Note de l'auteur : c'était le plus grand fleuve du pays)*. Et plus précisément un endroit composé d'argile, provenant d'alluvions, où on pouvait deviner la silhouette d'un homme.

Au septième jour, il appelle Yits'hak et Yaakov pour qu'ils le rejoignent à cet endroit précis. Le Maharal dessine alors sur l'argile un corps, d'environ un mètre cinquante, en formant le nez, les yeux, la bouche et les oreilles.

Il se tourne vers Yits'hak et lui dit :

— Tu es le feu. Tourne sept fois autour du Golem, de droite à gauche.

Le Maharal chuchote la formule kabbalistique à son gendre, qui la récite pieusement. Le corps du Golem froid devient chaud.

Puis il regarde Yaakov et lui dit :

— Tu es l'eau. Tourne sept fois autour du Golem, de gauche à droite.

Et de nouveau le Maharal donne une incantation à son meilleur élève, qui tourne, permettant que le corps se couvre de peau, que des cheveux et des ongles poussent.

Le Saint Homme prit de nouveau la parole :

— Je suis l'air. Je vais tourner dans les deux sens alternativement, en déposant dans la bouche du Golem ce parchemin.

Le Maharal accomplit son œuvre.

Sur le parchemin est inscrit le nom ineffable de Dieu.

Et enfin les trois récitent :

L'Éternel Dieu modela l'homme avec de la poussière prise du sol. Il insuffla dans ses narines l'haleine de vie et l'homme devint un être vivant.

Dès qu'ils prononcent le mot vie, le Golem s'assoit.

Sur son front est inscrit : אֱמֶת

(Note de l'auteur : ce qui signifie vérité en hébreu) »

*

— Hey Sivan ?

Une voix masculine la fait sortir de sa lecture. Elle n'a même pas entendu sa porte s'ouvrir. Un policier qu'elle ne connaît pas s'avance vers elle.

— Charmin vous demande.

Curieux qu'il ne m'appelle pas, se dit-elle. *Pourquoi envoyer un policier ? Bizarre.*

La jeune fille a encore la tête à Praga. Elle se demande ce que va faire le Golem. En tout cas, cet être correspond parfaitement à la description de Georges Ciexey, l'unique témoin.

Sivan descend rapidement les escaliers et se dirige vers le bureau de Charmin. Qui est en pleine conversation téléphonique.

— Je comprends Capitaine, oui bien sûr… Charmin a l'air agacé. Oui je lui dis, en regardant Sivan et raccroche.

L'inspecteur prend un verre d'eau qu'il boit d'un trait.

— Sivan, ce que j'ai à te dire ne va pas te faire plaisir.

— Je vous écoute.

Il se ressert un verre d'eau puis sans la regarder, ajoute :

— Nous sommes amenés à comparaître dans le procès Sterny.

— Comparaître ? Mais je croyais le procès ajourné ?

— Oui.... Ici. En fait nous devons venir témoigner à Gaushino.

Cette fin de phrase lui glace le sang. Retourner dans l'Hémisphère Sud. Sivan n'en avait pas l'intention.

— Je sais que tu n'as pas envie d'y retourner, mais nous n'aurons pas le choix. Par contre, sache que nous avons un peu de répit, nous devrons partir pour la fin du mois prochain.

— Mais…. Et l'enquête ?

— Elle reste prioritaire, Sivan. La prochaine Noc est dans dix jours. J'espère que le meurtrier ne va pas frapper de nouveau.

— Pourquoi le ferait-il ? Vous pensez à un tueur en série ?

— Quelle grande expression ma chère ! L'inspecteur rit, nerveusement. Non, mais nous en savons tellement peu.

C'est sans doute le moment de parler à Charmin du Golem. Il n'y a plus de temps à perdre.

— Inspecteur, je dois admettre qu'hier je n'étais pas au fond de mon lit…

— Pardon Sivan ? Mais qu'as-tu fait alors ?

— J'ai été à Harpa.

— Harpa ? Mais… pourquoi ?

— D'abord, essayez de ne pas m'interrompre, Inspecteur. Ce que j'ai à vous expliquer va vous sembler fou.

— À mon tour d'être tout ouïe.

— Le truc fait d'argile dont vous parliez tout à l'heure… je crois que c'est réellement un être fait en argile…

— Mais…. Comment est-ce possible ?

— À Harpa j'ai rencontré un spécialiste de la Kabbale, science mystique juive pour simplifier. Il m'a confirmé sans me l'expliquer que des incantations nées de la Kabbale peuvent donner vie à un être vengeur.

Charmin se lève de son bureau, silencieux. Il tourne dans la pièce. Sivan a du mal à ne pas l'imaginer en Maharal tournant autour de son Golem…

— Sivan, je suis quelqu'un de rationnel. Il la regarde. Mais de nos jours, qui pourrait dire que cela n'est pas possible ? Quelqu'un a-t-il la preuve que cette magie est impossible ? Il a l'air de se convaincre.

— Inspecteur, je suis en train de lire une légende, qui explique comment le Golem peut être activé si j'ose dire.

— Si c'est le cas…, Charmin s'immobilise et ajoute, mais où se trouve ce Golem aujourd'hui ?

Les deux se regardent, entre interrogation et peur.

CHAPITRE 11

Mydizen, Capitale du Nord, 11e jour de Drem.

Charlotte Gendrain est effectivement une jeune fille ravissante. Charmin la convoque de nouveau et elle coopère, bonne élève.

— Merci Mademoiselle Gendrain, de revenir si rapidement.

— Mais je suis à la disposition de la police, Inspecteur.

Elle se ronge les ongles, enlevant avec ses dents un vernis usé.

Beurk, se dit Sivan. Difficile de se concentrer en la voyant faire ça. Pourtant à elle de mener la danse :

— Alors Mademoiselle, je n'étais pas présente à votre premier interrogatoire. Mes excuses. Pourriez-vous me refaire un rapide résumé des relations entre vous et Polpier ?

— Oui, nous étions amants. Il m'aimait, j'en suis sûre. Et voulait quitter sa femme.

Puis elle chuchote :

— Je suis quasi certaine que la veuve est impliquée…

Elle met un doigt dans la bouche pour ronger le vernis.

— Mademoiselle Gendrain, à la mort de John Polpier étiez-vous toujours amants ?

— Oui et non.

— Expliquez-vous !

— Non, car il m'avait quitté. Mais oui, car je suis persuadée que ce n'était pas sa décision. Sa femme a dû s'en mêler… Et elle vient d'une famille riche, vous savez.

— D'accord… donc il vous avait dit que c'était terminé. Comment ?

Gendrain prend une grande respiration avant de lancer :

— Par un simple message. Mais j'ai su tout de suite que ce n'était pas une véritable rupture. Et si vous ne me croyez pas, lisez…

Elle tend sa Tabletem.

Sivan et Charmin regardent précipitamment.

« *Ma belle Charlotte, malheureusement nous ne pouvons plus nous voir. Elle est au courant. Prends soin de toi.* »

Ils sont déçus. C'est un véritable message de séparation.

Charlotte Gendrain les observe, certaine de son petit effet, puis explique :

— Quand il écrit que nous ne pouvons plus nous voir parce qu'elle est au courant, cela veut bien dire qu'il m'aime encore non ?

Quelle névrosée… Sivan regarde Charmin d'un air dépité.

Cette piste est une impasse.

*

Extrait du Livre des Légendes pré-Big Bang II, par Michal Kurchazy, p.47.

« La légende du Golem (suite)

Le Maharal ordonne alors au Golem de se lever.

Golem, je t'ai créé afin de protéger le peuple juif des scélérats ! Mais tu restes à mes ordres, si je te dis de te jeter d'une falaise ou d'aller dans les flammes tu le feras !

Le Golem ne répond pas, il ne peut pas le faire. Ce n'est qu'une forme, il est inachevé. Car créé par l'homme.

Si Dieu l'avait créé, ce serait un homme.

Le Maharal lui donne des habits, et une chambre dans sa propre maison.

Et c'est ainsi que grâce au Golem, la paix revient dans le quartier juif.

En effet, il est doté d'une telle force physique qu'aucun mortel ne pouvait l'atteindre. Il effectue ses arrestations et enquêtes la nuit, rapportant au Maharal différents complots contre les juifs avant qu'ils aient lieu.

Le Maharal arrêta alors de le faire travailler le jour, pour uniquement lui confier des missions de nuit. Il le désactive pour Shabbat, car même le Golem a le droit au repos.

Un jour, le Rabbin oublie de le désactiver. Et au petit matin on lui rapporte de nombreuses exactions du Golem. Des actions non demandées par le Maharal, qui remontent même aux oreilles du Roi. Celui-ci ordonne au Rabbin de le stopper.

Le Maharal en profite pour faire promettre au Roi d'arrêter les malfrats qui agressent la population juive, en échange de l'arrêt du Golem. Rudolphe II accepte.

Il va dans la chambre du Golem. Et efface une lettre de son front, le *Alef* א, il ne reste plus que :

מיה, qui signifie le mort.

Puis il appelle Yits'hak et Yaakov pour accomplir le rituel dans le sens inverse. À la fin, le Golem n'est plus que de la terre inanimée.

Le Maharal décide de placer le corps sans vie dans le grenier de la Synagogue.

Il interdit l'accès à quiconque, et pour s'en assurer, enlève une marche de l'escalier menant au grenier.

À ce jour, personne n'a retrouvé le fameux Golem. »

*

Quelle histoire ! se dit Sivan. *Créer un Golem reste quand même très compliqué.*

Elle décide alors de faire un bref résumé de la légende et de la transférer à Charmin par Mail.

Ainsi si Polpier a été tué par un Golem, l'assassin est plutôt un érudit ou un fin connaisseur de la Kabbale.

Kurchazy… c'est le plus connu dans son domaine, et une référence pour les professeurs de l'université de Mydizen.

Aurait-il été en contact avec le ou la meurtrière ? Oui cela tombe sous le sens.

Sa Tabletem sonne. C'est Myriam Arbé.

— Salut Sivan, je ne te dérange pas ?

— Non, je t'écoute.

— Il se passe quelque chose à la fac, des rumeurs.

— Ah et que dit-on ?

— On dit que Polpier n'était pas qu'un Don Juan.

Elle s'arrête. Sivan n'en peut plus :

— Et ?

— Cela me fait mal de te raconter ça, je l'aimais… quoique je ne sais plus. Bref, on raconte que Polpier aurait violé une étudiante.

— Quoi ? Et on a le nom de cette jeune fille ?

— Non, mais si tu veux je vais essayer d'en savoir plus.

— Merci beaucoup Myriam, et on se refait un apéro quand tu veux !

En moins d'une heure, l'affaire de la Noc comme dirait Charmin prend un nouveau tournant. Sivan doit absolument voir l'inspecteur. Elle descend les escaliers à la vitesse de l'éclair, tourne vers le bureau de Charmin… et tombe nez à nez avec Dan.

— Oh, mais où allez-vous, belle jeune fille ? lui dit-il de son ton enjôleur.

— Salut Dan ! Pardon, mais je n'ai pas le temps de te parler.

— Aucun problème, son malotru lui tend une carte, voici mon numéro de téléphone, au cas où.

Il lui fait un clin d'œil, qui en un instant lui donne envie de l'embrasser.

— Mais attention, précise-t-il, je suis un homme marié.

Sivan, pressée, absorbe cette information le plus naturellement du monde, en lui souriant. Après tout, elle n'a pas eu le temps de réfléchir à sa vie sentimentale. Il doit penser qu'elle prend drôlement bien les choses.

— C'est bien noté.

Et elle déboule dans le bureau de Charmin, qui est tranquillement en train de lire le journal.

— Inspecteur !

— Oui, Sivan ? Mais que me vaut cet empressement ?

Il relève la tête, en ôtant sa paire de lunettes qui lui sert de loupe.

— Arbé m'a appelé, elle prétend que Polpier serait un violeur… enfin ce sont des rumeurs à la fac.

— Des ouï-dire, mais ils méritent qu'on s'y intéresse… Surtout qu'Arbé était vraiment amoureuse de Polpier. Donc si elle vous en a parlé…

Sivan coupe les pensées de Charmin, son esprit va à cent à l'heure.

— Évidemment, nous n'avons pas le nom de la jeune fille en question, mais je peux aller à la fac et essayer d'en savoir plus ?

— Bonne idée.

*

14 heures.

Sivan décide de repasser chez elle pour s'habiller en étudiante type, afin de passer inaperçue. Pour trouver ce type d'informations, les endroits de bavardage d'une université sont le bureau des étudiants, la bibliothèque et la cafétéria.

Arrivée à l'université, elle décide de ne pas aller voir le docteur Janus, mais si elle trouve le nom de la fille agressée, elle jure de passer le voir en guise de récompense.

Direction la cafétéria, elle a envie d'un café.

— Un expresso s'il vous plaît ! commande-t-elle au comptoir.

Elle regarde à droite à gauche. Différents groupes de jeunes filles sont disséminés. Elle choisit le plus bruyant.

— Ouais, t'as vu Arthur, ce qu'il a dit au prof ?

— J'aimerais pas être à sa place quand il verra le directeur de thèse !

Et deux des jeunes filles pouffent de rire. Une autre renchérit :

— Haha Arthur, c'est pas le pire. Vous avez entendu ce qu'on dit de Mathieu ? Beau gosse, mais rien dans la tête, il s'est fait viré du cours sur les Religions.

Au mot de religions, Sivan tend l'oreille. Pas facile, beaucoup d'étudiants sont présents à cette heure pendant leur pause.

— Faut dire qu'il est à bout Mathieu… vous avez entendu ce qu'on raconte sur sa nana ?

Et la fille chuchote. Sivan a un mal de chien à tout entendre.

— Elle se serait faite… par le prof qui est mort, Polpier.

— Violée ? Non, mais tu rigoles ! Je parie que la Joséphine avait plutôt envie de se l'taper non ? Ses dents rayent le parquet… Et la fille rigole.

Sivan se décale pour terminer son café, qui est froid maintenant. Plutôt contente d'avoir obtenu des informations aussi rapidement, elle décide d'aller au bureau des Cours, qui liste les élèves par domaine. Les cours de Religions, c'est sa piste.

Parce que Joséphine… non, ce prénom ne lui dit rien dans la liste des élèves de Polpier qu'on leur a fournie, elle en est certaine.

Le bureau des Cours est à quelques mètres de la cafétéria. Sivan s'apprête à entrer lorsque quelqu'un qui en sort lui semble familier.

— Sivan ? Que fais-tu ici ?

C'est le banquier, enfin Charles. Sivan l'avait complètement oublié.

— Salut Charles ! Euh, je pourrais te renvoyer la question ?

— Oh moi j'ai ma sœur qui étudie ici, je viens chercher le planning de ses cours.

— Mais ce n'est pas la rentrée pourtant ?

Revoilà la Sivan curieuse… Charles ne s'en offusque pas et lui répond avec malice :

— Pourquoi cela t'intéresse tant ? Car la dernière fois tu m'as dit clairement que ce n'est pas ma conversation qui te passionne…

Sivan rougit et devient limite agressive :

— Écoute, simple politesse. Tu n'es pas obligé de me répondre et…

Charles lui coupe la parole.

— Détends-toi Sivan ! Je te taquine. Et oui je vais te répondre, ma sœur était dans la classe de ce prof qui a été tué figure-toi. Du coup, ses cours sont chamboulés.

Décidément, Polpier est encore présent, malgré sa mort, elle n'entend parler que de lui partout dans la fac.

— Ah d'accord, je comprends.

Et elle commence à reculer pour le quitter. Mais se ravise.

— Charles, pardonne-moi encore pour la dernière fois.

Le jeune homme la laisse s'éloigner et lui crie :

— Tu te feras pardonner la prochaine fois qu'on se verra !

Sivan lui sourit et ouvre la porte vitrée menant vers le guichet d'information du Bureau des Cours.

Une femme assez âgée, proche de la retraite, cheveux blancs mi-longs l'accueille :

— Si c'est pour un planning de cours, tu regardes dans les bannettes là-bas !

— Ah non, Madame, pardon, je me présente. Sivan Seigrend, je suis l'assistante de l'inspecteur Charmin du commissariat de Mydizen. Nous enquêtons sur le meurtre du professeur Polpier.

À ces mots, la femme se radoucit.

— Oui, Madame, que puis-je faire pour vous ?

— Pourrais-je avoir la liste des élèves pour les cours de Religions ?

— Quelle année voulez-vous ?

Bonne question. Les filles que Sivan a vues ne devaient pas avoir plus de 23 ans, mais après difficile de véritablement dater des personnes.

Elle a une idée :

— Auriez-vous ces listes en version électronique ?

— Oui, bien sûr. Par contre, je ne vais pas pouvoir vous envoyer les fichiers maintenant, mais vous pouvez les consulter sur cet ordinateur, elle désigne une vieille machine, il est un peu lent, mais fonctionnel. Les fichiers sont dedans. Je vais vous installer.

La femme s'assoit et ouvre le bon dossier Cours de Religions.

— Regardez, les fichiers sont par année, puis par niveau. À vous de jouer.

Sivan regarde les différents fichiers. Il y a visiblement cinq niveaux donc cela ne devrait pas être long.

Elle ouvre les premières années, sans trop y croire. Et elle recherche une Joséphine et un Mathieu. Parce que visiblement le couple est dans le même cours. Enfin elle espère sinon c'est une aiguille dans une botte de foin.

Rien.

Puis elle ouvre le second fichier. Une Joséphine, mais pas de Mathieu. Sivan note tout de même le nom. Le troisième fichier. Les élèves auraient 20 ou 21 ans, cela pourrait coller. Mais rien. Et le quatrième fichier. Une occurrence pour Joséphine et une autre pour Mathieu. Joséphine Yélin et Mathieu Rispa.

Bingo.

Tellement qu'elle en oublie d'aller saluer le docteur Janus.

CHAPITRE 12

Mydizen, Capitale du Nord, 12e jour de Drem.

L'inspecteur Charmin est d'humeur joyeuse. La piste de la vengeance a l'air de se réchauffer. Une jeune fille violée qui punit son prédateur. Ou alors le petit ami qui tue l'infâme professeur. Reste la question du Golem. Est-ce vraiment ce type de créature ou l'un d'entre eux s'est déguisé ? Ils connaissent sûrement la légende… ils suivent les cours de Religions.

Sivan et Charmin décident de convoquer les deux jeunes, Joséphine Yélin et Mathieu Rispa.

Le couple arrive bras dessus, bras dessous. En les voyant, Charmin est dépité, ce sont de petits gabarits, jamais ils ne peuvent faire la taille de l'être que Georges Ciexey, l'unique témoin, a décrit.

Joséphine Yélin est brune, fine, et extrêmement timide. Mais c'est elle qui rompt le silence :

— Pourquoi nous avez-vous convoqués ?

La panique se lit dans son regard.

Son compagnon a l'air plus dégourdi. D'apparence, car lui aussi est apeuré.

— Oui, nous n'avons rien fait de mal !

Ces deux jeunes gens ne paraissent pas être des tueurs en puissance. Sivan se demande même si elle ne s'est pas trompée de personnes, tant le tableau brossé hier par les étudiantes à la cafétéria diffère avec ce qu'elle a devant elle.

— Inspecteur Charmin, et voici Sivan Seidgrend. Nous essayons de résoudre l'assassinat du professeur Polpier.

Le jeune homme reprend la parole, d'un ton ferme, tranchant avec l'affolement du départ :

— Oui nous le connaissions si c'est ce que vous vouliez savoir. C'était notre prof.

— Nous le savons évidemment. Mais n'avez-vous rien à ajouter ?

Yélin semble de marbre. Rispa enchaîne.

— Non, rien du tout.

Sivan s'approche d'eux :

— Je suis dans la police depuis peu de temps, auparavant j'étais comme vous étudiante. Je connais bien l'université de Mydizen, j'y retourne régulièrement.

— Et que voulez-vous que cela nous chante ? rétorque Rispa agacé.

— J'y ai entendu des rumeurs.

— Ouais et ? Vous nous arrêtez pour des ouï-dire ? J'hallucine, dit-il en regardant autour de lui, semblant prendre à témoin les murs.

Rispa prend la main de Yélin et ils se lèvent. Charmin dit alors :

— Si vous partez, ce sera refus d'obtempérer dans le cadre d'une enquête policière.

Le couple se regarde. Puis Yélin déclare d'un ton sec :

— Plutôt que de tourner autour du pot, dites-nous ce que vous nous reprochez.

Ils s'assoient. Sivan reprend :

— Alors, allons droit au but. Mademoiselle Yélin, avez-vous été violée par John Polpier ?

Rispa fulmine en silence. La jeune fille répond fermement :

— Oui j'ai été violée. Et non, je n'étais pas sa maîtresse. Contrairement aux rumeurs que vous avez pu entendre…

— Mais pourquoi ne pas avoir porté plainte ?

— Je ne voulais pas que ma vie change.

Charmin reprend les rênes de l'interrogatoire :

— Mais vous en avez parlé à qui ? Mis à part votre ami ?

Elle prend une longue respiration et lance :

— J'ai été voir Madame Polpier un jour. Je lui ai tout raconté. Une femme admirable. Elle m'a remercié de n'avoir rien dit à la police et m'a promis qu'un jour il serait puni…

— Une punition ultime, commente Charmin. Vous a-t-elle dit de quelle façon elle souhaitait vous venger ?

— Je pense qu'elle voulait divorcer. Polpier avait beaucoup de maîtresses parmi les étudiantes, et elle était au courant.

Le couple parti, Charmin et Sivan débriefent. Décidément dans cette affaire ils vont de piste en piste ! Revoilà la veuve vengeresse. Pour Charmin, nul doute de sa culpabilité. Mais il s'agit de trouver l'arme du crime si on peut dire.

— Le Golem, Sivan, est donc une créature qu'on invoque grâce au Sefer Yetsirah.

— Exact.

— En suivant la piste surnaturelle, faut-il être d'origine juive pour la faire venir ?

Question pertinente. Dans le livre des Légendes, Kurchazy parle d'un Rabbin. Le Golem a défendu la population juive. Avec des incantations en hébreu.

— Peut-être pas, je vais demander confirmation à Kurchazy. Vous pensez à quoi ?

Charmin prend sa Tabletem et lui montre la Carte d'Identité d'Angela Polpier.

— Regardez son nom de jeune fille. Katten. Ne serait-ce pas d'origine juive ?

*

17 heures.

— Allo Monsieur Kurchazy ?

— Mademoiselle Seigrend… c'est un plaisir de vous entendre !

Sivan est transporté au son de sa voix à Harpa, dans cette vieille synagogue… Elle ne comprend pas pourquoi, mais elle souhaite y être.

— Le plaisir est pour moi. Euh, j'ai lu les passages que vous m'avez conseillés, c'est terriblement intrigant. J'avoue ne pas avoir compris ceux du Sefer Yetsirah, mais la légende est très bien racontée.

— Merci Sivan. Le Sefer Yetsirah demande des années d'études, c'est normal que vous n'ayez rien compris. À vrai dire, je m'attendais à votre appel. Les extraits que je vous ai soulignés évoquent le Golem. *Alef, Mém, Shin,* les lettres de l'alphabet hébraïques ont beaucoup plus de pouvoirs que vous ne pouvez vous imaginer. Au-delà de la création d'un Golem bien sûr… Néanmoins, si tout ceci vous intéresse, revenez me voir.

— Monsieur Kurchazy, ce serait véritablement un enrichissement de revenir, mais j'ai besoin de savoir quelque chose avant. De plus prosaïque.

— Oui, je vous écoute.

— Connaissez-vous Angela Polpier ?

— Non, ce nom ne me dit rien.

— Et Katten ? Angela Katten ?

— Qui est cette femme ? Vous enquêtez sur elle ?

— S'il vous plaît, répondez-moi…

Kurchazy marque une pause. Sivan a l'espoir qu'il la connaisse. Il reprend :

— L'origine de son nom est juive, mais je suppose que je ne vous apprends rien…, il baragouine quelque chose de peu intelligible puis ajoute : Je ne la connais pas, mais laissez-moi me renseigner auprès d'un confrère… beaucoup moins « universitaire » que moi.

— C'est-à-dire ?

— La Kabbale et ses mystères peuvent être enseignés de plusieurs façons, j'ai mon approche classique, mais d'autres ne s'embarrassent pas et monnayent leurs savoirs. Je vous rappelle.

20 heures.

Sivan décide d'aller boire un verre pour se changer les idées. Elle, si impatiente de savoir ce que Kurchazy va lui apprendre qu'elle doit impérativement prendre de l'alcool pour être moins lucide.

— Un verre de rouge, mademoiselle ? lui propose son barman-prétendant.

Pendant qu'elle sirote avec délice ce breuvage, le banquier arrive avec sa bande d'amis, elle le voit dans les miroirs collés en hauteur derrière le comptoir. Il lui jette un œil puis se dirige vers elle.

— Sivan, serait-ce le moment tant attendu ?

Elle sourit, son petit verre la rend moins farouche.

— Oui, cher Charles, peut-être.

Il n'en faut pas moins pour qu'il s'assoie à ses côtés.

— Un verre de rouge aussi s'il vous plaît ! lance-t-il au barman.

Sivan apprécie son ton, enjoué.

— Alors, tu es étudiante toi aussi ?

La jeune fille s'étonne de cette question. Fouillant dans sa mémoire, elle se rend compte qu'ils n'ont jamais discuté de quoi que ce soit.

— Non, je ne suis plus étudiante depuis… moins d'un an. Je bosse au commissariat à côté.

Charles devient muet. Sivan rigole.

— Haha ne t'inquiète pas trop, je ne suis pas hautement placée dans la hiérarchie policière, elle lui fait un clin d'œil.

— C'est pas ça, mais j'avoue ne pas te voir dans ce rôle… enfin ai-je une tête de banquier ? sourit-il.

Euh oui plutôt que tu es l'archétype du banquier Charles, mais je ne vais pas te le dire, pense-t-elle.

— Et tu bosses sur quoi ? ajoute-t-il, enjoué.

— Sur une affaire de meurtre, mais je ne peux en dire plus.

La jeune fille savoure ce moment, où elle peut en mettre plein la vue. C'est ridicule et enfantin, mais ce sentiment lui fait du bien, elle assume.

— Waouh ! Donc tu es au bas dans la hiérarchie, mais on te confie des affaires de meurtres…

— Je t'arrête tout de suite, je ne suis pas seule.

— Bien sûr, je m'en doute, mais chapeau !

Le regard de Charles devient plus coquin, à mesure que les verres défilent. Sivan se dit que l'affaire est bien engagée, elle a envie d'un calin, de sexe. Ils parlent de leur vie, elle évite de mentionner Ameny.

À 23 heures, ils sont complètement éméchés. Le banquier n'arrête pas de lui toucher la main, le bras, puis le cou. Il ose lui caresser la cuisse. Sivan se sent revivre. Décidément la seule chose en ce moment qui la rend heureuse c'est la sensualité. En sortant, tous les deux bras dessous-bras dessus, la jeune fille se rappelle les moments avec David, avec Ameny, les hommes qui ont partagé sa vie. Quel bonheur de ne pas se sentir seule, même si ce n'est que pour une soirée. Et de se comporter comme un couple. Charles est gentleman, lui ouvre la porte du taxi, et lorsqu'ils arrivent devant chez elle, sort ses billets.

Sivan saura le récompenser là-haut, chez elle. De toutes les manières.

CHAPITRE 13

Mydizen, Capitale du Nord, 17e jour de Drem.

Cinq jours se sont passés depuis que Sivan a eu Kurchazy. Elle commence à se dire qu'il la fait tourner en bourrique. L'inspecteur Charmin est à fleur de peau et la Noc est dans trois jours. Il est persuadé que quelque chose de terrible va de nouveau se passer.

Sivan n'est plus tellement concentrée sur l'enquête. Contrairement à ce qu'elle aurait pu imaginer, Charles est dans toutes ses pensées, ils se sont vus quasiment tous les soirs depuis cette fameuse nuit de beuverie. Même son malotru ne lui fait plus d'effet. Pourtant, tomber amoureuse d'un banquier… Et puis physiquement, il ne ressemble pas à ces ex. Peut-être est-ce là le secret, couper ses automatismes du passé et s'ouvrir à autre chose.

En tout cas, Charles se révèle plus intéressant qu'Ameny, plus voluptueux que Dan et plus attentionné que David.

Mais n'oublie pas que tu es du genre à t'emballer ma chère, se répète-t-elle. Elle connaît bien chez elle cet état amoureux, qui n'en a souvent que l'apparence, mais qui au fond résout ses problèmes de dépendance amoureuse. Se sentant important pour quelqu'un, son ego est de nouveau boosté. Malgré ce constat, Sivan veut profiter au maximum de cette condition.

C'est ainsi que ce matin elle prend son temps, va lui acheter des viennoiseries et s'occupe de lui en vraie mère poule. Comme une récompense du rôle qu'il joue à ses côtés. Ce qui est franchement malsain… mais inutile d'aller contre sa nature.

Charles l'attend quand elle remonte, les bras chargés de victuailles.

— Siv, quelqu'un a essayé de te joindre, tu avais oublié ta Tabletem.

Elle hausse les épaules. Charmin lui a dit qu'elle pouvait prendre sa matinée, il réfléchit à la façon de prendre à revers la veuve, la principale suspecte du meurtre de Polpier. Celle-ci s'est absentée pendant quelques jours, ils n'ont pas pu la convoquer sans dévoiler leurs cartes. Surtout que Joséphine Yélin rechigne quelque peu à témoigner contre Angela Polpier.

Tout ceci s'annonce plus ardu qu'il n'y paraît.

Regardant le nom du mystérieux correspondant, Sivan ne peut s'empêcher de soupirer. Kurchazy. Il va gâcher son unique matinée de repos…

Elle écoute son message : *Chère Sivan, pardon d'avoir autant tardé à vous rappeler, mais j'ai enfin la réponse à mes questionnements. Contactez de ma part Gaon Baraq, je vous transfère sa fiche de contact par Mail. Il a eu la visite d'une femme de Mydizen. Après il m'a parlé d'une jeune, mais il est un peu loufoque… et il adore les femmes d'âge mûr. Bref, appelez-le, je suis persuadé qu'on tient quelque chose.*

Charles ouvre un des paquets et engouffre un pain au chocolat dans la bouche :

— Y avait du monde à la boulang' ?

Sivan ne répond pas, ça y est, elle est de nouveau avec le Maharal et fait face au Golem.

13 heures.

— Inspecteur Charmin, j'ai du nouveau !

La jeune fille est surexcitée. Elle sent que la piste de Kurchazy est la bonne. Charmin a l'air moins emballé.

— Je ne comprends pas votre enthousiasme Sivan. Effectivement si la veuve Polpier l'a consultée et s'est renseignée sur la légende, la voilà notre preuve ! Au lieu de ça, votre spécialiste parle d'une jeune…

Sivan le coupe :

— Attendez Inspecteur. J'ai confiance en Kurchazy. Je suis persuadée qu'il est très difficile d'avoir les éléments précis de cette légende et que la consultation d'un spécialiste est indispensable.

— Si on suit la piste du Golem… ne trouvez-vous pas tout ceci invraisemblable ?

Aïe, revoilà le Charmin que Sivan a appris à détester. Fermé et obtus. Ce qui la rend folle :

— Inspecteur, qui aurait pu penser que nous aurions deux soleils il y a pratiquement 1 800 ans ? Qui aurait pu penser que nos hémisphères auraient été bouleversés ? Qui aurait pu penser que l'homme survivrait ?

Charmin la regarde fixement. Bien sûr que personne n'aurait pu prévoir. Il y a des forces inconnues à l'œuvre. Il acquiesce.

— Oui, Sivan, vous avez raison. Mais cette superstition qui devient réelle, comprenez-moi !

— J'entends bien, mais rappelez-vous de notre première enquête si j'ose dire, des Valamites dans l'Hémisphère Sud, cela semblait si incongru. Et les histoires pendant la Noc… sans doute y a-t-il un fond de vérité dans tout cela.

— Je ne suis pas aussi crédule que bon nombre de nos semblables Sivan. Je veux bien admettre certaines choses, mais comme disaient nos ancêtres, je ne crois que ce que je vois.

— Alors pourquoi pensez-vous qu'il va tuer de nouveau ? Notre Golem, ou l'homme qui l'imite ?

— Parce que ma chère, aussi incrédule que je sois, j'ai de l'intuition. Et ça, rationnel ou pas, j'y crois.

15 heures.

Après avoir rédigé plusieurs rapports, Sivan se décide enfin à appeler Gaon Baraq. Elle s'attend à quelqu'un de loufoque, au vu des commentaires de Kurchazy.

— Monsieur Baraq, je suis Sivan Seidgrend, enquêtrice à…

— Oui, bien sûr, Mademoiselle, j'attendais votre coup de fil.

La voix n'est pas si saugrenue que ça, au contraire. Légèrement fluette. Un ton très commercial.

— J'ai eu mon collègue Michel Kurchazy, qui m'a raconté rapidement votre rencontre à Harpa. J'avoue ne pas avoir pour habitude d'indiquer les identités des personnes qui ont besoin de mes connaissances si je puis dire. C'est bien la première fois d'ailleurs.

— Je m'en doute, Monsieur Baraq. Et d'ailleurs tout ceci doit vous sembler bien intrigant… que vous a dit Kurchazy ?

— Que vous enquêtiez sur une affaire de meurtre. Il fait une pause, lui-même n'a pas l'air d'être au courant de tous les détails. Mais il doit bien vous apprécier pour faire autant d'efforts.

Sivan rougit. Heureusement qu'ils se parlent par Tabletem.

— Aussi j'admets avoir été intrigué de l'appel d'une certaine Karly Line, de Mydizen.

— Un appel ? Vous ne l'avez pas vu ?

— Euh non. Elle ne s'est pas donné la peine de venir à Harpa comme vous. Sivan sent la petite allusion légèrement lubrique à Kurchazy. Mais effectivement je suis quasi certain que c'est une jeune femme, une étudiante.

— Et si je vous fais écouter sa voix, vous pourriez la reconnaître ?

Il réfléchit assez longuement, Sivan pense que c'est fichu.

— Peut-être, lance-t-il, peu convaincu.

— Et donc que vous a-t-elle demandé ?

— Elle m'a parlé du Golem, prétextant rédiger un mémoire de fin d'études. Mais j'avoue que ses questions étaient plutôt pratiques, du style : comment créer un Golem, les « dangers », comment le stopper. On aurait dit qu'elle rédigeait le manuel pratique du Maharal de Prague. Il rigole.

Sivan n'a pas tellement envie de sourire. Elle lui pose la question qui lui brûle les lèvres à chaque rencontre avec un spécialiste :

— Selon vous, est-ce possible de créer cet être d'argile ?

Baraq semble méditer, même s'il a dû se poser cette question régulièrement.

— Aucune idée.

— Par curiosité, si c'était possible, que lui avez-vous dit de faire pour l'arrêter ?

17 heures.

Charmin est formel, les interrogatoires de témoins ne sont jamais enregistrés, contrairement à ceux des suspects. Sauf en cas de grosses affaires, complexes.

— Et encore, ajoute-t-il, il s'agit d'obtenir le consentement du témoin, ce qui est assez difficile.

Sivan trouve cela fou alors que Charmin a interrogé Sterny avec un sérum de vérité, en totale illégalité. Deux poids, deux mesures. Mais dans cette ancienne affaire, elle serait mal placée pour s'en plaindre.

Aussi, si elle veut faire écouter les voix d'Angela Polpier ou Joséphine Yélin, à elle de ruser. Pour la veuve cela semble assez facile. Elle peut tout bonnement aller la voir, prétextant un oubli dans son témoignage. Pour la jeune Yélin, c'est plus difficile. Retournant dans sa tête des tas de stratagèmes, un lui semble propice. Son propre mec, Charles. Il lui avait dit que sa sœur suivait les cours de religions de Polpier. Serait-ce la même classe que Yélin ? En attendant, elle a rendez-vous avec lui et sa bande de copains au bar habituel.

En entrant dans le bar, son regard est tout de suite dirigé vers son banquier. Il sait la rendre électrique, par sa présence. Sivan l'embrasse fougueusement, devant tous ses potes, qui ne manquent pas de les charrier. Charles la prend à part :

— Siv, que me vaut cet excès d'amour ? susurre-t-il.

— Rien, une envie. Enfin, puisque tu demandes… pourrais-tu me rendre un service ?

— Que ne ferais-je pas pour toi ! lance-t-il, de façon classique.

— Ta sœur est-elle en cours avec une certaine Joséphine Yélin ? Tu pourrais lui demander maintenant ?

— Euh oui… mais ce ne sera pas gratuit, et il commence à lui caresser le bras.

— Haha, oui certainement, elle lui jette un clin d'œil. Mais vas-y, envoie-lui un message.

Charles s'exécute. Sivan déteste perdre du temps, et le fait qu'il obéisse lui plaît beaucoup. Il marque beaucoup de points ce financier.

CHAPITRE 14

Mydizen, Capitale du Nord, 19e jour de Drem.

Plus elle regarde le nom de l'étudiante que Baraq lui a donné, plus elle remarque les similitudes avec celui de Joséphine Yélin.

Karly Line

Joséphine Yélin

C'est évident que c'est elle. Ce n'est pas Angela Polpier. Mais comment la jeune fille a-t-elle invoqué le Golem si ce n'est à l'aide de la veuve ? Car Charmin a cherché dans les origines de l'étudiante, nulle trace d'ancêtres juifs, sa famille viendrait de l'Ancienne Turquie. Cela expliquerait pour quelles raisons Yélin refuse d'accuser Angela Polpier. Elle a seulement admis que la femme connaissait les nombreuses maîtresses de son mari et qu'elle souhaitait divorcer. Étrange de défendre autant la femme de son agresseur…

Elles sont tout simplement complices. Quelqu'un toque à la porte de son bureau.

— Sivan y a du nouveau, balance Charmin en ouvrant sans attendre la réponse de la jeune femme l'épaisse porte. La veuve est rentrée de son voyage. Elle désire nous parler d'urgence.

— Vous pensez qu'elle a des remords ?

— Peut-être. En tout cas, vu que la Noc tombe ce soir, ces aveux tomberont à point nommé !

— Attendez, Inspecteur. Inutile de nous emballer…

— Et autre chose Sivan. Par contre, cela risque de ne pas vous faire plaisir…

— Dites-moi !

— Une jeune femme est arrivée tout à l'heure au commissariat. Elle porte plainte contre le docteur Janus.

— Quoi ? Sivan est stupéfaite.

— Pour harcèlement sexuel.

*

Devant son café en salle d'interrogatoire, Sivan remue sans discontinuer sa cuillère. Le docteur Janus, un agresseur ? Elle n'arrive pas à croire à la véracité de ces accusations. Impossible. L'inspecteur Charmin le recevra dans l'après-midi. Il ne veut pas que Sivan assiste à l'interrogatoire.

En attendant, il s'agit pour eux de questionner Angela Polpier. La veuve arrive, peu maquillée, mais elle n'en a pas besoin. Ses traits sont reposés. Un léger sourire quand elle salue le personnel à l'accueil. Bref, elle n'a rien d'une femme qui va s'accuser dans cinq minutes.

— Madame Polpier, assoyez-vous. Que nous vaut cette visite ?

— Eh bien, je viens me constituer prisonnière.

Charmin et Sivan restent bouche bée. Donc c'est bien ça ! Et alors c'est tout ?

— Attendez Madame Polpier, reprenons dès le début. Vous admettez avoir tué votre mari ?

— Oui c'est bien ça, répond assez froidement la veuve. Vous aviez bien votre coupable sous le nez depuis le début. Comme vous le pensiez Inspecteur, en regardant Charmin.

Les deux enquêteurs restent silencieux. Mais que s'était-il passé pour qu'elle avoue de cette façon ? Où était-elle d'ailleurs ? Sivan a tellement de questions, mais Charmin la regarde en coin. Ce n'est pas le moment.

— Madame Polpier, racontez-nous.

— J'espère que vous avez du temps, car c'est assez complexe… Puis-je me lever ? Charmin acquiesce. Je me sens mieux debout, comme si je parlais devant une assistance. Parce que mon mari était un grand orateur, mais c'était un peu grâce à moi, je l'ai beaucoup entraîné pendant ses études. Vous saviez qu'il était timide avant ? Toute cette aura, toute cette aisance… c'est en partie grâce à moi.

Angela Polpier tourne autour d'eux. À la manière du Maharal. Elle s'arrête d'un coup et se poste devant Sivan.

— Mademoiselle, vous et moi avons les mêmes ancêtres. Savez-vous où j'étais il y a deux jours ? Dans cette synagogue, à Harpa. Je suis sûre que vous me comprenez.

Sivan ressent de nouveau ces sensations étranges venues d'un autre temps. Ces prières, ces psaumes récités mécaniquement… Charmin lui donne un léger coup de coude, elle était partie ailleurs. Elle écoute de nouveau.

— … Aussi en rentrant, j'ai décidé de ne plus me couper de mes responsabilités. J'ai 46 ans, ni vieille ni jeune. Plutôt belle femme encore, non ? en regardant Charmin.

Mais que cherche-t-elle à faire ? On dirait qu'elle nous prend à témoin, se dit Sivan.

— J'ai été jalouse de ces jeunes filles, qui paraissaient folles de mon mari et de l'intention qu'il leur portait. Moi je suis à la maison, j'ai beaucoup sacrifié pour lui. Je n'ai jamais pu avoir d'enfant, c'était une chance au début. Mais au fur et à mesure de mon existence, j'ai senti qu'il me manquait quelque chose. Aussi de femme jalouse je suis devenue femme protectrice pour l'une d'entre elles.

— Joséphine Yélin, ajoute Sivan, sans pouvoir se retenir. Mais votre mari l'avait agressé non ?

— Oui. Elle la regarde droit dans les yeux. Mon instinct de protection est venu suite à ce viol. Je pense avoir fait une sorte de transfert…

— Un transfert ? Mais je ne comprends pas ? interpelle Charmin.

— Oui, c'est difficile à comprendre, car vous ne savez pas tout. Elle baisse les yeux. J'ai été violée dans mon enfance. Par un proche de ma famille. Je n'en ai jamais parlé à personne, pensant que c'était ma faute.

D'avoir écouté Joséphine m'a fait l'effet d'un écho. Tout est remonté à la surface… et je…

Silence.

Charmin reprend, délicatement :

— Et vous avez décidé de punir votre mari de façon extrême. Mais pourquoi le Golem ? Pourquoi tant de rites ? Et comment avez-vous fait ?

— Je connais Monsieur Kurchazy.

Angela Polpier regarde Sivan fixement, elle se sent trahie. Du coup, la jeune fille réplique d'un ton un peu trop agressif.

— Madame Polpier, que voulez-vous me dire exactement ? Nous avons les mêmes origines, vous connaissez Kurchazy… et ? Que connaissez-vous d'autre sur moi ? Allez-y !

Charmin se sent obligé d'intervenir.

— Sivan, venez dans le couloir un instant.

Ils sortent.

— Je ne sais pas ce qu'elle cherche à faire en m'incluant dans son histoire, Sivan a les larmes aux yeux.

— Oui je me demande aussi le but de tout ça. Calmez-vous ma chère. Allez vous installer derrière le miroir sans tain, c'est peut-être mieux que vous n'assistiez pas à l'interrogatoire.

Sivan se dirige dans la petite pièce jouxtant la salle principale. Elle s'assoit, fébrile, tout en regardant Angela Polpier. Mais que lui veut cette femme ? Elles n'ont rien en commun après tout. Et Kurchazy qui lui a menti… C'est drôle, elle pensait sans l'admettre qu'il avait un petit faible pour elle… Comme d'habitude, elle ne parvient pas à cerner les gens et souvent se trompe.

Charmin revient dans la salle d'interrogatoire, il apporte un verre d'eau à la veuve, qui regarde derrière lui si Sivan ne le suit pas.

— Votre jeune acolyte ne revient pas ?

— Non, dit-il froidement. Reprenons. Je veux l'entendre de votre voix… le Golem. Est-ce la réalité ou une illusion ?

À nouveau la veuve se lève. Et elle s'approche du miroir sans tain. *Décidément, cette femme a l'air diabolique*, se dit Sivan de l'autre côté. Les deux femmes se font face sans le savoir.

— À votre avis, Inspecteur ? Est-ce que croire rend les choses réelles ?

Charmin commence à s'agacer. Cette femme lui donne un cours de philosophie bon marché.

— Peu importe mes croyances, dites-moi comment vous avez tué votre mari, Madame Polpier. Et retournez-vous quand je vous parle, je vous prie.

La veuve toujours de dos a l'air d'avoir pour but de faire traîner les choses, même si d'emblée elle s'est constituée prisonnière. Que cherche-t-elle ? La patience n'est pas du fort de Sivan, qui aimerait que Charmin utilise le sérum de vérité.

Dix minutes passent, interminables. Charmin impassible attend, regardant cette femme d'apparence aimable, mais qui se révèle machiavélique. Sivan fait les cent pas dans la petite pièce secrète. Et si la veuve ne parle pas ? Ils vont devoir la mettre en garde à vue. Après tout, elle s'est déclarée coupable. Mais Sivan sent que quelque chose cloche… et sa propre implication la dépasse. Elle aimerait appeler Kurchazy.

Charmin rompt le silence.

— Soit Madame Polpier, vous ne voulez plus parler. Eh bien, nous allons vous garder le temps que vous repreniez vos esprits. Sachez que nous découvrirons tôt ou tard votre modus operandi.

La veuve se retourne, souriante.

— Mais je n'en doute pas, Inspecteur.

Deux policiers débarquent dans la salle d'interrogatoire et embarquent Angela Polpier. Lorsqu'ils sortent, Charmin donne un grand coup de pied dans la chaise, agacé. Sivan l'avait rarement vu dans cet état. Elle le rejoint.

— Inspecteur, venez, nous devons réinterroger Joséphine Yélin. Je suis certaine qu'elle sera plus coopérative, nous avons un bon motif là, plus besoin de ruser.

Les deux compères convoquent la jeune fille dans trois heures, de quoi leur laisser le temps de remettre leurs interrogations à plat. Et aussi pour Charmin de recevoir la victime des soi-disant assauts sexuels du professeur Janus.

— Sivan, sortez un moment prendre l'air pendant que j'interroge cette jeune fille. Ne soyez pas trop inquiète, je suis certain que c'est un malentendu.

*

À 17 heures, Sivan rentre au commissariat. Elle a téléphoné à Charles, qui lui a remonté le moral. Tout en lui donnant le numéro de Joséphine Yélin. Elle n'a pas eu le cœur à lui dire qu'elle n'en avait plus besoin.

Marchant d'un pas lourd, Sivan se sent nauséeuse et pas d'attaque pour une nouvelle entrevue. Une femme l'interpelle dans le hall :

— Mademoiselle Seidgrend, l'inspecteur vous attend en salle d'interrogatoire, dépêchez-vous !

Punaise tout ce qu'elle déteste. Se faire bousculer alors qu'elle est patraque. Elle ne répond même pas à la femme et se dirige vers la pièce sans ses notes, restées à son bureau.

En entrant, Joséphine Yélin l'observe d'un drôle de regard. *Mais tu deviens parano cruchette, c'est pas possible,* se dit-elle. Charmin l'invite à s'asseoir à ses côtés.

— Mademoiselle Yélin, pour votre information, cet interrogatoire sera enregistré. Si vous vous y objectez, dites-le-nous maintenant. Silence. Il reprend : bon, sachez que Madame Polpier s'est présentée à nous et a avoué le meurtre de son mari.

Pas de réaction de Yélin. Charmin continue.

— Nous souhaitions vous réinterroger, car il existe plusieurs zones d'ombre et vous en faites partie.

Cette fois-ci, l'étudiante retrouve sa voix :

— Que voulez-vous savoir ? Je vous ai tout dit.

— Non, je suis certain que non. Angela Polpier vous considère presque comme sa fille.

À ces mots, Yélin tressaille, mais n'ajoute rien.

— Lorsque vous êtes venue raconter l'agression dont vous avez été la victime, elle s'est elle-même identifiée à vous. Et vous avez imaginé un plan diabolique pour vous débarrasser de lui.

— Mais non ! Vous dites n'importe quoi !

— Sivan, pourriez-vous mettre un extrait auditif de cet interrogatoire à notre témoin, je vous prie…

Bien joué Charmin ! Sivan va faire écouter la voix de Yélin à Baraq. Si elle s'est informée sur le Golem, elle est forcément au courant ou au mieux complice !

Sivan sort de la salle. Le complexe permettant l'enregistrement est situé derrière la porte, mais est relié à un poste informatique. Elle s'assoit, et appelle Baraq.

— Monsieur Baraq, puis-je vous faire écouter un enregistrement ?

— Euh oui… j'écoute.

Et Sivan procède à la lecture des deux bouts de phrases prononcées par Yélin, qu'elle avait préalablement montées. Sans attendre la question de Sivan, le spécialiste répond :

— Oui, c'est bien la voix de Karly Line.

La jeune femme revient triomphante dans la salle d'interrogatoire. Charmin comprend tout de suite que Baraq a validé la voix de Yélin. L'étudiante a le teint de plus en plus pâle. Elle ne tient pas autant la pression qu'Angela Polpier.

— Mademoiselle Yélin, devons-nous vous épargner le récit de notre trouvaille ?

Elle baisse les yeux. Ça y est, ils la coincent.

— Bien, je vais tout vous raconter. Difficile de nier effectivement. Pourrais-je néanmoins avoir un avocat ?

— Oui, vous allez pouvoir le contacter. Maintenant vous n'êtes pas en garde à vue Mademoiselle. Vous êtes ici comme témoin. Nous attendons juste la vérité. Si vous coopérez, la peine sera beaucoup moins rude. Si nous attendons l'avocat et tout le tralala, vous serez considérée comme complice.

Joséphine Yélin semble rapidement réfléchir.

— Oui je vois. Soit, je vais coopérer. John Polpier était un grand professeur certes, mais aussi un pervers… Un soir, alors que je travaillais tard à l'université, il m'a appelé pour que je vienne à son bureau. Je sentais depuis un certain temps son regard lubrique, même si je savais que plusieurs étudiantes étaient dingues de lui, lui n'était absolument pas mon style. Et me faire un prof… pas mon truc. Bref je suis arrivée et il m'a offert un verre de… je ne sais pas trop, un truc fort. Au fond de moi je savais que je n'aurais pas dû venir, car il est très persuasif. Je me suis jetée dans la gueule du loup.

Pause.

— Il m'a fait boire, au moins cinq verres de ce breuvage et à la fin je ne savais plus ce que je faisais. Je voyais mon corps, mais je ne pouvais le contrôler. Je voyais ses mains me déshabiller, sa bouche se poser sur la mienne, son sexe sorti du pantalon se frotter au mien. En fait, il n'a pas forcé mon corps, il était consentant. Mais mon esprit ne pouvait se défendre.

Silence.

— Puis je suis repartie chez moi, après être restée seule dans les toilettes de l'université pour me nettoyer. L'effet de cette drogue, où je ne sais quoi, a duré trente minutes, dirais-je.

Charmin lui demande :

— Et que vous a-t-il dit à la fin de son agression ?

— Rien de spécial, il m'a juste dit qu'il avait beaucoup aimé.

Glaçant. Effectivement, on a une seule envie à la suite d'une telle agression, c'est de le tuer.

— Mademoiselle Yélin, ensuite vous êtes allée parler à Angela Polpier.

— Oui c'est ça. Charlotte Gendrain lui avait envoyé une lettre expliquant quelle relation elle entretenait avec son mari. J'avais trouvé la réaction d'Angela classe, car elle n'a pas insulté Charlotte.

— Mais elle lui a répondu selon vous ?

Yélin hausse les épaules.

— Ça, je l'ignore. Je ne suis pas l'amie de Charlotte. Mais selon les rumeurs, Angela était au courant et n'a pas blâmé cette fille. Dans ce genre d'histoire, les femmes trompées peuvent être violentes des fois… Angela n'a rien fait. C'est une femme douce et juste.

Femme douce et juste… euh on ne doit pas connaître la même femme, se dit Sivan.

— J'ai donc parlé à Angela pendant que son mari était en cours. Je connaissais évidemment son emploi du temps. Elle m'a reçu avec courtoisie. Et nous avons pleuré ensemble… en fait elle m'a raconté avoir été elle-même violée dans son enfance… Cet entretien m'a chamboulée. Nous sommes restées en contact.

— Et elle vous a demandé de vous renseigner sur le Golem.

Joséphine Yélin baisse les yeux.

— Oui, elle avait entendu cette légende pendant son enfance. J'avoue avoir été extrêmement intéressée par cette figure mythique, et surtout par le Sefer Yetsirah. Un livre magique…

Sivan ne peut s'empêcher de lancer :

— Donc vous avez créé le Golem ? Mais comment ?

Cette fois, Yélin ne s'adresse qu'à Sivan :

— Vous avez lu le livre n'est-ce pas ?

— Oui, mais je n'ai pas compris grand-chose en vérité… Comment est-ce possible ? Vous n'avez pas d'origine juive pourtant ?

— Effectivement.

Charmin recentre l'interrogatoire :

— Bon, nous allons bientôt arriver à ces détails, reprenons dans l'ordre. Angela Polpier vous a demandé de vous renseigner sur cette légende sous un faux nom.

— Oui.

— Ensuite, vous avez fait quoi ? Acheter le Sefer Yetsirah ?

— Pas la peine, elle l'avait déjà… mais nous…

Et Yélin stoppe. Elle parle trop. Sivan prend la parole :

— Vous alliez dire : nous manquions d'informations pour créer cet être fait d'argile. Et ces données sont venues de Baraq et de Kurchazy.

— Kurchazy ? Euh non… je ne le connais pas.

— Bref, de Gaon Baraq.

— Aussi, vous avez réussi à créer un tueur surnaturel, ajoute Charmin.

Yélin se lève d'un bond, outragée :

— Un tueur ? Vous voulez dire un protecteur plutôt ! Tant de jeunes femmes se font abuser au sein de l'université… Nous avions décidé avec Angela de mettre fin à ces abus. Et de lui donner une mission…

D'un coup Sivan réagit :

— Comment ça ? Une mission ? Vous voulez dire que le Golem peut tuer de nouveau ?

L'étudiante regarde Sivan d'un air étonné :

— Oui, bien sûr. Et vous d'ailleurs, n'avez-vous pas subi du harcèlement quand vous étiez à l'université ? J'ai entendu dire que vous êtes très proche du docteur Janus…

Sivan voit rouge et à son tour de se dresser. Elle a envie d'empoigner Yélin.

— Mais que racontez-vous comme sottise ? C'est faux et archi faux. C'est vous qui colportez de fausses accusations à l'encontre du professeur Janus ?

Charmin intervient.

— Sivan encore une fois, baissez d'un ton. Ce n'est pas elle qui s'est plainte du docteur Janus. Nous verrons ça tous les deux. Et s'adressant à Yélin : Mademoiselle, où est le Golem à cette heure ?

Elle garde le silence.

— Vous voulez l'arrêter, c'est ça.

Maintenant, Sivan ne garde plus son calme et prend le col de Yélin entre ses mains, la fille respire difficilement, Charmin n'intervient pas :

— Allez, dites-nous où il est ! Il va vouloir tuer le docteur Janus demain soir, c'est ça ?

Elle desserre son étreinte, l'étudiante semble avoir envie de parler, elle marmonne :

— Dans le grenier d'Angela Polpier. Moi je ne l'ai jamais vu, c'est Angela qui le gère.

*

Sivan s'apprête à prendre le MétroGlisse direction Brazoni. Elle doit absolument empêcher cette créature de se réveiller demain soir pendant la Noc. Charmin essaie de la raisonner :

— Mais savez-vous comment l'arrêter ?

— Oui, enfin j'ai la légende du Maharal en tête… et Kurchazy pourra m'aider.

— Le même Kurchazy qui vous a menti ? Voyons, vous n'êtes pas sérieuse…

Il n'a pas tort, elle ne peut plus se fier à ce spécialiste. Et le docteur Janus ne peut pas l'aider non plus, il ne connaît pas cette légende. D'ailleurs, elle doit en savoir plus sur les accusations de harcèlement.

— Inspecteur, qui accuse le docteur Janus ?

— Une jeune étudiante. On ne la connaît pas, Margot Simadsi. Elle est en première année d'Histoire ancienne.

— Et vous y croyez ?

— Je ne connais pas le professeur comme vous, donc j'aurais tendance à dire peut-être… Mais vu votre réaction… Il est vrai qu'elle l'a accusé pour l'instant de harcèlement moral. Il lui mettrait également beaucoup de pression, et elle serait la tête de Turc.

— Mais vous m'aviez parlé de harcèlement sexuel ?

— C'est ce qu'elle a raconté au début. Ensuite elle s'est rétractée.

— Aïe, elle a dû se répandre à l'université et Yélin en a profité pour donner une nouvelle cible au Golem… Inspecteur, nous devons d'urgence aller là-bas, et prévenir le docteur Janus !

— Nous avons besoin d'aide Sivan. Parce que si le Golem se réveille et que c'est vraiment l'être surnaturel de la légende, ce ne sont pas les balles de mon pistolet qui l'arrêteront.

CHAPITRE 15

Mydizen, Capitale du Nord, Noc du 19e jour au 20e jour de Drem.
19 heures.

Le crépuscule ne tarde pas à arriver. La nuit va enfin tomber, comme tous les vingt-neuf jours, rappelant aux vivants l'importance de la véritable obscurité. Terrifiante aussi pour eux depuis le BBII.

Dans le MétroGlisse, Sivan relit tout haut la fin de la légende :

— « Il va dans la chambre du Golem. Et efface une lettre de son front, le *Alef* א, il ne reste plus que :

מיה, qui signifie "le mort".

Puis il appelle Yits'hak et Yaakov pour accomplir le rituel dans le sens inverse. À la fin, le Golem n'est plus que de la terre inanimée. »

Sivan lance à l'inspecteur :

— Voilà, il s'agit d'effacer une lettre sur son front. Mais comment reproduire le rituel sachant que nous ne sommes pas des rabbins ?

Charmin renchérit avec justesse :

— Les deux femmes ne sont pas non plus des religieuses et ont pourtant réussi. Je pense même qu'on est plus saints qu'elles, si j'ose dire. Il lui fait un clin d'œil.

Sivan n'a pas le cœur à sourire ni à plaisanter. Le docteur Janus est en danger. Shipo va les attendre devant l'entrée de l'immeuble de la veuve Polpier. À supposer que le Golem est toujours dans son grenier.

À quelle heure le supposé Golem est susceptible de commettre son méfait ? se demande Sivan, sachant que cette question est inutile.

Si l'être fait d'argile est toujours dans le grenier, il risque de se réveiller d'une minute à l'autre, mais au moins ils pourront s'en occuper de façon discrète, en admettant qu'ils arrivent à le maîtriser.

Un colosse contre trois frêles humains.

Les deux complices ont tout de même averti le docteur Janus. Qui est resté éberlué lorsque Sivan a parlé de Golem :

— Cela me semble impossible qu'un tel être existe ma chère ! Mais si cela peut vous rassurer, je vais rester chez moi, porte close.

Charmin est encore partagé sur la théorie surnaturelle. Mais il pense surtout que si le tueur doit frapper, ce sera effectivement pendant la Noc et la victime serait bien le docteur Janus.

Ils arrivent enfin au domicile d'Angela Polpier. Le moine Shipo est bien là, il a amené un gong.

— Si vraiment un esprit ou un être paranormal est présent, je pourrais l'apaiser avec cet instrument.

Les trois compères montent dans l'appartement d'Angela Polpier puis cherchent une trappe. En effet, en guise de grenier, tous les appartements modernes sont pourvus d'un demi-étage afin d'éviter une trop grande promiscuité entre chaque appartement.

— Ça y est, la voilà, s'exclame Charmin.

Il déploie l'escalier caché par la trappe et monte, suivi de près par Sivan et Shipo. Évidemment la lumière est hors d'usage, mais Charmin a toujours sa lampe torche. Il balaye la pièce de haut en bas.

Curieusement dans ce grenier il n'y a pratiquement aucun bibelot, alors que le séjour en est chargé. Et nulle trace du Golem.

Sivan a le cœur qui bat à cent à l'heure.

— Il n'est pas là, allons chez le docteur Janus vite ! Sivan est affolée.

— Essayez de l'appeler Sivan, oui, on y va !

La Tabletem du docteur Janus ne répond pas.

Shipo scrute tout de même le grenier en cherchant un quelconque indice.

— Si le Golem est fait de glaise ou d'argile, nous sommes censés trouver une trace… Il reste dubitatif.

— Vous venez ou pas ? lance Sivan, agacée.

Et dare-dare ils descendent à toute vitesse pour prendre un taxi.

20 heures.

Le docteur Janus habite le quartier du Haut-Fourneau, situé à vingt-cinq minutes à pied des Polpier. C'est trop long, ils prennent un taxi.

— Cinquante-cinq, rue des Templiers, vite Monsieur !

Le chauffeur n'a pas l'air décidé à pousser sa voiture. Ils roulent mollement sur la voie Rapide, mise en place afin d'épargner de longs bouchons aux habitants de Mydizen. Celle-ci, par un ingénieux système, permet de rendre le trafic fluide à cent pour cent. La vitesse y est d'ailleurs fortement contrôlée, car dès qu'une voiture est engagée, elle ne peut pas dépasser la limite légale.

Sivan fulmine sur son siège. Shipo, devant, tente de persuader le chauffeur de rouler à la vitesse de référence.

— J'ai failli perdre mon permis, M'sieurs M'dame, et ma voiture est neuve. Vous voulez prendre un autre taxi ? demande-t-il.

Sivan a envie de le gifler. Elle envoie un message au docteur Janus. « *Cachez-vous, on arrive.* » Son message n'est pas distribué.

Au bout de quinze minutes, ils parviennent enfin à destination. Charmin paye pendant que Sivan et Shipo sonnent à l'interphone. Pas de réponse.

— Punaise. Je n'ai pas ce foutu code, tempête Sivan. Elle essaie plusieurs combinaisons, mais sans logique.

Shipo s'éloigne un peu et lève les yeux vers le bâtiment.

— À quel étage vit le docteur ?

— Quatrième, il a les trois fenêtres en partant vers la gauche.

— Je vois de la lumière.

Sivan le rejoint et crie :

— Docteur Janus ! Docteur Janus ! Vous allez bien ?

Seule la réponse d'un voisin mal lunée leur parvient. Charmin les retrouve.

— Bon, je suis flic je vous rappelle. Du coup, j'ai un pass pour ouvrir toutes les portes. Inutile de rameuter tout le quartier. Son ton est plus cassant qu'il ne le souhaitait.

Enfin, il ouvre la première porte d'entrée, puis la seconde. Sivan les guide. Direction l'ascenseur.

D'un coup, ils entendent un cri.

— C'est la voix du docteur !

Panique à bord de l'ascenseur. Charmin prépare son arme.

— Bon dès qu'on arrive je passe en premier et vous restez derrière. Le Golem est là.

La double porte métallique s'ouvre. Charmin sort, et marche à pas feutrés sur une espèce de moquette mal lavée. Shipo le suit, gong d'une main et maillet dans l'autre, prêt à en sortir un son. Et Sivan ferme la marche, essayant de dominer sa frénésie de courir à l'appartement du docteur.

Le couloir est désert. Pas un son ne sort. Sivan montre du doigt où se trouve l'appartement, à moins de dix mètres. Ils s'y dirigent, sans bruit. Charmin ouvre délicatement la porte, entrouverte. Il fait signe aux autres de ne pas parler.

À droite, le salon, à gauche, un couloir vers la chambre et la salle de bain. L'endroit est simple. Néanmoins, une ribambelle de piles de livres jonchent le sol. Sivan est de plus en plus affolée. Il y eut de la bagarre ici. Et tout est silencieux, aucun souffle n'est perçu. L'inspecteur décide d'opter pour le salon en premier lieu. Ses compagnons le suivent. Si le Golem est de l'autre côté, il faudra réagir rapidement.

Évitant les livres éparpillés, ils arrivent au salon, regardant autour d'eux. Un plateau-repas entamé est posé sur la table basse. Les coussins du canapé sont au sol.

Personne.

Les compères reculent doucement et vont vers la chambre. Le couloir, étroit et peu éclairé, semble être un coupe-gorge.

Charmin est le premier à le voir. Des lunettes de vue, brisées, craquent sous le pas de l'inspecteur.

Le docteur Janus est étendu, mort.

Sivan, qui était derrière Charmin, se jette sur le corps de son mentor, en criant.

— Oh non pas vous, ce n'est pas possible !

Les gémissements et larmes retentissent dans le petit appartement d'un grand homme. Même Charmin qui ne le connaissait que très peu est ému, mais il ne peut s'empêcher de fouiller pour trouver trace d'un quelconque Golem. Au vu du visage du docteur Janus, c'est le même modus operandi. La mort vaudou.

Shipo est aussi intrigué par le peu d'indices matériels. Il fait signe à Charmin de le rejoindre dans l'entrée.

— Si le Golem existe, il devrait laisser des traces. Là je ne vois rien a priori.

— Regardez mieux les livres. Le moine s'exécute et écarquille les yeux. Ce ne sont pas des piles, ce sont des livres écrasés. Écrasés par le poids d'un homme immense… ou alors par un être surnaturel.

21 heures.

Charmin et Shipo ont décidé de laisser Sivan chez le docteur Janus, la jeune fille est si éprouvée qu'elle ne peut plus parler. L'inspecteur a appelé une équipe de la Brigade mortuaire. Le corps du professeur doit être autopsié au plus vite.

Eux décident de retourner chez Polpier. Le Golem devrait y être, maintenant qu'il a accompli son méfait. Montant l'escalier pour arriver au grenier, Shipo commence à faire retentir son Gong.

— Aussi s'il n'est pas endormi, je pourrais le calmer en amont.

Sage réflexe.

Là-haut, effectivement, quelque chose est tapi dans l'ombre. Une masse noire, informe. Charmin a du mal à éclairer la Chose. Qui ne respire pas visiblement.

Normal, c'est pas un être humain, idiot de Charmin.

Le bruit sourd du Gong retentit, de façon mécanique et réfléchie. Les deux hommes progressent vers le Golem. Il a l'air d'être assis, recroquevillé. Charmin tourne autour, l'illuminant de sa torche. Shipo continue sa mélopée.

En observant de plus près, ils s'aperçoivent que ce n'est pas de la peau grisâtre qui recouvre l'être, mais plutôt du tissu. Un costume fait d'argile et de glaise. Sans personne dedans.

— Regardez Charmin, la peau se liquéfie !

Et ce qui reste du Golem se transforme en flaque de boue.

CHAPITRE 16

Mydizen, Capitale du Nord, 25e jour de Drem.

Sivan a mal au crâne. Elle a tellement pleuré que tout est sec maintenant.

Plus rien ne sort.

Le docteur Janus est mort. Ces mots n'ont pas encore de sens.

L'inspecteur Charmin lui a donné quelques jours de congés. Depuis, elle vit recluse, dans le noir. Charles a insisté pour la voir, mais devant la porte close il a arrêté de l'appeler.

Elle reste dans son lit, ne s'alimentant pratiquement plus, buvant seulement de l'eau, et surtout de l'alcool.

Et elle s'est bien plantée en plus. Joséphine Yélin a aussi été trompée par la veuve, elle ne fut qu'un bon moyen de rendre la vengeance légitime.

Enquêtrice de pacotille. Cruchette.

Le Golem n'était qu'une ruse, une supercherie habile. Le costume que Charmin et Shipo ont retrouvé en est une preuve.

Dans sa boîte de réception, Charmin lui a envoyé une vidéo avec ce mot : « Vous pourrez la regarder quand vous serez prête. »

C'est sans doute le moment, aujourd'hui. Elle se sent insensible, ayant tout déversé.

Sivan ouvre la pièce jointe. Une caméra de surveillance, celle de son ancien professeur. Elle souffle un grand coup et lance la lecture. De voir son bon docteur Janus en action la paralyse. Plus de souffle. L'image défile… Son mentor est tranquillement installé sur son canapé après avoir bu une rasade de vin quand soudain quelqu'un arrive. Un Golem. Un tueur déguisé plutôt. Janus est stupéfait et se fige, puis tombe à la renverse. Sivan n'ose plus regarder, c'est trop dur. Elle fait pause.

Allant à sa cuisine, elle se sert un grand verre de rouge qu'elle boit d'une seule traite. Puis retourne sur son lit. Lecture. On voit clairement que le Golem se dévêt légèrement, enlevant son masque et le haut de son costume, qui ne coule pas encore. Il porte le corps de son cher professeur pour le placer dans la chambre, mais ça, on ne le voit pas dans la vidéo. Fin.

Voilà, le docteur Janus a été tué par un homme, un géant certes, mais un simple mortel. Cruelle conclusion. Non pas que sa mort aurait été plus prestigieuse si elle avait eu lieu dans des circonstances surnaturelles. Mais elle aurait semblé moins banale.

*

L'inspecteur Charmin n'a pas chômé ces derniers jours. Suite au meurtre de Janus et surtout à la découverte de la caméra de surveillance qu'il avait chez lui, ils ont pu identifier le Golem de pacotille. Ivrov Ghratni. Un colosse, qui d'après sa carte d'identité, ferait deux mètres trente. Parfait pour jouer le rôle d'un géant d'argile. Forcément, l'homme est déjà loin, car il est de Gaushino. Troublant comme tout ramène là-bas… Et pour l'instant, le ministère des Affaires étrangères refuse de procéder à une extradition.

« Vous comprenez Inspecteur, il y a déjà l'affaire Sterny qui nous embarrasse. Et dans cette nouvelle affaire, nous retrouvons Sivan Seidgrend. Nous devons faire le dos rond Charmin. »

Effectivement, Sivan et lui vont devoir aller témoigner au procès Sterny très prochainement. Et c'est évident que Sivan est le lien entre ces deux affaires. Peut-être pas pour la mort de Polpier, mais pour celle de Janus oui.

En attendant, Charmin a convoqué la veuve Polpier. Qui a été particulièrement intéressée par l'absence de Sivan à son interrogatoire.

Extrait de l'interrogatoire d'Angela Polpier, le 20ᵉ jour de Drem.

— Votre jeune protégée n'est pas là ?

— Non, reprenons Madame. Pourquoi avoir inventé toute cette histoire de Golem ?

— Je pensais que ce serait le crime parfait.

— Sans doute, mais dans ce cas, il fallait vous arrêter à celui de votre mari…

Polpier fait une grimace.

— Effectivement. Mais j'ai eu vent de ces accusations… contre Janus. Et je n'ai pas supporté.

Charmin n'y croit pas un mot. Cette femme cache encore quelque chose, en rapport avec Sivan. Mais elle a déclaré ne pas connaître la jeune fille avant. Foutaises. Qu'est-ce que Charmin aurait envie d'utiliser le sérum de vérité sur cette femme. Il prend sa Tabletem et appelle la meilleure technicienne d'information du Bureau de police.

— Emma, as-tu trouvé un lien entre Sivan et Angela Polpier ?

— Salut Charmin ! Tu m'as demandé de te rendre ce service il y a moins d'une heure. Minute Papillon !

— Mais as-tu trouvé quelque chose ?

— Pour l'instant rien entre Sivan et Polpier.

— Zut.

L'inspecteur entend des bruits de clavier à l'autre bout du fil.

— Attends, j'ai quand même une occurrence.

— Ah super ! Et donc ?

— Hallucinant.

Emma devient muette. Rare pour cette personnalité plutôt bavarde.

— Et ?

Charmin en tremble d'impatience.

— Le monde est petit. Angela Polpier est la marraine de Jenny Sterny.

Raccrochant sa Tabletem, l'inspecteur se prend la tête entre ses mains. *Tout ceci est ma faute, j'ai fait joué un Sivan un rôle qu'elle n'aurait pas dû endosser…*

D'un coup, il pleure.

*

Allongée dans son lit, Sivan a pratiquement terminé la bouteille de vin. Elle regarde le plafond, en réfléchissant à sa vie. Elle a voulu faire l'adulte, monter un échelon social rapidement, en comptant sur ce qu'elle dégage, sur ses capacités. Le résultat est effectivement catastrophique. Perte de sa meilleure amie, décès de son mentor, vie amoureuse au point mort. Elle a envoyé balader Charles qui ne la rappelle plus, logiquement.

Se relevant d'un coup, elle empoigne sa Tabletem d'un mouvement sec. Elle tape Sterny dans la barre de recherche. Pour effectivement apprendre qu'il est malade, alité à l'hôpital, en proie à des hallucinations d'après l'article. Regardant une photo de l'ancien ambassadeur du Royaume du Nord, sa haine grandit. Tous ses malheurs viennent de cet homme.

— Crève à l'hosto ! crie-t-elle dans sa chambre. Meurs, souffre !

Elle ne cesse de déblatérer contre lui. Sa gorge se fait sèche. D'un bond, elle se lève et va chercher de l'eau. Quel bonheur de sentir ce liquide frais. Tous ses sens sont en éveil. Elle passe de la colère au calme. Son regard tombe sur un objet, le Sefer Yetsirah, bien en évidence dans sa bibliothèque. Elle l'ouvre.

Extrait du Sefer Yetsirah Chapitre VI, version Rabad.

6—4 *Car Dieu a placé l'un par rapport à l'autre* (Eccl.7:14). Le bien par rapport au mal. Le mal par rapport au bien. Le bien est issu du bien. Le mal est issu du mal. Le bien définit le mal. Le mal définit le bien. Le bien est réservé aux bons. Le mal est réservé aux mauvais.

Sivan referme le livre. Ce texte évoque une bataille fondamentale entre les oppositions qui permettent au monde d'exister. Ce conflit est en elle, en ce moment. L'envie de se venger pour l'instant domine tout autre sentiment.

Il est bientôt temps de faire les bagages.

Vers Gaushino.

Ton œil sera sans pitié : vie pour vie, œil pour œil, dent pour dent, main pour main, pied pour pied. (Deut.19:21)

LE CRÉPUSCULE

CHAPITRE 1

Aéroport de Gaushino, Capitale du Sud, 20e jour de Jina (au lendemain de la Noc).

Sivan et l'inspecteur Charmin marchent d'un pas rapide dans l'aérogare. La jeune fille a l'impression de faire un retour en arrière dans une vie pas si lointaine.

Il est temps pour Sterny de payer pour ses crimes. Mais il reste une chose à faire avant tout, trouver le tueur du docteur Janus, Ivrov Ghratni. Ce nom résonne en elle comme le diable en personne. Charmin a réussi à retrouver une adresse avant leur départ. C'est un début pour leur ultime enquête en sous-marin.

Suivant une foule compacte, mais organisée, ils attendent patiemment dans la file des taxis. L'ambassade du Nord est leur contact pendant le procès. Comme l'a répété le chef de la police de Mydizen, « Charmin, soyez calme et tenez-vous-en aux faits ». Difficile aussi pour l'inspecteur de ne pas se sentir concerné par cette affaire. Impossible même. Il est lié lui aussi à Sivan. Jusqu'à la conclusion.

— Hôtel Magnolia, rue de la Grande Porte, annonce Charmin au chauffeur, aidé de son Klarni.

La voiture se faufile au milieu d'une circulation dense. Sivan et Charmin ne parlent pas.

L'Hôtel Magnolia porte le nom d'une fleur, mais n'a rien de parfumé. Seuls les rideaux de couleur violet pâle peuvent éventuellement rappeler cette espèce. À la réception les deux compères récupèrent deux clés, chacun sa chambre. Le temps de déposer les valises et ils sont de nouveau dans la rue. Sivan ne tient pas en place.

— Allons chez Ghratni, lance Charmin.

Emma, l'as des as de l'information, lui a envoyé l'adresse du géant tueur. Il habite à vingt-cinq minutes de taxi, dans le quartier Est de Gaushino, qui n'est pas réputé pour son calme.

Dans le taxi retentit une musique calme, à base de bol tibétain. Cet instrument leur rappelle le gong de Shipo. Mais ils n'osent pas demander au chauffeur de changer, car celui-ci a accepté de les emmener sans broncher. D'énormes buildings qui jaillissent dans le ciel, on passe à un paysage beaucoup plus bas, à base de construction malhabile. Ce ne sont pas des bâtiments en dur, de simples tôles relient des parois métalliques, dont certaines gardent les stigmates d'une impression passée. « Le crédit qu'il vous faut », pouvait-on lire sur l'une d'elles. Curieux amoncellement de maisons de fortune.

Pourtant, les habitants ne paraissent pas différents du riche quartier d'affaires de Gaushino. Certains portent des costumes, d'autres sont habillés à la mode actuelle, en réalité rien ne distingue ces gens de ceux du centre-ville. Par contre, physiquement il y a beaucoup moins d'Asiatiques. La population est composée en partie de blancs, aux cheveux blonds ou très bruns.

— Bienvenue dans le quartier du Pokroskovoï, lâche le chauffeur de taxi.

Un nom rappelant l'Ancienne Russie… Sans doute les descendants de la capsule russe.

La voiture stoppe en douceur devant une petite maison bariolée de tôles de toutes les couleurs. Une porte en bois ciselée achève l'ensemble, modeste, mais charmant.

Sivan et Charmin se regardent, décontenancés. Serait-ce ici qui vit cet odieux personnage ? Cela semble grotesque. Sivan a l'impression que c'est la maison en pain d'épices de ce vieux conte, Hansel et Gretel. À l'intérieur se cache un démon.

Les deux compères toquent à la porte. Sivan commence à transpirer, stressée. Curieusement la porte s'ouvre rapidement et apparaît alors… Ivrov Ghratni. De revoir cet homme, sans son costume de Golem glace le sang de Sivan. Charmin en bon professionnel lance la conversation.

— Monsieur Ghratni, nous sommes policiers et souhaitons vous parler.

L'homme est immense et les toise un par un. Il a bien vu qu'ils n'étaient pas de Gaushino, car ils portent des Klarni. Il comprend d'un coup qui est ce couple étrange.

— Bien sûr, entrez ! annonce-t-il d'une voix forte.

L'intérieur est aussi curieux que l'extérieur. Des tapis au sol, de l'argenterie, une table en bois avec quatre chaises, un buffet rempli de bibelots, tout ceci est bien accueillant. Sivan reste sans voix. Elle sait bien que les tueurs sont en majorité des gens comme vous et moi, mais elle s'attendait à quelque chose de décalé, de plus sombre.

— Du thé ? J'allais m'en servir…

— Volontiers, lui répond Charmin, pas du tout impressionné.

— Et la demoiselle elle en prend ou pas ?

— Euh… oui merci, la voix de Sivan est presque sourde, mais le géant a compris.

Pendant qu'il s'affaire dans la cuisine, Sivan regarde Charmin. Allaient-ils faire comme si de rien n'était en prenant un thé tranquillement ? Ils ont devant eux le tueur du docteur Janus, quelle mascarade ! Charmin lui dit en chuchotant : *Je m'en occupe*. Ghratni revient, portant un plateau composé d'un service à thé richement ornementé et d'un samovar, ustensile servant à faire bouillir l'eau typiquement russe. Il reprend la conversation :

— Je ne reçois pas tellement de visite, mais vous, je sais qui vous êtes.

Charmin s'attendait à cette remarque et réplique du tac au tac :

— Aussi vous admettez que vous êtes le tueur du docteur Janus, je présume ?

L'atmosphère devient lourde, et la coulée de thé dans la gorge de Sivan amplifie les bouffées de chaleur qu'elle a depuis qu'ils sont entrés chez le colosse.

— Oui, j'avoue que c'est bien moi qui ai tué ce Monsieur.

Ghratni confesse le meurtre au détour d'une tasse de thé. Sivan sent sa tête tourner.

— Pardon, j'ai besoin d'air…

Elle sort.

Charmin enchaîne :

— Je suppose que si vous reconnaissez le meurtre de cette manière c'est que nous ne vous inquiétons nullement ? Ai-je tort ?

— Parfaitement.

— Et pourquoi ? Le docteur Janus était un ami. Si nous ne pouvons vous faire condamner, vous nous devez des réponses. Voyez la tristesse de ma jeune collaboratrice, il était comme un père pour elle…

Ghratni semble désolé. Ce qui rend la situation encore plus étrange.

— Je ne connaissais pas cet homme, j'ai juste exécuté les ordres.

— Ordres de qui ?

— Impossible de vous le dire. Le géant se lève brusquement. Je suis sincèrement navré pour vous, notre entretien s'arrête là.

Dehors Charmin rejoint Sivan, dont le visage est gonflé par les pleurs. L'inspecteur la prend dans ses bras et lui dit tout bas : *On va trouver un moyen*. Mais au fond, il ne sait pas du tout lequel.

*

Dans la petite chambre minuscule de l'Hôtel Magnolia, Sivan réfléchit, remise de ces émotions. Après cet entretien éprouvant avec Ghratni, la jeune fille a écouté le point de vue de Charmin autour d'un bon dîner. Effectivement le colosse n'a pas peur d'eux, ils doivent trouver un moyen de pression. Mais qui peut les aider ? À Gaushino ils ne connaissent personne… enfin elle connaît quelqu'un qui l'a déjà aidé.

Voudra-t-il prêter main forte ? À cause de ses relations avec Jenny Sterny sans doute pas, mais Sivan doit tenter. Elle appelle Ameny.

— Salut Ameny, c'est Sivan !

— Hey Sivan, cela fait longtemps… comment vas-tu ?

L'égyptien n'a pas l'air étonné de son coup de fil.

— Écoute, je suis sur une nouvelle affaire… et j'ai besoin d'aide.

Silence. À quoi peut-il penser à ce moment-là ? Sivan donnerait cher pour le savoir.

— Si c'est en rapport avec Jenny, je préfère te dire non d'emblée.

— Pas du tout. Rien à voir avec les Sterny promis.

— Tu sais que je suis appelé à comparaître moi aussi ?

La jeune fille s'inquiète. Mais pour quelles raisons la défense veut qu'Ameny témoigne ? Pour montrer que Sivan est cinglée ou une fille de mauvaise vie ? Elle secoue sa tête, pas le temps de penser à tout ça pour l'instant.

— Non, je ne savais pas, mais je ne peux pas parler du procès avec toi Ameny. Écoute, je te demande juste de me trouver des informations sur un type nommé Ivrov Ghratni.

— Il a fait quoi ce gars ?

— C'est l'homme qui a tué mon professeur d'université et on cherche à le coincer. C'est important pour moi.

Encore une fois un ange passe.

— Et j'y gagne quoi moi Sivan ? Tu nous laisses tranquille Jenny et moi ? Je n'en peux plus de cette guerre incessante entre vous.

— Mais moi je ne suis pas dans le conflit ! C'est injuste de dire ça…

— Arrête ! Jenny m'a confié les messages que tu lui envoies… grandis un peu.

Quoi ? Mais qu'est-ce que c'est que ces histoires ? Sivan doit absolument se recentrer.

— D'accord, j'accepte, je vous laisse en paix. Tu m'aides alors ?

En consentant cet accord, Sivan a admis avoir harcelé Jenny. *Il y a un temps pour tout, et chaque chose en son heure*, se dit-elle après avoir raccroché.

CHAPITRE 2

Gaushino, Capitale du Sud, 21e jour de Jina.

Prenant leur petit déjeuner, Sivan raconte à Charmin son échange avec Ameny, en n'omettant pas les fausses accusations lancées par Jenny. L'inspecteur espère que le jeune égyptien va obtenir des infos. Il va appeler Emma pour qu'elle farfouille un peu plus. Les deux compères sont appelés à comparaître en fin de journée, vers 17 heures.

En attendant les réponses de leurs différentes sources, ils décident d'aller à l'ambassade du Nord voir le nouvel ambassadeur. Sivan est toujours impressionnée en voyant l'imposant bâtiment, mais rien n'a changé. Ils se dirigent vers l'accueil. Charmin a les yeux rivés sur l'hôtesse, qui termine sa conversation. Une beauté, faut dire.

— Bonjour, que désirez-vous ?

Sivan laisse Charmin prendre la parole, elle remarque de suite le manège de l'inspecteur et a envie de rigoler. Elle le voit rarement décontenancé par le physique d'une femme. Le souvenir d'Anya Barent surgit d'un coup, il avait eu un coup de cœur pour elle, se rappelle la jeune fille.

— Nous sommes du commissariat de Mydizen, voici Sivan Seidgrend et moi je suis l'Inspecteur Charmin.

— Enchantée, répond-elle d'une voix mélodieuse. Je suppose que Monsieur Schneerson vous attend ?

— Oui, effectivement. Je vous remercie, Mademoiselle.

La jeune femme leur indique le chemin, Charmin est tout rouge.

— Et vous êtes… ? ose-t-il demander.

— Myriam, Inspecteur. Bonne journée !

En s'éloignant, Sivan ne peut s'empêcher de taquiner Charmin.

— Inspecteur, je vous vois rarement dans le badinage…

— C'est qu'elle ressemble à quelqu'un qui a beaucoup compté pour moi. Il rougit. Inutile d'en rajouter.

En sortant de l'ascenseur vitré, ils tombent nez à nez avec Christine Ghil.

— Bonjour à vous deux. J'espère que vous n'êtes pas étonnés de me voir, sourit-elle. Je suis la remplaçante de Gustave Barent, si vous vous souvenez bien…

C'est donc elle qui a été promue, mais qu'est devenu Sven ? Sivan n'ose poser la question.

— Bien sûr, Mademoiselle Ghil, nous ne vous avons pas oubliée. Félicitations pour votre promotion ! ajoute Charmin maladroitement.

— J'aurais préféré qu'Oscar soit encore parmi nous, mais bon c'est la vie… elle regarde en coin Sivan. Non, la perfide Christine n'a pas oublié Sivan. En regardant uniquement Charmin, elle conclut : J'ai du boulot, à plus !

Quelle froideur ! Sivan n'oubliera jamais la façon dont Christine l'a accueillie il y a moins d'un an. Elle pensait que l'archéologue aurait mis de l'eau dans son vin. Mais non, toujours la même méchanceté à son encontre… *Ne sois pas touchée*, se répète Sivan, en vain. Elle aimerait tellement vivre dans un monde rose sans noirceur. *Cruchette*, lui aurait répondu sa mère, *tu fais preuve d'une belle naïveté !*

Perdue dans ses pensées, elle n'avait pas remarqué que Charmin était déjà à la porte du bureau de Schneerson. Elle entend une voix aux intonations plutôt féminines :

— Entrez, Charmin ! Et où est la petite ?

La petite c'est Sivan, visiblement... charmant, se dit-elle. *Encore un qui tient une couche de misogynie.*

Elle jaillit dans la pièce, se forçant à avoir un ton plus grave :

— C'est moi la petite, Monsieur Schneerson ?

Un homme très fin, petite cinquantaine, des lunettes d'écaille, une cravate avec de petits pois, est assis devant eux. Le fauteuil de Sterny a l'air bigrement trop grand pour lui. Inutile de prendre la mouche, cet homme n'a pas la classe de l'ancien ambassadeur... malgré tout.

— Oui, pardon, je vous pensais plus jeune... Il est gêné. Bref, soyez les bienvenus à Gaushino. Assoyez-vous.

Ils opinent. Schneerson les met tout de suite dans l'ambiance.

— Votre arrivée n'est pas passée inaperçue... Keigo fait tout pour qu'il y ait le moins de ramdams autour de vous. Sivan, si tu me permets de te tutoyer, tu as intérêt à faire le moins de vague possible. Cette histoire de barque valamite aurait pu faire sauter la présidence de Keigo si la population était moins embrigadée. Fort heureusement pour lui cela n'est pas le cas... Mais le procès va remettre la lumière sur toute cette histoire. Je ne peux que te conseiller que de témoigner puis de rentrer rapidement à Mydizen.

Comme ça, la situation est claire. Elle est *persona non grata.*

— C'est la même chose pour vous Charmin. Faites attention aux sbires de Keigo, notamment aux agents Zaka et Gionki. Ils ne vous ont pas oublié, je crois...

Sivan a une seule question, qui lui brûle les lèvres :

— Mais la barque alors... vous aussi vous pensez qu'elle est valamite ?

— Bien sûr, sans aucun doute. Mais ici c'est un pouvoir absolu qui ne peut être remis en doute par des gens extérieurs. Si les habitants commencent à douter, peut-être qu'il y a aura un changement prochainement... mais ce n'est pas notre problème, ajoute-t-il en haussant les épaules.

L'ambassadeur tient son rôle d'ambassadeur, tout simplement. La politique c'est l'art d'empêcher les gens de se mêler de ce qui les regarde, dit-on...

*

— C'est pour vous l'allongé, non ?

Le serveur du café situé en bas de l'ambassadeur est expéditif. Avant même de connaître la réponse, il dépose la tasse pratiquement sur les mains de Sivan. Qui est occupée à raconter le court message d'Ameny.

— Un mystérieux informateur du nom de Lumini78, Inspecteur. Ameny pense qu'il peut nous aider. Je l'ai tout de suite contacté par Mail.

— Espérons que cette piste donne quelque chose rapidement. Nous ne devons pas rester longtemps à Gaushino. Les deux gorilles, Zaka et Gioki m'inquiètent…

Sivan partage ce sentiment. Ces deux bonhommes sont du genre à mettre une raclée qui vous donne envie de rentrer la queue entre les jambes. Car effectivement Charmin ne peut pas se défendre contre eux, pour des raisons diplomatiques. Il s'agit seulement d'éviter d'être à leur contact.

La Tabletem de Sivan retentit. Un nouveau Mail. C'est Lumini78. Il lui donne rendez-vous dans la demi-heure au Zhily. Pas de retard possible, il n'attendra pas. La jeune fille consulte son application Plans, le bar est à vingt minutes à pied de l'ambassade. Avec la densité de circulation à cette heure-ci, impossible de prendre un taxi. Les transports en commun ? Inconnus encore, le mieux c'est de marcher. Elle attrape son sac et quitte Charmin, lui conseillant de l'attendre à l'ambassade.

*

Le bar Zhily est charmant. De larges fauteuils en cuir sont disposés en rond autour de plusieurs petites tables basses en bois vieilli. Une ambiance de boudoir. Un homme est au piano. Sivan adore l'atmosphère. Elle regarde autour d'elle et ne voit personne seule. Elle s'assoit au hasard et attend. Une femme entre, cheveux frisés, lunettes imposantes, la trentaine. Sivan la regarde, elle se dirige vers elle.

— Enchantée, je suis Lumini.

— Moi, c'est Sivan, merci de nous aider.

— Ça vous gêne si je déjeune ? C'est ma pause là, la femme regarde sa montre.

— Pas de problème, je vais vous accompagner. Il est pratiquement 14 heures, elle aussi a faim.

Une serveuse rapplique. Lumini commande directement sans regarder la carte :

— Un steak-frites avec une bière, une pinte s'il vous plaît !

— Euh… vous avez quoi en plat végétarien ?

En attendant d'avoir les boissons, les deux femmes ne se parlent pas. Sivan trouve tout ceci curieux, mais préfère suivre le rythme de Lumini. Elle a d'ailleurs commandé aussi une bière, pensant faire plus fun qu'en demandant uniquement son plat végan… Et comme d'habitude l'alcool délie les langues. Dès que Lumini boit une bonne rasade de sa pinte, elle commence à expliquer.

— Vous devez vous demander pourquoi je vous aide.

— Oui, mais ce qui compte pour nous c'est vos informations. Je ne veux pas paraître indiscrète…

Lumini lui coupe alors la parole :

— Vous êtes habitués à traiter avec des informateurs, je présume, Ameny m'a parlé de vous.

— De mon travail, je suppose ?

— Euh oui. Parce que je dois savoir autre chose ?

— Non, rien.

Sivan a le feu aux joues, couplé au fait de boire de l'alcool en pleine journée. Leurs plats sont déposés sur la table. Elles sont obligées de se baisser pour manger, la table était plutôt basse que haute… Lumini reprend.

— Nous n'avons pas beaucoup de temps aussi, je vais vous parler en mangeant. Vous m'excuserez par avance.

— Oui je vous écoute.

— Ivrov Ghratni n'est pas n'importe qui. Son frère est à la cour de Keigo.

Sivan faillit étouffer en entendant ces mots. Décidément ils sont malchanceux…

— Il s'appelle Andreï Ghratni. Je vous préviens, il est beau comme un Dieu.

Et elle cherche une photo de lui sur sa Tabletem. Effectivement, le frère n'a rien à voir avec le colosse mis à part sa taille. Andreï est blond comme les blés alors qu'Ivrov est brun. Elle ajoute :

— Vous ne trouverez rien sur les réseaux ou sur les moteurs de recherche le concernant, toute son image est soigneusement verrouillée.

— Mais si cet homme est aussi proche de Keigo, pourquoi laisser faire les basses besognes à son propre frère ? Il prend un risque, je trouve…

— Non, car Keigo n'a confiance qu'en très peu de gens. Et surtout, Andreï n'est pas qu'un simple conseiller… On prétend qu'il a des pouvoirs de guérison. Il soigne le propre frère de Keigo. Aussi les frères Ghratni sont aussi protégés que le dictateur lui-même.

— Dictateur ? Vous aussi vous le définissez ainsi ?

Sivan sent qu'elle n'aurait pas dû poser la question. Lumini ne répond d'ailleurs pas. Elle s'approche de Sivan, évitant de hausser la voix.

— Si vous voulez rencontrer Andreï, c'est mission impossible, selon moi. Et si vous voulez arrêter Ivrov, c'est mission suicide.

*

17 heures, Palais de Justice de Gaushino.

Sivan retourne dans tous les sens les scénarios possibles, en attendant leur comparution. Le hall du Palais de Justice est rempli de journalistes. Elle et Charmin ont été escortés dans une petite salle attenante à la salle d'audience. Pour éviter de trop penser au procès, Sivan sort sa Tabletem, mais surtout son stylet qu'elle avait intelligemment emporté.

But : arrêter Ivrov

—> Soit le forcer à les accompagner en jouant la corde sensible, mais ils ont bien vu que c'était impossible peine perdue

—> Soit l'enlever, mais c'est un colosse !!

—> Soit pousser Andreï, proche du pouvoir, à l'extrader pour éviter de faire des vagues.

Question : comment faire chanter le frère ?

Un agent de police élégamment vêtu s'approche d'eux. Il est temps d'entrer dans la salle du tribunal. Les deux complices s'assurent que leurs Klarnis sont bien en place puis entrent.

La pièce paraît étrangement déserte, car immense. Des scènes de vie de l'Ancienne Asie peintes parsèment le plafond. Les chaises sont alignées à perte de vue, et seules quelques personnes triées sur le volet font partie du public. Des journalistes soigneusement choisis sans doute. Sivan regarde immédiatement le carré où est censé se trouver l'accusé. Il n'y a que Georges Garval, l'avocat de Sterny. Dans le carré de l'accusation se trouvent deux avocats mandatés par Gaushino.

Une voix forte résonne alors.

— Sivan Seidgrend, Roger Charmin, approchez s'il vous plaît !

Sivan n'en croit pas ses oreilles. C'est bien la première fois qu'elle entend le prénom de Charmin. Les deux compères s'avancent dans le carré réservé aux témoins.

— L'un après l'autre tonne la voix.

Le président du tribunal est impressionnant. Sa morphologie est de type titanesque, malgré la robe judiciaire qu'il porte et qui le serre un peu. Ses yeux sont extrêmement bridés, on devine à peine la couleur de l'iris. Il dégage une intelligence hors norme.

— Sivan Seidgrend, avancez-vous la première.

Elle s'exécute sans un mot. Il reprend :

— Vous êtes appelée à comparaître en qualité de témoin dans l'affaire opposant l'ancien ambassadeur Sterny à l'État souverain de Gaushino. Monsieur Sterny est accusé des meurtres de Gustave Barent et d'Oscar Leef. Vous êtes témoin de ses aveux prononcés le 27e jour de Corb. Est-ce exact ?

— Oui c'est exact.

— Est-ce exact que Monsieur Sterny vous a également menacé personnellement ?

— Oui c'est exact.

— Est-ce exact que vous avez soudoyé un gardien sexuellement pour obtenir la vidéo de caméra de surveillance accusant Monsieur Sterny de falsification de la lettre de suicide de Monsieur Leef ?

Sivan reste droite dans ses bottes et prononce fermement ces mots :

— Oui, c'est exact.

Le président finit de la regarder pour se diriger vers Charmin.

— Inspecteur Charmin, avancez-vous !

La jeune fille recule et faillit marcher sur les pieds de Charmin, comme si elle avait terminé sa prière et ne pouvait tourner le dos au président.

— Vous êtes appelé à comparaître en qualité de témoin et de référent dans l'affaire opposant l'ancien ambassadeur Sterny à l'État souverain de Gaushino. Monsieur Sterny est accusé des meurtres de Gustave Barent et d'Oscar Leef. Vous êtes témoin et référent de ses aveux prononcés le 27e jour de Corb. Est-ce exact ?

— Oui, c'est exact.

— Avez-vous récupéré ses aveux grâce au principe de la Question ?

— Oui, c'est exact.

— Avez-vous utilisé Sivan Seigrend ici présente comme moyen de pression à l'encontre de Monsieur Sterny pendant cette séance d'aveux ?

Charmin se retourne rapidement et fait un geste désolé à Sivan.

— Oui, c'est exact.

— Nous en avons fini avec vous pour l'instant. Veuillez sortir rapidement de la salle d'audience.

Les deux acolytes sortent hâtivement. Des journalistes et caméras se jettent sur eux, mais voyant qu'ils n'ont rien à dire de croustillant, ils les laissent s'éloigner. Sivan et Charmin respirent un grand coup sur l'esplanade du Palais de Justice, étourdis par les deux atmosphères qu'ils ont traversé.

— Et si on allait prendre un verre ? lance Charmin.

Sivan acquiesce promptement. C'est bien l'unique chose qu'elle a envie de faire.

CHAPITRE 3

Gaushino, Capitale du Sud, 21e jour de Jina.

Il n'y a pas d'heure pour les braves. Cette maxime d'avant BBII pourrait résumer l'état d'esprit de Sivan. Elle et Charmin sont déjà à pied d'œuvre à éplucher les précieuses informations envoyées par Emma sur ce fameux Ivrov Ghratni. L'ambassadeur les a autorisés à s'installer dans un bureau équipé de deux ordinateurs.

— Franchement Charmin, vous êtes tombés sur du lourd là, avait déclaré Emma avant de transmettre les documents.

Effectivement, c'est rocambolesque.

Les jumeaux sont originaires de l'Ancienne Russie (ça, ce n'est pas une surprise), mais surtout ils sont les descendants directs de la lignée d'un guérisseur extrêmement célèbre dans l'Histoire ancienne.

Sivan soupire en souriant dès qu'elle lit le nom inscrit dans le document : *Grigori Efimovitch Raspoutine.* Le docteur Janus aurait été ravi d'apprendre que cette illustre famille a survécu au BBII.

Excitée, elle parcourt différents documents, en omettant les classiques comme les fiches d'identité. Ce qui intéresse Sivan, c'est l'Histoire ancienne, encore et toujours.

Raspoutine était un moine guérisseur, un staretz (signifiant vénérable) qui fût adulé à la Cour de Russie pendant le règne du dernier Roi de l'Ancien Peuple russe, Nicolas II (celui-ci a été assassiné avec toute sa famille pendant la révolution russe). Raspoutine aurait soulagé l'hémophilie du fils du Tsar avant que la médecine ne mette un nom sur cette pathologie.

Extrait du journal Excelsior datant du 1er janvier 1917 dont l'article était titré *Le mystérieux Raspoutine a été assassiné* :

« Inconnu chez nous, il avait conquis dans l'Empire des Tsars, une influence énorme et une situation formidable. Ses débuts avaient été obscurs. Simple paysan de Sibérie, sorte de prédicateur laïc d'un mysticisme plein de symboles, esprit retors, sachant impressionner par le verbe et le regard, il passait pour avoir une influence magnétique sans limites, et il avait, incontestablement, une force de persuasion extraordinaire dont il savait se servir en toutes circonstances. »

La jeune femme regarde alors sa photo : un homme au physique plutôt ingrat, de larges épaules, des cheveux longs bruns, mais des yeux bleus qui vous subjuguent.

Extrait d'une revue nommée Le Fraterniste datant du 15 mars 1928 : témoignage d'une certaine Mme Viroubova, qui travaillait à la cour de l'Impératrice :

« En 1915, une hémorragie est arrêtée par l'intervention du Saint-Homme : les docteurs avouaient qu'ils n'y comprenaient rien. Le fait est cependant reconnu. »

Charmin redresse la tête :

— Eh bien, ma chère Sivan, comment allons-nous faire ? Cet Ivrov Ghratni a l'air intouchable.

Elle hausse les épaules, n'ayant pas lu un traître mot sur les deux frères. Par contre, ce personnage de Raspoutine l'envoûte. Il faut qu'elle se recentre sur leur objectif : trouver un moyen de pression pour faire extrader Ivrov Ghratni.

— Inspecteur, Raspoutine a été assassiné, car il était accusé, entre autres, d'une trop grande promiscuité avec le Tsar. On disait que ce n'était qu'un imposteur…

— D'accord, mais en quoi cette information peut-elle faire avancer notre affaire ?

Sivan a une idée, qui semble folle, mais elle n'en voit aucune autre.

— Le frère d'Ivrov Ghratni est un des conseillers de Keigo les plus proches… Supposons que nous parvenions à rendre cet Andreï moins honnête qu'il n'en a l'air… Supposons que nous arrivions à faire douter Keigo des desseins d'Andreï…

— Du genre rendre Andreï Ghratni aussi coupable que son ancêtre Raspoutine ?

— Déjà on peut insuffler la suspicion dans l'esprit de Keigo… qui voudra alors se débarrasser du frère par précaution. Enfin j'espère…

Charmin se lève d'un coup et ajoute :

— Et dès lors, il n'y aura plus de protection présidentielle et nous pourrions demander l'extradition du frère Ivrov avec un peu de chance ! Nous avons la vidéo où on le voit en faux Golem. Une preuve que nous pourrions présenter à Keigo…

— Exactement.

Le café est froid. Sivan sort du bureau. Elle réfléchit. Il s'agit donc de s'approcher au plus près du dictateur. Pourquoi voudrait-il recevoir une assistante de police et un inspecteur ? Comment manœuvrer ? Elle s'approche de la machine, insère des pièces, regarde la poudre de café se mélanger à de l'eau, tout en descendant dans sa tasse.

Eurêka ! Elle vient de trouver le moyen de se faire inviter à la cour du dictateur…

*

— Mais vous êtes cinglés !

Voilà la première phrase de Monsieur Schneerson dès qu'il entend le plan de Sivan.

— Je n'ai rien à perdre, Monsieur l'Ambassadeur. Mon unique but c'est de piéger le meurtrier du docteur Janus. Le reste, ma réputation, etc., je m'en contrefiche ! lance la jeune fille, déterminée.

Charmin est dans un coin de la pièce, muet. Schneerson s'adresse à lui :

— Et vous, dites-lui qu'elle ferait mieux de tourner la page !

Pas de réponse de l'inspecteur, une façon de montrer à Sivan qu'il est avec elle.

— Vous vous êtes vraiment bien trouvés tous les deux… Très bien, je vous cale un rendez-vous avec Keigo. Ce ne sera pas un tête à tête, l'homme déteste être seul avec un étranger. Préparez-vous, il sera intrigué, il voudra vous voir rapidement…

En sortant de l'ambassade du Nord, Sivan décide d'aller se relaxer un peu. Charmin lui a annoncé la venue de Monsieur Kurchazy à Gaushino. Il a demandé auprès de Sivan. Mais elle ne peut pas encore lui pardonner sa traîtrise… L'inspecteur lui a expliqué qu'il ne savait rien des plans de la veuve Polpier. On verra plus tard.

Elle se dirige vers le bar Zhily (ayant apprécié le lieu), elle avait envie de compagnie inconnue et d'un bon verre de vin. Il est presque 19 h, elle et Charmin ont passé toute la journée à éplucher les informations sur Ghratni, et elle est sûre de son plan. Il faut fêter ça. Un air style jazz est joué par un pianiste plutôt beau, quoique petit, mais il sourit en voyant Sivan s'installer. *Pourquoi pas* ? se dit la jeune fille.

Elle a envie de vibrer dans les bras d'un homme ce soir. Il la choisit.

CHAPITRE 4

Gaushino, Capitale du Sud, 22e jour de Jina.

Un message sur la Tabletem de Sivan s'affiche : *merci de rappeler Monsieur Schneerson dès que vous avez ce message.*

La jeune fille s'étire lentement. À ses côtés, un homme, le pianiste d'hier soir. Elle ne connaît même pas son prénom, mais elle a apprécié ce moment extrêmement sexuel. Sivan va prendre sa douche, Charmin ne va pas tarder à frapper pour le petit déjeuner, et la faire descendre à la salle de réception de l'Hôtel. Tous les deux sont comme un vieux couple. Ils ne dorment pas ensemble, mais le café-tartines est le moment à partager. Elle s'habille lentement, essayant de réveiller le musicien qui semble exténué et bien dans son lit. Elle met un mot sur l'oreiller : *Ferme la porte, c'était chouette*. Point barre. Pas envie de s'encombrer d'un homme.

L'inspecteur a aussi l'air de bonne humeur. Il chantonne au buffet, choisissant avec précision sa confiture et le style de pain. En le voyant, Sivan sait que la nouvelle de Schneerson ne peut être que positive pour eux.

— Inspecteur, vous êtes tout guilleret ! dit Sivan en posant sa tasse de café et une tartine.

— Oui, ma chère, je sens que votre stratégie va fonctionner et que nous allons bientôt rentrer chez nous, accompagné du meurtrier.

— Vous avez eu le message de Schneerson alors ?

— Oui, pas vous ? Il est interrogatif. Nous sommes donc convoqués cet après-midi, l'ambassadeur n'avait pas tort, on a piqué la curiosité de Keigo.

— C'est parfait. Il faut battre le fer tant qu'il est chaud.

Les deux compères décident de se reposer dans leurs chambres. Inutile de se presser, ils ont rendez-vous à 15 h au Palais Présidentiel. Dans la chambre de Sivan, un petit mot : *C'était le feu plutôt. Voici mon numéro.* Le pianiste lui plaît, peut-être le reverra-t-elle une deuxième fois. L'emmenant dans ses songes, elle tombe dans les bras de Morphée.

*

Palais Présidentiel, 15 heures.

Les deux compères arrivent à l'heure dite devant un immense portail. Quatre militaires vêtus somptueusement sont au garde-à-vous. S'adressant à l'un d'entre eux, Sivan et Charmin déclinent leur identité. Le garde vérifie leurs dires sur sa Tabletem puis les emmène dans un petit poste de contrôle. Ils sont, ensuite, un par un, photographiés, puis ils signent numériquement une attestation sur l'honneur de non-port d'arme ou substance dangereuse. Tout ceci est évidemment hypocrite puisqu'ils sont passés au détecteur des Menaces (sorte de détecteur des métaux combinés à un détecteur des matières nocives) en franchissant la porte du bureau de la sécurité.

Dès qu'ils sortent du poste de l'autre côté, un minibus les attend. Le Palais Présidentiel est à deux kilomètres environ, entouré d'une épaisse forêt truffée de micros, de caméras et de gardiens. Un vrai bunker. Tous les déplacements sont minutés. Nos visiteurs d'un jour sont accompagnés par deux nouveaux policiers et n'osent se regarder. Sivan reste concentrée, car elle va jouer au bluff. Et elle est très nulle au Poker.

*

Charmin et Sivan sont escortés dans la salle dite du Président, sorte de salle du trône. Deux gardes leur ouvrent une immense porte métallique et ils aperçoivent enfin Keigo. Celui-ci est assis sur un fauteuil en velours de taille impressionnante. Car le dictateur est plutôt corpulent, de type asiatique, et habillé en militaire. L'image même qu'on se fait d'un despote.

Autour de lui, il n'y a que des hommes. Elle repère parmi les conseillers le fameux Andreï Ghratni. Effectivement Lumini78 n'avait pas menti. L'homme est magnifique. Il est grand, comme son frère, avec des yeux bleu clair ensorcelants, ressemblant à ceux de son ancêtre, Raspoutine. Il ne sourit pas et ne les regarde pas. On dirait qu'il est ailleurs.

— Approchez, annonce Keigo.

Sa voix est grave, Sivan et Charmin réajustent leurs Klarnis.

— Je suis surpris de votre demande de visite, Madame Seidgrend et Monsieur Charmin.

— Et nous, nous vous remercions de nous accorder un peu de temps, ajoute Sivan d'une voix posée.

Tous les regards sont maintenant braqués sur elle, y compris celui de Ghratni.

— Je vous accueille dans mon Palais, car j'ai à cœur de mieux comprendre les Nordistes. Sivan Seidgrend, vous avez accusé Monsieur Sterny de meurtres odieux avec la complicité de Roger Charmin.

Les deux se regardent, légèrement terrifiés. Ils ne sont pas au tribunal. Sivan doit tenir le cap. Il essaie de les intimider. La jeune fille fait un geste à Charmin pour qu'il ne prenne pas la parole.

— Effectivement, mais nous l'avons accusé avec des preuves, Monsieur.

— Reprenez vos fausses accusations et vous aurez toute ma gratitude ! lance le dictateur.

Sivan et Charmin ne sont pas surpris. Tout se passe comme prévu.

— Nous ne sommes pas là pour le procès, Monsieur Keigo. Mais pour l'un de vos conseillers, Andreï Ghratni.

Le tyran regarde alors Ghratni, étonné, qui reste pantois, puis il reprend la parole :

— Vous voulez quoi à mon conseiller ? Expliquez-vous.

— Je suis une ancienne étudiante en Histoire ancienne et votre conseiller est l'un des descendants du prestigieux Raspoutine. Je souhaite tout simplement l'interviewer.

Silence dans l'immense salle. Seule une voix retentit d'un coup, énervée :

— Vous prétendez être venus uniquement pour demander à Andreï de vous raconter son histoire personnelle ? Serait-ce une blague de mauvais goût ? Et vous, s'adressant à Charmin, vous laissez cette gamine parler à votre place ?

L'inspecteur prend enfin la parole.

— J'accompagne seulement mon assistante, qui souhaite démissionner de la police à la fin du procès. C'est pour ça qu'elle s'intéresse à votre conseiller, elle souhaite faire des recherches.

Keigo regarde alors ses conseillers un par un, s'attardant tout de même sur Andreï Ghratni qui reste sans voix.

— Vous souhaitez interviewer mon conseiller, alors que moi, Keigo, je suis face à vous ? Mais quel manque de tact ! Sortez tout de suite… Et revenez uniquement pour me présenter des excuses et admettre que vous vous êtes trompée dans cette histoire de barque solaire… qui est égyptienne j'en suis sûr !

Sivan et Charmin sont poussés sans ménagement vers la sortie. Dès que les gardes ne sont plus à portée de vue, les deux compères soufflent un grand coup dans la rue, faisant peur aux passants. Leurs muscles sont endoloris devant tant de pression psychologique. Mais la première partie du plan est mise en place… L'entretien n'aura duré que 15 minutes.

*

Assis l'un en face de l'autre dans un café, ils reprennent des forces.

— Et maintenant, Inspecteur, à vous de jouer !

Charmin se demande encore comment trouver le journaliste qui doit écrire l'article sur Andreï Ghratni. Car le plan de Sivan est simple : il faut publier un portrait élogieux du conseiller pour que Keigo sente une légère menace… Un guérisseur, comme son ancêtre Raspoutine, qui a eu la mainmise sur le pouvoir, disait-on. Créer du rififi au cœur du pouvoir, voilà le but de Sivan.

Mais l'inspecteur n'est pas sans ressource, évidemment. Le journaliste doit se trouver à Mydizen pour éviter une quelconque censure et doit accepter de faire un article sans avoir rencontré le fameux Andreï Ghratni.

— J'ai une idée, explique Charmin. Mais elle implique Kurchazy. Il faut que vous acceptiez de le revoir, Sivan.

— Mais pourquoi Kurchazy ? Il connaît des journalistes ?

— C'est un spécialiste, un universitaire. Et oui il a déjà eu son portrait dans divers journaux, je me suis renseigné sur lui à l'époque où vous étiez à Harpa. J'ai confiance en lui.

— Pardon, Inspecteur, vous avez confiance en lui ? C'est une chose que je lui reparle, mais lui donner une mission…

— Sivan, écoutez ses explications. Il a été dupé et ne se doutait pas un instant qu'Angela Polpier voulait vous faire du mal.

Monsieur Kurchazy. L'homme de son histoire personnelle, c'est comme ça qu'elle le définit. C'est lui qui l'a fait entrer dans cette étrange synagogue, qui quitte rarement ses rêves. C'est lui qui connaît tant de choses sur ses propres ancêtres. Elle se sent proche de lui, et sa trahison l'a terrassée. Elle ne le voit pas comme second docteur Janus, qui reste irremplaçable, mais comme un homme qui pourrait être important dans sa vie, mais elle ne sait pas pourquoi encore. Tout ceci est très mystérieux.

— Monsieur Kurchazy c'est Sivan. On se voit demain matin ? J'ai besoin de vous.

Sivan se rappelle qu'il n'était pas insensible à son charme. À elle d'en jouer.

CHAPITRE 5

Gaushino, Capitale du Sud, 23e jour de Jina.

La jeune fille a donné rendez-vous au kabbaliste dans un petit café, pas loin de l'ambassade. Elle y était déjà venue avec Ameny, c'est le Balthazar café. Sivan pense que l'endroit aux accents orientaux va plaire à Kurchazy. Quinze heures sur sa montre, il est en retard. Elle consulte sa Tabletem en lisant les dernières nouvelles sans réel intérêt quand une main se pose sur son épaule.

— Mademoiselle Seidgrend, quel plaisir de vous voir !

La voix de Kurchazy est chaude et Sivan s'étonne qu'elle lui ait manqué. Elle note qu'il ne l'appelle pas par son prénom.

— Monsieur Kurchazy, merci encore de vous être déplacé. Je vais aller droit au but.

— Comme d'habitude, me permettrai-je d'ajouter.

Il lui fait un clin d'œil.

— Oui… euh… Nous sommes à la recherche d'un journaliste, nordiste, et plutôt de type enquêteur.

— Pour quel genre de mission ?

— À vrai dire, je préfère ne pas en parler tout de suite…

— Parce que vous ne me faites plus confiance, c'est ça ? Kurchazy la regarde droit dans les yeux, c'est perturbant.

— Pas vraiment… mais je vous promets de tout raconter après la publication de l'article.

— Non, lance-t-il. Pas besoin d'en savoir plus. Par contre, promettez-moi de revenir à Harpa avec moi.

La jeune fille est perturbée. Elle ne comprend pas pour quelles raisons il lui fait tant d'effet ce petit bonhomme. Et pourquoi veut-il qu'elle retourne à Harpa ? Peu importe pour l'instant, elle doit se concentrer sur son objectif.

— Très bien, Monsieur Kurchazy, je vous accompagnerai à Harpa. Deal ?

*

Stéphane Barhow. Quinze ans de journalisme d'investigation, spécialiste des religions et de ses travers. Sivan a envie de lire le portrait qu'il a écrit de Kurchazy, mais elle manque de temps. Le type habite dans l'Hémisphère Nord visiblement, mais vient souvent à Gaushino. Comme bon nombre de ses confrères, le pouvoir de Keigo le fascine. Il veut être là si un scandale est dévoilé. Ça tombe bien.

— Allo Monsieur Barhow ? Sivan Seidgrend, je travaille au commissariat de Mydizen.

— Bonjour Madame. Euh, que puis-je pour vous ? L'homme est étonné, évidemment.

— Êtes-vous à Gaushino en ce moment ?

— Pourquoi me posez-vous cette question ? Sa méfiance est réveillée, Sivan a mal joué.

— Parce que nous avons besoin de vous, Monsieur Barhow. Et de vos talents.

— Je ne suis pas habitué à ce qu'on me cire les pompes aussi je vais raccrocher…

Sivan hausse alors la voix et crie pratiquement :

— Écrire un portrait du premier conseiller de Keigo, ça vous dit ?

— Avec un entretien avec lui ?

Que faire, pourra-t-elle obtenir un tête-à-tête avec Ghratni ? Elle en doute fort, mais bon elle doit encore une fois bluffer.

— Oui.

— Dans ce cas, je suis d'accord. Venez me retrouver ce soir au Bar L'Hirondelle.

Charmin présent pendant le coup de téléphone la regarde, interloqué. Une interview avec Ghratni ? Ce n'était pas dans le plan, les voilà piégés. L'improvisation n'est pas dans l'ADN de l'inspecteur…

19 heures.

Bar l'Hirondelle. L'endroit évoque tout sauf un oiseau. Les dominantes sont bleues, les tabourets de bois hauts et vides semblent tracer une ligne longeant le zinc. L'avantage de donner rendez-vous à un parfait inconnu aussi tôt c'est qu'on est certain de facilement le trouver. Un homme, petite quarantaine, blond, fin, est attablé sur une des rares tables existantes dans ce bar. *Un bar de nuit visiblement*, pense Sivan. Quand vient minuit, les tabourets sont poussés sous le zinc et les clients peuvent révéler leurs déhanchés endiablés.

— Monsieur Barhow ? Sivan, ravie de vous rencontrer !

Les yeux rusés du journaliste se posent sur elle, elle a l'impression de passer un scanner.

— Enchanté également, assoyez-vous et commandons quelque chose !

Deux cafés fumants leur sont servis, *le café, la boisson de la neutralité*, pense Sivan.

— Ghratni vous fait tourner la tête à vous aussi alors ?

Le journaliste annonce la couleur et la croit groupie.

— Pas du tout Monsieur Barhow. C'est une personne énigmatique, il n'y a pratiquement rien le concernant sur les réseaux.

— Certes, mais pourquoi vous intéressez-vous tant à lui alors ?

— Jouons la carte de la sincérité. Ce que je vais vous raconter ne doit pas sortir dans votre article.

— C'est comme ça que je bosse, mademoiselle, je ne donne jamais le nom de mes indics, je suis un journaliste d'investigation. Néanmoins, si je dois faire un portrait de lui d'après ce que vous racontez, je vois mal comment ne pas parler de ce que vous allez me révéler…

— Bien sûr, pardon, je ne suis pas habituée à tout ceci… Bref, ce ne serait pas qu'un simple portrait du conseiller du Roi. Ce que vous pourriez nous aider à réaliser, c'est l'arrestation d'un meurtrier.

Barhow faillit s'étouffer avec son café.

— Ghratni, un meurtrier ?

— Pas CE Ghratni… mais son frère oui…

— Il a un frère ?

— Oui, ils ont peu d'écart d'âge, mais ne se ressemblent nullement.

— OK, je suis tout ouïe.

Sivan raconte alors longuement l'affaire de la Noc. Le journaliste était évidemment au courant de l'arrestation de la veuve Polpier. Et du meurtre du docteur Janus.

— Donc si je comprends bien, vous n'avez pas pu arrêter le colosse Ghratni et mon article pourrait obliger Gaushino à l'extrader.

Il est dubitatif, mais semble intéressé. La jeune fille reprend :

— Votre article devra faire un savant parallèle entre lui et Raspoutine.

— Comment ça ? L'ancien guérisseur d'avant BBII ? Je ne connais pas grand-chose à l'histoire comme vous, mais j'ai entendu parler de lui. Par contre, je ne fais aucun lien entre lui et les deux frères.

— Ils descendent de la famille de Raspoutine, figurez-vous.

— Vous avez des preuves ?

— Oui, nous avons fait leur arbre généalogique et il n'y a aucun doute possible…

Barlow est scié. Le deuxième café commandé est maintenant froid.

— Vous pourriez me le fournir ? Je veux toutes les preuves par Mail.

— Bien sûr.

— Et vous croyez que Keïgo ne l'a pas fait ce rapprochement ? Ghratni, enfin l'autre, est son plus proche conseiller. Je n'ose imaginer qu'ils n'aient pas déjà enquêté sur lui.

— Oui peut-être… mais tout ceci serait resté secret en tout cas. Nous n'avons trouvé aucune trace de ce type de portrait dans les nouvelles officielles.

Le journaliste se tient le menton et ses yeux semblent calculer tous les risques.

— Si j'écris cet article, je risque d'être *persona non grata* dans l'Hémisphère Sud.

— Oui j'avoue. Mais si tout marche comme prévu, à Mydizen, vous serez une sorte de héros.

— Mouais, disons que j'aurai aidé la police de mon pays… Je dois réfléchir à tout ça et je vous donne une réponse très vite. Quand pouvez-vous me dégoter une interview avec Ghratni ?

Aïe, la question piège. Sivan essaie d'éviter toute mimique faciale.

— On va voir ce qu'on peut faire.

— Si j'écris un portrait de lui, je dois tout de même le rencontrer.

— Pas forcément. Vous pouvez déjà mettre en lumière ses origines et parler de sa présence à la cour, tel un Raspoutine post-BBII.

Barlow se lève, comme inspiré.

— Je vous rappelle. Envoyez-moi les documents à cette adresse, il lui tend sa carte de visite. J'ai conscience que c'est urgent, pas d'inquiétude.

Il la quitte ainsi. Sivan regarde sa montre. 21 heures. Elle appelle Charmin tout en se commandant un verre de rouge. À ce stade, il n'y a rien d'autre à faire.

CHAPITRE 6

Gaushino, Capitale du Sud, 25e jour de Jina.

Deux jours depuis l'entrevue avec Barlow… et toujours pas de réponse de sa part. Charmin est pessimiste. Il pense que le journaliste ne voudra écrire qu'à condition d'avoir un entretien avec Ghratni, ce qui est impossible. Sivan n'ose pas penser que leur plan ne marchera pas.

En attendant, les deux complices visitent Gaushino, tout en prenant des nouvelles de Mydizen. Les autorités nordistes veulent qu'ils rentrent rapidement, ils craignent d'éventuels coups de théâtre pendant le procès de Sterny. Celui-ci est toujours à l'hôpital. Son avocat Georges Garval semble être l'homme de la situation. Il démonte un par un les arguments de l'accusation, qui pense dorénavant que Sterny voulait mettre en danger le pouvoir de Keïgo. En lisant les différents comptes-rendus, Sivan manque souvent de s'étouffer. C'est plutôt elle qui a remis en question ce système dictatorial, le pouvoir de Keïgo n'est nullement divin. Mais évidemment, tout ceci n'est pas évoqué pendant le procès.

À chaque publication d'article, Sivan observe attentivement les photos associées. Elle a envie d'y voir Jenny. Ou même Ameny. Mais ils ne sont visibles nulle part.

Charmin aimerait en savoir plus sur le mal dont souffre Sterny. Aussi se rend-il seul à l'hôpital.

Le centre hospitalier de Gaushino est une immense tour blanche, qui ne ressemble à aucun autre. On dirait plutôt des bureaux d'une multinationale. À l'accueil, tout est soigneusement filtré.

— Inspecteur Charmin, de la police de Mydizen.

— Vous avez rendez-vous ?

L'agent le scrute, en repérant son Klarni.

— Euh non… Je viens voir un compatriote, Monsieur Sterny.

— Monsieur Sterny est dans une chambre surveillée.

— Oui je sais. Puis-je voir son médecin ?

— Sous quel motif ?

Charmin n'en revient pas. C'est pire que d'aller voir un prisonnier.

— Écoutez, je suis témoin dans le procès dont il est le principal accusé. Je souhaite juste m'entretenir quelques minutes avec son médecin, il n'y a rien d'illégal. Je fais partie des forces de l'ordre moi-même.

— Soit. Je vais garder soigneusement une pièce d'identité et demander qu'un gardien vous escorte.

Gardien, le mot est lâché. On est bel et bien dans une prison médicalisée. Un malabar s'avance vers lui, sans un mot. Il le conduit vers un ascenseur, direction le septième étage.

Le couloir est quasi vide. Où sont passés les soignants ? Charmin trouve tout ceci bien étrange… Le malabar lui dit de stopper là, devant la porte d'une chambre, lui semble-t-il. L'odeur reste clinique. Pas un bruit ne résonne, à part les pas du gorille qui s'éloigne rapidement. L'inspecteur ne résiste pas à tenter d'ouvrir la porte où il est posté. Fermée bien sûr.

— Hé vous faites quoi là ? Le malabar a retrouvé la parole et ne l'a pas oublié.

— Rien, je me demande juste où nous étions.

— Ne touchez à rien et restez tranquille. Le médecin va arriver.

Curieuse façon de recevoir les visiteurs, debout, dans un couloir aseptisé. Une porte au fond s'ouvre et un homme sort. Blouse blanche, masque chirurgical. Pas de doute sur son identité.

— Inspecteur Charmin, que puis-je pour vous ?

— Docteur… puis-je demander votre nom ?

— Non.

Parfait pour l'ambiance…

— Docteur anonyme, Monsieur Sterny est dans vos murs depuis longtemps. Nous savons qu'il est souffrant, mais qu'a-t-il au juste ?

— De quel droit me demandez-vous sa pathologie ? Vous ne faites pas partie de sa famille, je suppose…

— Non certes, mais je suis un compatriote et surtout un inspecteur de police.

— Pas ici.

— Pardon ?

— Vous n'êtes pas inspecteur de police à Gaushino.

— Non.

— Donc, je répète, pourquoi voulez-vous toutes ces informations ?

Charmin est dépité. Ce gars est un vrai mur en béton.

— Je connais sa fille, balance-t-il, au bluff. Il connaît pas mal de choses sur Jenny.

— Et ? Sa fille est au courant de son état…

— Bien sûr. Mais ma collègue est accessoirement sa meilleure amie, elle est inquiète pour Jenny.

— Quel est le nom de cette collègue ?

— Sivan. Sivan Seidgrend.

Le docteur regarde alors le malabar. Charmin aurait juré le voir sourire. De plus en plus étrange…

— Ah Sivan Seidgrend… Écoutez, vous avez fait ce chemin pour rien. Nous ne pouvons rien vous dire.

Récupérant sa pièce d'identité, Charmin se dit que le seul moyen d'avoir des informations, c'est de contacter Georges Garval. Son petit doigt lui dit que tout n'est pas clair, ça non. Message de Sivan : « *Barhow a dit OK.* »

*

Sivan passe sa journée à récupérer tous les documents nécessaires au journaliste. Elle lui envoie toutes ses trouvailles, en axant sur le rapport *Raspoutine-Ghratni/Nicolas II/Keïgo.*

Cherchant sur le Dark Web (la part obscure du réseau Internet où l'on peut trouver énormément d'informations, car beaucoup de génies de l'informatique ont fait migrer leurs bases de données avant le BBII), elle s'intéresse à la notion d'atavisme. C'est « la réapparition chez un descendant d'un caractère quelconque des ascendants, caractère demeuré latent pendant une ou plusieurs générations intermédiaires ». Cela donnerait du grain à moudre à sa théorie.

Et Keïgo serait susceptible d'écouter ce genre d'arguments, puisqu'il croit à l'hérédité du pouvoir.

Sa Tabletem sonne. Kurchazy. Il ne lâche pas Sivan. Après lui avoir donné le nom du journaliste, il lui envoie un message par jour. Elle a bien compris qu'elle lui plaisait. Mais il est vieux. Et puis affectivement elle n'a pas besoin de recommencer une nouvelle histoire même si sensuellement elle n'est pas insensible à certains hommes qu'elle côtoie le soir au Balthazar Café. Ce lieu est devenu son nouveau QG. Comme d'habitude, elle a besoin de reproduire un cocon de Mydizen dans son nouvel habitat. Vivre à l'hôtel n'est pas la panacée, mais sortir tous les soirs et boire un verre en écoutant les conversations des autres est devenue son rituel. Charmin ne l'accompagne jamais, il n'est pas friand de ce genre de lieu.

L'inspecteur est soucieux. Il a eu Georges Garval par téléphone. Les médecins ne savent pas de quel mal souffre Sterny. L'ancien ambassadeur est extrêmement surveillé, les médicaments sont minutieusement donnés. Effectivement, il souffre d'hallucinations. Le docteur Janus et John Polpier ont eu eux aussi des hallucinations avant de mourir. Charmin ne croit pas aux coïncidences.

CHAPITRE 7

Gaushino, Capitale du Sud, 29e jour de Jina.

Extrait de l'article de Stéphane Barhow, publié ce jour dans la Gazette de Mydizen.

« Keigo Ukasawa nous intrigue, mais plus que tout un personnage nous semble bien mystérieux, Andreï Ghratni. C'est le plus proche conseiller du dictateur. (…) Par son ascendance, nous sommes peu étonnés de son pouvoir. Le sang de Raspoutine coule dans ses veines. Cet ancien mage guérisseur au pouvoir intriguant faisait les choux blancs de la presse de l'époque. *Les forces ténébreuses*, titrait un journal en 1917. (…) Curieux est la place de son descendant, qui serait, dit-on, les oreilles et les yeux d'un dirigeant aux pleins pouvoirs. Nicolas II et Keïgo seraient-ils sous l'emprise de cette lignée ? »

Lisant le papier, Sivan et Charmin sont excités. Tout est mis en place. Le seul souci est que Keïgo ne lit pas forcément la presse étrangère. Comment donner à l'article un retentissement sudiste ?

Charmin prend sa Tabletem et appelle Georges Garval. Il a l'idée du siècle.

15 heures, Palais de Justice de Gaushino.

Les deux compères passent les divers contrôles de sécurité, ils ne veulent pas rater une miette de ce qui va se dérouler. Sivan est stressée, peut-être va-t-elle voir Jenny et Ameny. Mais elle pense avant tout au docteur Janus. Garval leur a donné une autorisation pour pouvoir assister à sa plaidoirie.

Assise au fond de cette salle immense, Sivan contemple encore une fois les différentes peintures du plafond, lever les yeux lui évite de regarder les différentes arrivées. Car il y a du monde. Elle se demande comment Garval a justifié leur présence à Jenny Sterny. D'un coup, elle la voit.

Des cheveux admirablement coiffés en chignon strict, une robe en maille bleue qui moule son corps en délicatesse, c'est Jenny. Elle ne jette pas un regard sur eux. Sivan sent ses joues rougir. Elle a chaud. Charmin remarque son état et lui tend une petite gourde. De la vodka. Il avait tout prévu. Ameny précède son ancienne meilleure amie, vêtu d'un costume bleu. Un vrai défilé de mode.

Le président de séance se lève et demande le silence de sa voix forte.

— Affaire Sterny contre l'État de Gaushino. Nous sommes réunis pour entendre la plaidoirie finale de Maître Georges Garval.

Sivan observe alors leur atout s'engager dans une longue tirade. Elle veut seulement écouter la fin. Pas le courage de réécouter des faits qu'elle a vécus aussi personnellement. Aussi glisse-t-elle des bouchons dans ses oreilles. Charmin la regarde faire, il acquiesce. Elle reprend une rasade de vodka et regarde.

Jenny, de dos, ne bouge pas d'un pouce. Ameny semble plus agité. Peut-être Garval évoque-t-il la barque solaire et son origine valamite… Sivan regarde sa montre, une heure déjà s'est écoulée. Charmin lui donne un coup de coude. La conclusion. Celle qu'elle veut entendre. Enlever les bouchons lui fait mal aux oreilles, elle était dans un monde de silence bénéfique qu'elle quitte à contrecœur. Certes seule la voix de Garval retentit. Mais Sivan retrouve la tension d'arrivée.

— Je pose enfin une ultime question. Peut-on bien juger ici où le président accorde plus d'importance au descendant d'un guérisseur charlatan qu'à un défenseur des antiquités de son propre pays ? lance Georges Garval sans frémir.

La salle commence à s'échauffer.

— Silence, silence ! crie le président du tribunal.

Mais le mal était fait. Tout le monde commence à parler, Garval est revenu à sa place.

— La séance est ajournée ! hurle le premier magistrat.

C'est ainsi qu'ils sortent rapidement, Sivan voulant éviter tout contact visuel avec Jenny et Ameny. Ils vont directement à l'ambassade du Nord.

— Eh bien, vous en avez mis un bordel, juge Schneerson.

Le diplomate ne s'en remet pas.

— Je vous avais dit de rester tranquille, et non, vous jetez la suspicion dans un procès qui ne vous concerne plus !

— Un innocent a été tué à Mydizen, Monsieur Schneerson, lâche Sivan. Et cette affaire nous concerne.

— Vous m'avez déjà expliqué tout ça, bon sang ! Il ne décolère pas. Et pour Sterny alors ?

— Comme vous l'avez justement remarqué, ce n'est plus notre affaire… Sivan se mord les joues en disant ces mots.

Schneerson les regarde longuement, muet, puis lance :

— Finissez ce que vous êtes venus faire et ne revenez plus jamais ici.

CHAPITRE 8

Gaushino, Capitale du Sud, 2e jour de Reer.

Cinq jours sont passés. L'article de Barlow, couplé à la plaidoirie de Gaval semblent faire réagir Keïgo. Sivan et Charmin apprennent dans la presse qu'Andreï Ghratni est écarté du cercle si mystérieux du dictateur. L'inspecteur est inquiet.

— Quelle suite donner alors ?

Il lève les bras au ciel, impuissant.

— Je dois aller voir Keïgo, j'ai un plan, lui répond Sivan.

— Et pour Barlow, on fait comment ? Il demande toujours son interview exclusive de Ghratni.

— En ce qui le concerne, on pourrait toujours rendre publique notre stratégie de retour à Mydizen ? Cela pourrait lui faire une suite…

Charmin est bougon, il hausse les épaules.

Sivan regarde à la fenêtre de leur petit hôtel. Les deux malabars, Zaka et Gionki, sont toujours à les surveiller, serrés dans leur voiture. Ils doivent bien s'embêter, car depuis qu'ils sont *persona non grata* à l'ambassade, les deux complices bougent peu, se contentant d'aller déjeuner et dîner dans les restaurants les plus proches. Sivan aussi commence à trouver le temps long et a hâte de retourner dans l'Hémisphère Nord.

La Tabletem de Charmin sonne.

— Allo ? Oui c'est moi… silence de l'inspecteur qui écoute une diatribe sans broncher.

Sivan regarde son visage, essayant de percevoir quelques émotions. Négatives. Charmin raccroche.

— Bon, ma chère, il va falloir qu'on s'active. Sterny est au plus mal. Il se peut qu'il décède.

À ces mots, Sivan sent son cœur se raidir. Sterny va mourir ? Elle ne le voulait pas, non. Elle pense toujours à Jenny. Quel malheur ce serait…

Charmin pense que Sterny a été empoisonné en douce à l'hôpital par de l'ergot de seigle. C'est le traitement qu'ont eu le docteur Janus et John Polpier, d'où les hallucinations puisqu'il y a du LSD dans l'ergot de seigle. Enfin c'est la théorie de Charmin, ils n'ont pas encore eu les résultats d'analyse du pain mangé par Janus le jour de son meurtre.

Par contre, ils ne savent toujours pas à qui profite le crime…

De nouveau Sivan regarde par la fenêtre. Ils sont seuls dans le minuscule lobby de l'hôtel. Elle prend son manteau et sort, d'un coup. Charmin, plongé dans la lecture du journal, n'entend que la porte qui claque.

D'un pas décidé, elle se dirige droit vers la voiture de surveillance, son Klarni sur la tête.

— Messieurs, s'adressant aux deux policiers, je souhaite rapidement m'entretenir avec votre président, j'ai des choses importantes à lui révéler.

Les deux rigolent.

— Ma p'tite dame vous pensez que d'un claquement de doigts on vous emmène voir Keïgo ? Non, mais quelle blague…

— Écoutez, vous nous observez depuis quelques jours déjà, vous savez que nous préparons quelque chose… Nous avons des éléments que je ne peux communiquer qu'à lui.

— Et ça concerne qui ? Ghratni ou Sterny ?

— Les deux, mon Général.

Ils se regardent, méfiants. Ils ne connaissent pas cette expression visiblement.

— Mouais… venant d'une pimbêche comme vous, y a de quoi être sur ses gardes… Retournez à votre hôtel, on vous tient au courant.

Sivan revient vers l'hôtel, Charmin lui fait de grands signes interrogatifs à travers la fenêtre du style, mais que fais-tu ? *Être sur ses gardes, eux ? C'est plutôt nous qui sommes gardés*, pense-t-elle avec justesse.

13 heures, Palais Présidentiel de Gaushino.

Sivan est dans la voiture des deux malabars. Elle n'en revient pas d'avoir obtenu ce rendez-vous si rapidement. Surtout que le dernier entretien s'était grandement mal passé. Mais Keïgo sait sans doute que la fuite des informations sur Andreï Ghratni vient de Sivan, puisqu'elle a parlé de lui pendant leur dernière audience. La présence de Charmin n'a pas été souhaitée. Tant pis, il va ruminer dans sa chambre pendant quelques heures.

La jeune fille se soumet avec rigueur aux différents contrôles de sécurité, puis enfin elle arrive dans la salle du président. Keïgo est devant elle, sans conseiller autour de lui. Il était debout avant même que les lourdes portes ne s'ouvrent, comme s'il était déjà affairé à autre chose. Sans doute un moyen de rendre leur entretien moins formel.

— Madame Seidgrend, que me vaut l'honneur de votre visite ? Elle note la pointe d'ironie.

— Monsieur Keïgo, merci encore de me recevoir. Je ne vais pas vous faire perdre de temps. Je…

— Nous savons que c'est vous qui avez rencontré ce journaliste de pacotille en tentant de discréditer mon conseiller.

Sivan essaie d'être impassible. Keïgo se dresse devant elle, plus massif encore, et tente de l'intimider.

— Madame, comment une femme de votre espèce peut-elle être une telle source d'ennuis, je me le demande. Je souhaite donc que vous quittiez Gaushino au plus vite, ainsi que votre toutou d'inspecteur.

— Nous allons partir, mais laissez-moi vous expli…

— M'expliquer quoi ?

Sa voix forte résonne dans cette pièce immense.

— Je suis venue en humble nordiste vous témoigner mon respect en acceptant de reconnaître le caractère égyptien des barques solaires.

Coup de théâtre. Keigo sourit. Sivan entre dans la brèche.

— Mais je ne le ferai publiquement que si vous nous donnez l'autorisation d'extrader Ivrov Ghratni, le meurtrier d'un professeur de l'université de Mydizen.

Le dictateur ne laisse rien paraître, mais semble étonné. Ou plutôt, joue divinement bien la comédie.

— Un meurtrier dans mon État ?

— Oui, nous avons une vidéo l'accablant. C'est le frère d'Andreï Ghratni.

— Ahaha, tout s'explique. Vous faites un article déloyal décrédibilisant mon plus proche conseiller pour obtenir ce que vous voulez.

— Votre Andreï Ghratni est le descendant de Raspoutine, nous avons également des preuves. Êtes-vous à ce point sous son emprise ?

Sivan dit cette dernière phrase sans réfléchir. Les joues du dictateur deviennent carmin.

— Sous emprise, moi ? Le descendant des plus illustres familles de l'Hémisphère Sud ? Quel outrage !

Il s'agite dans tous les sens. Sivan a l'impression d'être à une représentation théâtrale.

— Pardon, Monsieur Keïgo, mes mots ont dépassé ma pensée. Mais si vous voulez clôturer cette histoire, je ne peux que vous conseiller de répondre positivement à notre proposition. Votre service de presse recevra ma déclaration sur la barque solaire dès que vous nous donnerez votre aval.

En sortant de la salle, les épaisses portes n'ont pas eu le temps d'étouffer le cri de rage de Keïgo :

— Mais quelle bande d'abrutis, je voulais un tueur lambda !

15 heures, Hôtel Magnolia.

Sivan est rentrée par ses propres moyens à l'hôtel. Les deux malabars ont prétexté une réunion, mais c'était plutôt un rappel à l'ordre qu'ils ont dû subir. Elle arrive toute joyeuse dans le lobby, Charmin est assis, stoïque.

— Vous allez être fier de moi !

— Alors ?

— On va prendre un verre ?

— Un peu tôt, non ?

— La victoire n'a pas d'heure, ajoute-t-elle, triomphante.

Assis l'un en face de l'autre au Balthazar café, Sivan est à son deuxième verre de rouge quand la Tabletem de Charmin sonne, de nouveau. Inutile d'essayer de deviner la teneur des propos, elle sait que déjà que la journée risque d'être longue…

17 heures, Hôpital de Gaushino.

Le dédale des sombres couloirs s'offre à eux. À l'accueil pourtant, tout semblait clair : deuxième étage, chambre 217.

Sivan a le vin qui remonte dans sa gorge. Pratiquement envie de vomir. Elle qui était si joyeuse semble soudain sombrer. Charmin lui a donné une petite bouteille d'eau dès qu'ils ont quitté le Balthazar Café. Les numéros des chambres paraissent flous. Comment va-t-elle gérer tout ça ? Elle risque de voir Jenny et Ameny. Son pire cauchemar. Mais en même temps, une forme de rédemption ? Ivrov Ghratni va être extradé. La justice va être rendue. Qu'en est-il d'Oscar Leef ? Et Gustave Barent ? Des fantômes d'un passé pas si lointain qui eux ne vont pas obtenir la clé de leur réhabilitation…

— Hey Sivan, on y est, je crois.

Devant eux, le numéro 217 est écrit. Personne n'en garde la porte. Charmin trouve tout ceci de plus en plus étrange. Ils toquent à la porte. Pas de réponse. Doucement, l'inspecteur ouvre… le lit est vide. Sivan commence à paniquer. Le corps est-il déjà à la morgue ? Pourquoi à l'accueil ne les a-t-on pas informés ?

Ils redescendent, l'hôpital est visiblement peu fréquenté, pas âme qui vive. Que se passe-t-il ? De retour au comptoir d'information, l'infirmière qui les a renseignés est encore présente.

— Madame, nous sommes allés à la chambre 217, mais elle est déserte. Où est Monsieur Sterny ?

Elle regarde alors d'un œil méprisant Sivan en ne s'adressant qu'à elle :

— Nous sommes au courant de ce que vous avez fait à mademoiselle Jenny et à son papa. C'est honteux de venir ici…

Charmin lui coupe la parole sans ménagement.

— Ceci n'est pas votre problème Madame, nous sommes de la police de Mydizen et…

— J'ai bien compris, Monsieur, inutile de hausser la voix. J'espère que cette petite balade dans les couloirs aura remis un peu d'humanité dans le cœur de cette dame, ajoute-t-elle en observant Sivan, qui a les yeux embués d'un coup. Monsieur Sterny est au sous-sol, à la morgue. Mais la famille ne souhaite pas votre présence.

L'inspecteur voyant la détresse de Sivan ne dit plus rien et la pousse dehors.

ÉPILOGUE

Mydizen, Capitale du Nord, 4e jour de Reer.

Dans son petit duplex, Sivan regarde la tour au visage humain. À bien y regarder, c'est Sterny qui la regarde. Elle secoue la tête. Des hallucinations, elle devient folle. Charmin et elle sont rentrés hier soir, inutile de rester plus longtemps à Gaushino. Ivrov Ghratni a été extradé. Mais la victoire est bien terne. Sterny est mort, et elle a l'impression de l'avoir tué.

Depuis leur retour, elle se vautre dans l'alcool, comme d'habitude. Des bouteilles de tout cépage jonchent le sol. Retrouver le tueur du docteur Janus a été beaucoup plus simple que prévu. Sivan n'a plus le cœur à rien.

Regardant sa Tabletem elle voit qu'elle a un message de Charmin, lui conseillant de venir au commissariat pour s'occuper l'esprit. « *On a besoin de vous* », lui écrit-il. Pourtant, la jeune fille n'a plus envie de faire des enquêtes policières. Son envie d'aventures s'est tarie. Pour l'instant, seul compte le délicieux breuvage du vin qui coule dans sa gorge et cette attirante noirceur qui la pousse vers le bas, si séduisante qu'elle ne donne pas envie de remonter.

Au commissariat de police.

L'inspecteur Charmin est préoccupé. L'état de Sivan se détériore, il le sait bien. Malgré l'arrestation et la condamnation du meurtrier du docteur Janus.

Le journaliste Stéphane Barhow a pu avoir en exclusivité une interview du tueur, il est ravi. Lisant les grandes lignes de l'entretien, l'inspecteur reste choqué par le manque d'empathie du colosse, qui évidemment n'a pas mis en cause son patron. Cela restera un meurtre isolé, sans réel mobile. Mais du moment qu'il est derrière les barreaux, l'opinion publique est satisfaite.

Sivan a bien reconnu la barque solaire comme égyptienne, Keïgo a mis en exergue les erreurs d'appréciation d'une jeune fille à la recherche de notoriété. Inutile d'aller sur les réseaux, son image est complètement détruite.

Sterny mort, le procès s'est terminé par une victoire mi-figue mi-raisin de la défense. Georges Daval a réussi à rendre l'ancien ambassadeur victime d'une machination. Mais encore une fois, le lien avec Keïgo n'a pas été reconnu, car le complot n'a pas de commanditaire. Drôle de justice.

Tournant dans son bureau, Charmin ne voit qu'une seule personne qui pourrait aider Sivan, M.Kurchazy. Il l'empresse de venir au commissariat, car Sivan va débarquer à tout moment. Malheureusement, le savant n'est plus à Mydizen, mais lui a promis de faire quelque chose.

Quelqu'un toque à la porte. Charmin sait que c'est la jeune fille.

— Sivan, entrez vite, je vous prie.

Elle est pâle, mince, ses cheveux sont remontés à la va-vite dans un chignon brimbalant. Aucun mot ne sort de sa bouche.

— Prenez une tasse de café, ma chère.

— Merci Inspecteur. Pardonnez mon apparence, j'ai tellement honte… Je suis bien une cruchette…

— Mais honte de quoi ? Vous avez identifié l'origine d'un objet archéologique en remettant en cause un dictateur, puis vous m'avez aidé à la résolution de l'affaire de la Noc et enfin vous avez contribué grandement à l'arrestation d'un tueur ! Quel bilan !

Sivan le regarde, les yeux brillants. D'un coup, elle se jette dans ses bras, secouée de sanglots.

Les deux compères restent longtemps dans les bras de l'autre. Puis l'inspecteur la fait asseoir et reste debout à ses côtés, caressant son dos, paternaliste.

— Je ne vous ai pas déçu alors, Inspecteur ? lui demande-t-elle, suppliante.

— Pas le moins du monde, chère Sivan. Je crois que vous avez besoin de vous reconstruire. La mort de Sterny n'est pas de votre faute. Celle du docteur Janus non plus. L'amitié perdue avec Jenny restera une blessure, car irréconciliable, mais j'ai confiance en votre chemin de vie.

Sivan relève la tête. Elle a l'impression d'avoir été dans une machine à laver d'émotions. Après l'orage vient le beau temps, dit-on. Elle sait ce qu'elle doit faire.

— Inspecteur, vous avez raison. Je ne vous remercierai jamais assez pour toute votre aide. Oui, il est temps pour moi d'ouvrir une nouvelle voie. Harpa est cette voie.

La jeune fille sort du commissariat souriante, détendue. Sa Tabletem sonne.

M.Kurchazy.

« Pour faire son salut, il faut se repentir. Mais pour se repentir, il faut avoir péché. Donc si vous voulez vraiment faire votre salut, commencez par pécher. »

(*Grigori Efimovitch Raspoutine)*

« Ce qui a été c'est ce qui sera ; ce qui s'est fait, c'est ce qui se fera : il n'y a rien de nouveau sous le soleil. Il est telle chose dont on dirait volontiers ; voyez ceci est nouveau ! Eh bien cette chose a déjà existé dans les temps qui nous ont précédés. »

L'Ecclésiaste, Chapitre 1.

PETIT LEXIQUE

BBII : abréviation de Big Bang II.

Elastec : matériau résistant aux oscillations sismiques.

Klarni : serre-tête traducteur.

Male Noc : la fausse nuit, c'est la nuit en termes d'horaire, mais il fait jour dehors.

Noc : la véritable nuit, elle correspond à l'alignement des planètes.

Pass Transport : billet de transport en général.

Tabletem : tablette numérique couplant ordinateur et téléphone.

Bibliographie

- BOYER, Régis. *La vie quotidienne des Vikings (800—1050)*. Éditions Hachette.
- LAHY, Georges. *Le Sepher Yetsirah*. Éditions Lahy.
- GHEZI, Avraham. *Maharal de Prague*. Gallia.
- Institut général psychotique. *Raspoutine, essai sur la personnalité médiumnique du célèbre politicien russe*. Le Fraterniste : organe de l'Institut général psychotique, page 4. Disponible sur : https://gallica.bnf.fr/ark:/12148/bpt6k45236899/f4.image.r=raspoutine%20accusation?rk=64378 ; 0
- *Le mystérieux Raspoutine a été assassiné*. Excelsior : journal illustré quotidien : informations, littérature, sciences, arts, sports, théâtre, élégances. Pierre Lafitte. Disponible sur : https://gallica.bnf.fr/ark:/12148/bpt6k4606469g/f4.item
- Lewino, Frédéric. *Une deuxième barque solaire à Kheops !* Publié le 22/06/2011. Disponible sur : https://www.lepoint.fr/sciences—nature/une—deuxieme—barque—solaire—a—kheops—22—06—2011—1344862_1924.php#11

Remerciements

Merci à ma famille, Sabine ma sœur, Yolande et Didier mes parents, pour leurs conseils éclairés.

Merci à Julia Navarro et à Laurent Ascenzi, mes bêta-lecteurs-amis, aux remarques constructives et rassurantes.

Merci à Jérémie Sommet, créateur de cartes aux talents inégalables.

Enfin, merci à Frédéric Weisz d'avoir créé la couverture de ce livre, celle que j'imaginais.

Achevé d'imprimer chez SoBook le 09-08-2024
Linselles - France

Nos papiers sont issus de forêts gérées durablement

N° impression : 924 773